诡案罪 ③

GUI AN ZUI

岳 勇◎著

群言出版社
Qunyan Press
·北京·

目 录

死亡剧组 /002

孽缘鬼杀 /030

连环杀局 /044

生死笔名 /064

死囚命案 /082

雨夜疑凶 /098

狂飙杀机 /126

致命绑架 /148

坠楼疑云 /166

密室裸杀 /184

离婚诡事 /208

犯罪指南 /230

刑事侦查卷宗

死亡剧组命案

案件名称：死亡剧组命案
犯罪嫌疑人姓名：XXX
立案时间：2011.4.5
结案时间：2011.4.16
立卷单位：青阳市公安局

A5172564122011 0405

（正卷）

青阳市公安局

死亡剧组

1

惊悚电影《死神来了》剧组拍摄完最后一个镜头时,大家都显得很兴奋。

导演景海琛说晚上请大家吃大餐,算是给大家摆庆功宴。大伙齐声高喊:"导演万岁!"

景海琛原本是省城影视艺术学院导演系的一名教授,几年前下海,拍了几部文艺片,一直没有火起来。

去年他拍了一部低成本的惊悚电影《死神来了》,演员都是省城影视艺术学院话剧社的学生,讲述的是一个电影剧组被死神诅咒,不断有人神秘死亡的惊悚故事。在为期一个多月的拍摄过程中,剧组就不断传出有灵异事件发生。

影片杀青之际,女主演、省城影视艺术学院大一女生常薇璐忽然离奇跳楼自尽,更是令这部惊悚电影从片内到片外,都充满了惊悚悬疑色彩。

电影未映先火,吊足了观众胃口。上映之后,票房大赚,被誉为去年最火的一部惊悚电影。

景海琛趁热打铁,又拍摄了《死神来了》第二部。

无独有偶,就在剧组拍摄最后一个镜头——男主演成云跳楼的场景时,因为吊威亚出现失误,成云竟然在没有任何防护措施的情况下,直接从五楼楼顶"飞"了下来,当场毙命。

这亡命一跳,被众多娱乐报纸誉为"史上最真实的死亡镜头"。

看到《死神来了》系列惊悚电影如此卖座,景海琛决定自己投资,自己做制片人和导演，拍摄《死神来了》第三部。

他相信这第三部，一定会比前两部更火。

景海琛之所以对自己投资拍摄的这部惊悚电影如此有信心，除了前两部电影余热尚在，还有另一个原因，那就是演员阵容。

在这部电影里，他除了请到省城影视艺术学院表演专业的学生参与演出外，还请到了现正蹿红的恐怖片明星牧芝担纲女主演。

今年27岁的牧芝，还在省城影视艺术学院念书时，就已经认识了景海琛教授。毕业后参演的第一部电影，就是在景海琛的文艺片里演女一号。后来她跟一位名导演合作，连续主演了几部惊悚电影，受到观众好评，被誉为新一代惊悚片女皇。

按理说以她现在的名气，是不可能出演一部小制作的惊悚电影的。她答应参演《死神来了》，并不是看景导的面子"友情演出"，而是因为有把柄握在景海琛手里。

原来在牧芝出道之初，为了能在景海琛的电影里演女一号，曾经被景海琛"潜规则"过。后来牧芝演惊悚片成名后，便再也没有跟景海琛合作过。

这次景海琛用超低的片酬请她出演惊悚电影《死神来了》第三部的女一号，她自然不愿意。不想景海琛却拿出一张光盘，播放给她看。

光盘里储存的，正是她当初被景海琛"潜规则"的高清镜头。

景海琛说只要她参演这部惊悚电影，影片杀青后，他就把光盘给她，并且保证没有复制，以后也不会再找她的麻烦。要不然，他就把这段视频放到网上，叫她身败名裂。

牧芝被逼无奈，只好忍辱答应。

景海琛将《死神来了》第三部的拍摄地点选在了离省城数百里之遥的一个偏远小镇——青阳市南岳镇。

这是一个风景优美的旅游小镇，镇子后面有一座南岳山，山势奇诡，林木阴森，据说大清朝的时候，曾国藩曾在此坑杀数万太平天国士兵，山中阴气积聚，常有灵异事件发生。

《死神来了》第三部所有的故事情节，都是在这座神秘的南岳山中展开，诡异的环境，更是增加了影片的惊悚效果。

剧组全体人员忙碌了近两个月，电影总算杀青了，大伙都松了口气。

在片场吃了两个月的盒饭，导演终于大发慈悲，要请全体演职人员吃大餐，大伙自然十分高兴。

庆功宴上，大伙端着酒杯，一个一个轮流向导演敬酒。

景海琛来者不拒，喝得满面红光。

坐在他身边的男一号舟小扬更是像跟杯子里的酒有仇似的，不断地找景导碰杯敬酒。

舟小扬是省城影视艺术学院表演系的大四学生，身形高大，长相帅气，酒量也不俗，这次能演上男一号，看来真的是对景导感激不尽呢。

面对这热闹场面，只有一个人置身事外，坐在角落里默默地喝着啤酒，这个人就是女一号牧芝。

现在不要说叫她上前给景海琛敬酒，哪怕是多看他一眼，她都会觉得恶心。

景海琛将她招入剧组之后，色心不死，不但经常在片场骚扰她，还隔三差五叫她到他房里谈剧本，谈着谈着，就把她摁倒在床上，更有甚者，心血来潮时居然还半夜打电话叫她去外面竹林里"打野战"。稍有不从，就以光盘相威胁。

牧芝一刻也不想在这个剧组里多待，恨不能马上从这个肮脏之地消失。

"丫头，在想什么呢？"

正在牧芝皱眉发呆之际，身后忽然响起一个声音，扭头看时，身后已站了一个人，是华叔。

华叔是这部电影的编剧，为人极其古板，一直在片场守着，导演要改动剧本上的一个字，他都要争论半天。剧组里人人都怕他。

他却唯独对牧芝态度极好，喊她的时候也不称呼她的名字，只是亲热地叫她"丫头"。

有时碰上景海琛对牧芝暗施"咸猪手"，别人慑于导演的权威假装视而不见，生性耿直的华叔却总会站出来替她解围。

自小生活在单亲家庭的牧芝觉得,华叔很像自己想象中的父亲。

华叔拖把椅子在她身边坐下,问:"丫头,怎么不去给景导敬酒呀?"

牧芝把头一偏,赌气似的说:"不去。"

华叔呵呵一笑说:"丫头,在这个圈子里吃饭,总还会与他碰面的,别把脸撕破,过去给他敬一杯酒,说两句场面话,就过去了。"

牧芝知道华叔是为了自己好,不忍拂他好意,犹豫一下,就端了杯酒,起身朝景海琛走去。景海琛瞧见她走过来,大声笑道:"哈,我们的大美女终于耐不住寂寞了。"

牧芝勉强一笑,说:"导演,多谢关照,我敬你一杯。"拿起酒杯与他轻轻碰了一下。

景海琛仰起脖子,很豪气地将一杯白酒一饮而尽,然后把手搭在她肩膀上,在她耳边喷着酒气小声道:"今晚九点半,我在山后竹林等你。"

牧芝一怔,心就沉了下去。景海琛曾经用摩托车载她到山后竹林里"谈剧本",她当然知道他今晚叫她去是什么意思。

她恨不得把手里的酒杯砸到他头上。

2

这一场庆功宴,从下午四点,一直闹到晚上八点多。

大伙都喝了不少二锅头,从酒店出来,感觉兴犹未尽,嚷着要见识见识旅游小镇的夜生活,就三三两两勾肩搭背地逛夜市去了。

牧芝因为心中有事,无心逛街,独自一人早早地就回了住处。

剧组并没有住在酒店,而是驻扎在南岳山下一幢四层高的老房子里。

这幢房子叫作南岳山庄,四面高楼相连,呈"口"字形结构,中间围着一个小天井。山庄面南背北,前水后山,暗合"山水聚会,藏风得水"之意。

据说这本是九十年代初期一位省级高官建造的私人别墅,后来这位高官因为贪污受贿,东窗事发,在山庄里跳楼自尽。原本是藏风得水的风水宝地,一夜之间变成了凶宅。

后来这座山庄被政府拍卖，一位煤矿矿主以低价购得。

这位矿主正好是景海琛的同学，听说景海琛要到南岳山拍电影，就主动提出将这幢旧别墅楼借给剧组居住。

景海琛省了一笔住宿开支，自然求之不得。

南岳山庄其实已多年无人居住，只有大门里边的小房间里住着一位看门老头儿佟伯。

牧芝回到南岳山庄时，佟伯正穿着背心和裤衩坐在拱形大门前听收音机。

牧芝跟佟伯打过招呼，就上楼去了。

她住在北面三楼最中间的一间大房子里。

按照景海琛的安排，除了导演和女一号独住单间外，剧组其他的人，都是两人共处一室，分散住在三楼和四楼。

牧芝回到房间，洗完澡，看看手机上的时间，已经是夜里九点十分。

她坐在床边犹豫好久，景海琛约她晚上九点半到山后竹林"谈剧本"，其目的可想而知。去吧，她实在不甘心再次受辱；不去吧，又有把柄握在景海琛手中，要是真的把他惹恼了，将光盘里的内容在网上公布出来，她的星途便算是彻底葬送了。

考虑良久，最后还是决定再去见景海琛一次。

她在心里暗下决心：一定要借这个机会，跟他作个彻底了断！

牧芝下楼的时候，正好碰见华叔叼着烟斗从四楼走下来。

"丫头，出去呀？"华叔向她打招呼。

她点点头说："天气太热，出去散散步。"

她不想让华叔看出什么，所以撒了个谎。

华叔说："是呢，天气闷得很，只怕有大雨下呢。我也想去街上透透气。"

走出山庄大门时，忽然听见一阵"哇哇"的声音，牧芝转头看去，只见男一号舟小扬正用手扶着门口的大石狮子，蹲在地上使劲呕吐。

她皱皱眉头，心想这孩子真的是喝多了。走过去递给他一包纸巾。

舟小扬头也没抬地接过纸巾，擦擦嘴巴，若无其事地往大门里走去。

从山庄向东步行约十来分钟，有一片楠竹林，每一株楠竹都有碗口粗细，数十亩竹林连成一片，颇为壮观。

白天的时候，有一些游人到此观光拍照，一到晚上，风吹竹叶，发出可疑的沙沙声，就没有人敢贸然靠近了。

牧芝沿着一条水泥小道向东走着，路上灯光昏暗，看不见一个行人。来到竹林边，远远地就看见路旁停着一辆摩托车，她认得那是景海琛的坐骑。这辆雅马哈本是他那位矿主同学弃置在别墅里的，正好被景海琛派上用场，整天骑着它在片场横冲直撞。

牧芝从停摩托车的地方走进竹林，果然看见景海琛背对着水泥小道坐在草地上，身子靠着一株楠竹。

牧芝叫了一声"景导"，景海琛居然没有反应。从背后走近一瞧，才知道他耳朵里塞着耳机，头上戴着工作时常戴的鸭舌帽，正在听手机音乐。难怪听不见她的叫声。

她站在他身后，正想大声再叫，忽然瞥见脚下的草地上裸露出一块砖头大小的石头。

她的心猛然一跳。

她本来是抱着要跟景海琛作个彻底了断的心思来的，但她心里明白，景海琛是个老奸巨滑贪得无厌之人，绝不会就此轻易放过她。如果《死神来了》第三部赚了钱，他会继续以光盘为要挟，逼她拍第四部、第五部……

等待她的，将是无边噩梦。

要想真正彻底了断此事，那就只有一个办法——让这个可恶的男人立即死去！

这个想法倏地冒出，就再也挥之不去。

她看着地上的石头，努力回忆着，今晚景海琛约自己到竹林里来，并没有旁人知道，自己一路走过来，也没有碰见其他人。

如果景海琛死在这里，绝不会有人怀疑到她头上。

她酒量有限，晚餐时喝了几杯啤酒，本已有些微醺之意，此时酒意上涌，酒壮人胆，心中杀意更浓。弯下腰去，捡起地上的石头，高高举起，猛然往景海琛头顶砸去。

景海琛猝不及防，挨了这致命一击，连哼也不哼一声，就侧着身子，软软地歪倒在地，再也不动弹了。

牧芝一颗心几乎要从嗓子眼里蹦出来，顾不得再多看景海琛的尸体一眼，扔下石头，转身朝竹林外跑去。

3

牧芝奔回南岳山庄，看门人佟伯正准备关门，两扇厚重的大木门已合上一边，她赶紧闪身进门，跑上楼，冲进自己房间，砰一声关上房门，人就靠在门背后，软瘫下来。

她牙关打颤，心里只有一个念头：我杀人了，我杀人了……又惊又怕，眼泪狂涌而出。

她没有开灯，就那样在黑暗中一动不动，倚门而坐，不知过了多久，窗外忽然扯起一道惨白的闪电，紧接着一声惊天劈雷，在头上炸响。

牧芝脸色煞白，抱紧自己双肩，在黑暗中惊惧地战栗起来。

雷声过后，哗啦一声，瓢泼大雨就铺天盖地下了起来。

也不知在黑暗中呆坐了多久，她终于恍过神来，支撑着站起身，摸索着摁了一下电灯开关，倏然亮起的灯光，刺得她两眼生疼。

她抹抹脸上的泪水，到浴室仔仔细细冲了一个澡，又把换下的衣服鞋子全都洗了，确认自己身上再也没有留下涉足过山后竹林的痕迹，才略略放心。

牧芝看看手机，已经是夜里十点半了，收拾心情，正要上床休息，忽然听到风雨中传来一阵"嗵嗵嗵"的声音，似乎连房子都要一起震动了，侧耳一听，原来是有人在外面使劲擂着山庄的大门。

这么晚了，会是谁从外面回来呢？她心生疑惑，打开房门，从走廊的木栏杆上探身下看，只见佟伯听到打门的声音，光着膀子从门房里跑出来，嘴里一个劲地喊："别敲别敲，来了来了。"从里面移开门闩，吱嘎一声打开大门。只听一阵油门轰响，一辆黄色的雅马哈箭一般从台阶斜坡上窜进来，一直冲到天井中央，才熄火停下。

摩托车上的骑手个子高高的，穿着一件十分特别的火红的雨衣，戴着头盔，牧芝一眼就认出来了，这不正是景海琛吗？

她身子晃了晃，差点一头从栏杆上栽下来。

这、这怎么可能？景海琛不是明明已经被我用石头砸死了吗？难道他根本没死？对，肯定是我当时惊慌之下用力太轻，只是将他打晕过去。

想到这里，她顿觉心头一轻，毕竟自己还不是杀人犯。

但是转念一想，我用石头袭击了他，他会不会报复我呢？嗯，应该不会，当时他坐在竹林里听音乐，一直没有回头，应该不知道在背后袭击他的人是我。虽然不必再为自己是杀人凶手的事担心，可是随着景海琛的"复活"，她跟他之间的恩怨仍然没有了结，这可怎么办呢？

她心中一连转了好几个念头，一颗刚刚放下的心，又不由得悬了起来。

她站在走廊暗影里向下看，只见景海琛取下头盔挂在摩托车上，穿着雨衣戴着雨帽，走进楼梯间，噔噔噔上了三楼。

景海琛住在南面三楼，与牧芝的房间正好隔着天井相对着。

景海琛掏出钥匙打开门，然后又砰一声关上房门。

屋里很快亮起灯光，将他瘦长的身影映在拉着窗帘的窗户上。

只见他进屋后，先取下雨帽，脱下雨衣丢到一边，然后弯下腰，掸了掸鞋子上的泥水，就在这时，似乎是挂在腰间的手机响了，他掏出手机接电话。

不知是因为下雨，声音嘈杂，还是信号不好，他说话的声音很大，牧芝隔着天井，也能勉强听清。

"喂……嗯，是我……是你呀？这么晚了，有什么事吗？……这事非得今天晚上说清楚吗？……见我？现在呀？好晚了呢……哦，那好吧，你等着，我马上赶过来……"

从断断续续地谈话内容判断，似乎是什么人有紧急事情要立即见他面谈。

景海琛只得又穿起雨衣戴上雨帽，下楼走到摩托车旁边，戴上头盔，自己打开大门，跨上摩托车，屁股一冒烟，又冲进了屋外的雨雾夜色中。

等佟伯听到声音出来关门时，摩托车早已不见影儿了。

牧芝望着缓缓关上的大门正自发呆，忽然听到头顶有些声音，抬头一看，却是男一号舟小扬也在楼上探头观望。

他住在四楼，正是牧芝头顶的那间房，与剧组男二号同住。

舟小扬似乎没有看得太清楚，见牧芝也在探头察看，就俯下身来问："牧芝姐，刚才是景导回来了吗？"

牧芝点头说是的，回来又出去了，好像有人打电话找他有急事。

舟小扬若有所思地"哦"了一声，很快将身子缩了进去。

牧芝心情复杂地回到自己房里，一时睡意全无，就坐在床上拿出手机上网玩。

屋外雨声渐小。

她刚在QQ上跟别人玩了几局斗地主，就听得天井里传来"砰"的一声响。

几秒钟后，楼道里忽然有人扯着嗓子喊起来："不好了，有人跳楼了，有人跳楼了……"

牧芝吓了一跳，急忙奔下床，开门探身下看，只见天井中央趴着一个人，周围一片鲜红的血迹。

她心中一紧，趿着拖鞋就跑下了楼。

佟伯听到声响也跑出来，打开了天井里的大灯。

牧芝定睛看去，趴在血泊中的人，居然就是刚刚还跟她说过话的男一号舟小扬，不由得惊得呆住。

剧组里的其他人听到声响，陆陆续续跑下来。

雨还在不紧不慢地下着，天井里湿漉漉的，众人冒雨围在舟小扬身边，一时竟不敢相信这是真的。

只有佟伯大着胆子上前，扳过舟小扬的脸看了一下，摇着头说："脑浆都摔出来了，没救了。"

众人面面相觑，说不出话来。

人群中，忽然有个女孩捂着脸尖叫起来："诅咒，死神的诅咒！"

众人心里一寒，不约而同地想起了关于这部电影的恐怖传说：拍《死神来了》第一部时，女一号常薇璐离奇跳楼自尽；拍第二部时，男一号成云飞身一跳，上演最真实的死亡镜头；现在第三部刚刚杀青，男一号居然雨夜坠楼……

电影版的《死神来了》，居然在现实生活中真实上演。

下一个，死神会看上谁呢？

冰凉的雨水中，每一个人都感觉到了锥心的寒意。

"佟伯，开门，开门！"

屋外忽然响起拍门声，把沉默中的每个人都吓了一跳。

佟伯急忙跑去开门，进来的是编剧华叔。

他没有打伞，几乎被淋成一个落汤鸡。

一边进门一边说找了个麻将馆打麻将，不成想回来的时候碰上了大雨……

话音未落，一抬头，看见大伙都站在天井里，地上躺着一具尸体，顿时呆住。

牧芝把事情经过跟他说了，华叔就问："景导呢？"

牧芝说："好像有事出去了。"

华叔环视众人一眼，剧组里都是一班年轻人，他算是年纪最长的。

他很快冷静下来，说："大伙退后一点，不要移动尸体，保护好现场。"回头对佟伯说，"快打电话报警。"

4

十多分钟后，雨势渐止，一辆警车呼啸而至，停在南岳山庄门口，从车上跳下几名警察，为首一人是个胖子，一顶警帽戴在他头上明显的小了一号。

他一到场，就亮出了警官证，并自我介绍，说他姓彭，是镇派出所所长。

彭所长先蹲下身查看了死者尸体，见尸体已经冰凉，确实早已身亡，便回头让几名警察控制现场。又找剧组的人问了死者的姓名和身份，了解到剧组来青阳镇的原因后，才开始询问事发经过。

大家面面相觑，都说自己是听到"砰"的一声，出来察看时，才知道有人跳楼了。

彭所长得知死者生前与人同住四楼一室之后，扫了众人一眼，问："你们，谁跟他住一个房？"

"我……"正蹲在台阶边瑟瑟发抖的男二号举了一下手，结结巴巴地说，"是、是我……"

彭所长招手叫他过来，问："说说，到底是怎么回事？"

男二号也还是一名在省城影视艺术学院念书的学生，显然受到了不小的惊吓，脸色苍白，说话都有点哆嗦。

他说："我、我今晚吃完晚饭，就到街上闲逛，一直到晚上十点才回房。我回来的时候，舟小扬已经在房间里，正在沙发上用他的手提电脑看电影。不过我看他两眼发直，表情木讷，与其说是在看电影，还不如说是在对着电脑屏幕发呆更贴切。我跟他打招呼，他也不理。我知道他晚上喝了不少酒，有点反常那也是可以理解的。大概到了夜里十点半的时候，天井里传来摩托车的声音，他出来看了一下，回到房间的时候，忽然说了一句：'他回来了。'我随口问他，谁回来了？他说景海琛。我心想，景导经常晚出夜归，这有什么奇怪？所以也没往心里去，见手提电脑里的电影好看，便也坐下来一起看。但舟小扬却再也坐不住，一会儿坐下，一会儿站起，在房间里不停地走来走去。过了一会儿，他走出去，在走廊里站了一会儿，忽然一声不响地越过栏杆，从四楼跳了下去……"

"你等会儿。"彭所长打断他的话说，"你是说，他是自己跳下来的，并没有人推他，是不是？"

男二号说："是的。"

彭所长盯着他问："为什么这么肯定？"

男二号说："我从开着的房门口正好可以看见他站立的位置呀，我就是看着他自己跳下楼的，当时我惊得呆了一下，想阻止已经来不及了。再说我跑出来的时候，走廊里并没有其他人。第一个喊'有人跳楼'的人，就是我。"

彭所长问："作为同处一室的室友，你知道他为什么要跳楼自尽吗？"

男二号摇头说："不知道，尽管他平时看起来有点忧郁，但还不至于到想不开要跳楼的地步。再说他的梦想是当演员，现在拍摄的第一部电影刚刚杀青，自己都还没有看到自己主演的作品，就这么匆忙地跳楼自尽，那也太不可思议了。"

彭所长点点头，表示赞同他的想法。男二号四下里瞧瞧，忽然目光闪烁，心神不安地压低声音说："所以我说，只有一个原因，那就是死神的诅咒，他被死神诅咒了，逃也逃不掉。"

"死神？诅咒？"彭所长愣了一下。

男二号就把《死神来了》剧组被死神诅咒，接二连三出事的传言跟他说了。

彭所长撇撇嘴道："少跟我扯这些没用的。这个案子根据目前的情况来看，暂时只能按自杀事件处理，等会我们叫殡仪馆的车过来拉尸体。明天我把案子上报到市局，请刑侦大队的同事再跟进一下。对了，你们剧组的人，都在这里吧？谁是负责人？"

男二号说："我们剧组的负责人是景导，导演景海琛。"

彭所长望着剧组的人问："这里哪个是他？"

男二号说："他出去了，刚才我们已经打过他的手机，一直无人接听。除了他，所有的人都在这里了。"

彭所长点点头说："行，我记下了。等你们导演回来你告诉他，叫他明天一早到派出所说明一下情况。"

不大一会儿，殡仪馆的灵车开了过来，舟小扬的尸体被抬上车，拉走了。彭所长也挥挥手，带着几名手下上了警车。

牧芝站在天井里，呆呆地看着地上的血迹，总觉得这位彭所长把这件案子了结的简单了些。

但到底有什么地方不对劲，她自己却也说不上来。

013

5

牧芝回到自己房间，已近凌晨两点。

她躺在床上，怎么也睡不着。舟小扬坠楼身亡，一动不动趴在血泊中的场景，就像一帧高清照片，定格在她脑海里。

她早就听说过《死神来了》剧组被死神诅咒的传闻，但从未放在心上，现在男一号舟小扬无缘无故跳楼自尽，血淋淋的尸体就躺在她眼前，她才蓦然惊觉，这个剧组的确像是被死神诅咒过一样，处处充满了诡异。

还有一件事，同样也让她大惑不解，那就是景海琛的去向。

他深夜回来之后，接了个电话，立即又骑着摩托车出去了。

他到底去了哪里？剧组出了这么大的事，为什么打电话一直无人接听？

他真的不知道在竹林里袭击他的人是她吗？

他还会回来吗？

难道这个不祥的剧组，真的遭到了死神的诅咒吗？

这次死的是男一号，下次被诅咒的将会是谁？

会是她这个女一号吗？

她的心被一种神秘而难以言喻的恐惧紧紧慑住，几乎喘不过气来。

在床上翻来覆去，一直到天快亮的时候，才迷迷糊糊睡着。

也不知睡了多久，她忽然被一阵咚咚咚的敲门声惊醒，她穿着睡衣起床开门，门口站着剧组的女剧务。

女剧务说景导出事了，警察在天井等着咱们，赶紧穿好衣服下楼。

牧芝的心猛然一跳，急忙换好衣服，连脸也来不及洗，就匆匆跑下楼。

剧组所有的人，除了导演景海琛和昨晚跳楼身亡的男一号舟小扬，其他人都站在了天井里。

天井台阶上站着两名警察，其中一个胖子，正是昨晚来过的彭所长。

彭所长说："你们这帮人可真不省心，昨天的案子还没结呢，今天又逼着我起了个大早。"

原来今天早上有人到山后竹林里锻炼身体时，发现草丛中躺着一具尸体，于是立即报警。彭所长带人赶到现场后发现死者为男性，口袋里有一叠相同的名片，上面写着导演景海琛几个字，于是他就想这应该是昨晚剧组里那位不接电话的负责人了。

他立即打电话将情况报告给市局，市刑侦大队的人很快就赶到了现场。

他现在要带剧组的人去现场确认死者身份，并接受问询。

牧芝的心往下一沉。

剧组的人都还没有从昨晚舟小扬"被死神诅咒"而离奇跳楼的惊恐中恍过神来，现在听到导演竟然也遭到噩运，不由得面面相觑，每个人都从对方眼里看到了惊疑与恐惧。

大家默默地来到山后竹林边。

竹林里已拉起红色警戒线，许多警察在警戒线内忙碌着。

牧芝看见一辆雅马哈摩托车停在路边，车上挂着景海琛的火红色的雨衣，还有蓝色头盔，都是他昨天深夜骑摩托车离开南岳山庄时穿戴过的。

竹林里的草丛中倒卧着一个人，一名警察正围着他咯嚓咯嚓地拍照。

因为站在警戒线外，相距太远，并不能看清死者样貌。

彭所长冲着警戒线内一名脸膛黝黑的中年警察喊："范队，我把剧组的人全都叫来了。"

那个被称作"范队"的警察头也不回地说："让他们在警戒线外等着，叫两个人进来辨认一下尸体。"

"你过去。"彭所长朝昨晚跟他说过话的男二号指了指，又瞅瞅牧芝，"美女，你也过去吧。"

牧芝和男二号拉高警戒线，弯着腰钻了进去，走到草丛里，只见地上躺着的男人，头盖骨已被砸成莲花状，旁边还有一顶带血的鸭舌帽。

牧芝的心怦怦直跳，胃里一阵痉挛，忍不住蹲在地上使劲呕吐起来。

男二号脸色苍白，眼睛再也不敢朝尸体的方向看，侧过脸对警察说："是、是他，是景导……"

范队把他俩叫到旁边，一边扯下手上的白色手套一边说："我叫范泽天，是市公安局刑侦大队大队长，你们叫我范队就行了。"

看到他俩同时点了一下头，他又接着说，"我现在问你们，你们最后一次见到死者，是什么时候？"

男二号抢着说："是昨晚十点多，当时他骑着摩托车回来了一趟。"

牧芝补充说："对，他骑着摩托车回到剧组，好像在屋里接了个电话，似乎是什么人有急事要见他，所以马上又骑着摩托车出去了。我看过手机上的时间，当时应该是十点半之后的事了。"她又把自己隐约听到的景海琛接电话时说的话，对警察说了一遍。

"你提供的线索，对我们非常有帮助。"范泽天一边点着头一边说，"据咱们的痕检人员勘察，死者系被钝器击碎头骨，也就是咱们平常说的天灵盖，而致其死亡。凶器已在尸体旁边找到，是一块砖头大小的石头。估计死者遇袭时戴着鸭舌帽，所以帽子上也沾染了不少血迹。据法医初步推断，死亡时间应该在昨天夜里九点至十二点之间。我们已经咨询过气象局的人，昨晚的大雨是夜里十点左右下起来的，大约在夜里十一点半左右停雨。死者的摩托车停在路边，走进竹林时已经脱下雨衣，这说明当时大雨已经停止。再加上你们在十点半左右见过死者，因此我们有理由相信，景海琛具体死亡时间是在昨夜十一点半至十二点之间。今天早上天快亮的时候，又下过一阵大雨，凶手留在石头上的指纹及在草地上踏过的足迹，都已经被雨水冲刷干净。这对我们侦破此案十分不利。"

当他说到景海琛是被那块石头砸死的时，牧芝身子忽然晃了一下，差点摔倒。

她彻底糊涂了：这到底是怎么回事？自己昨晚九点半的时候，在景海琛头上砸了一下，没有砸死他，难道两个小时之后，在相同的地点，居然有人用相同的石头相同的手法，将他砸死了？

范泽天瞧了她一眼，说："根据你反应的情况来看，景海琛是昨天夜里十点半之后离开剧组的，而他的死亡时间则在十一点半之后，这其中有一个小时的时间。从你们的住处到这片竹林，如果是骑摩托车，最多需时数分钟。这中间的一个小时时间，景海琛是一直在这竹林里，还是在其他什么地方？他手机里只有你们后来打给他的未接电话，之前的通话记录都已经被删除，所以昨晚到底是谁打电话约他出来见面，我们一时半会还查不到。你们有这方面的线索吗？"

牧芝和男二号同时摇头。

男二号说："我们只听说景导跟南岳山庄的主人是同学，可是那位同学现在正在国外旅游。除此之外，没听说景导在这镇子上还有其他朋友。"

范泽天点点头说："嗯，这一点我们也想到了。所以警方推测，昨晚打电话约他出来的人，极有可能就是杀死他的凶手，而且这个凶手极有可能就是你们剧组的人。"

牧芝听到这话，身子又晃了一下。

男二号摸摸后脑勺说："可是昨晚十一点半至十二点钟，景导遇害的这段时间里，我们剧组的人全都在南岳山庄接受那位彭所长的调查，谁也不可能有作案时间呀。"

范泽天想了一下，问："那么昨天晚上，景海琛接听那个神秘电话的时候，有谁不在剧组里？"

男二号回忆了一下，说："好像只有华叔不在。"

范泽天又问："昨天晚上，你们剧组回来得最晚的人是谁？"

男二号说："也是华叔。"

牧芝说："我记得舟小扬跳楼之后，我们正围在天井里束手无策时，华叔就在外面叫门。舟小扬的手表摔烂后停在了十一点过三分这个时间点上，大约十多分钟后华叔就回来了。那时应该是十一点十五分左右吧，误差不会超过三五分钟。"

范泽天向站在警戒线外面的剧组人员看了一眼，问："华叔是干什么的？哪一个是华叔？"

牧芝用手指了一下，说："他是我们的编剧，就是年纪最大的那一个。"

范泽天说："你去叫他过来，我有话问他。"

6

牧芝把华叔从警戒线外面叫进来时，华叔嘴里正叼着他的石楠木烟斗，烟斗里的烟丝早已熄灭，他却浑然不觉，仍然津津有味地抽着。华叔其实并不老，也就四十多岁年纪，只是在这班年轻大学生中间，显得有点鹤立鸡群了。

范泽天上下打量华叔一眼，开门见山地问："昨天晚上，你是最晚回剧组的人，是不是？"

华叔点点头说："是的，我回来的时候，除了导演，其他人都在天井里。"

范泽天话锋一转，盯着他问："昨晚你去了哪里？"

华叔呵呵一笑说："我这人没有别的爱好，只喜欢在闲暇时间摸两把麻将。昨天我吃过晚饭回剧组洗完澡就出去了，在楼道里还碰见牧芝这丫头走来着。当时大概是九点多钟吧。我逛到街上，找了家麻将馆，搓了两个小时麻将，直到深夜十一点多才散场回去。"

范泽天眼里露出怀疑的目光，看他一眼，说："那你告诉我，你在镇上哪家麻将馆打麻将？"

华叔皱皱眉头说："这可就难说了。我看这里街上麻将馆挺多的，一家挨着一家，我当时也只是随意走进一家，并未多加留意，现在已经不记得到底去的是哪一家麻将馆了。"

范泽天语气生硬地道："这么说来，你是提供不出昨天晚上九点至十一点，你确实是在打麻将的确切证据啰？"

华叔叼着烟斗说："如果你一定要这么理解，那也可以。"

范泽天道："我再问你一次，昨天晚上，你有没有到过竹林？"

华叔用调侃的语气说："没有。这里是小青年谈恋爱的地方，我从来没有来过。"

范泽天点点头，又上下瞧了他一眼，忽然盯着他脚上那双黄皮鞋问："你穿多大码的鞋？"

华叔说："我人瘦脚大，穿 44 码的鞋。"

范泽天脸色微微一变，说："把你右脚的鞋脱下来给我看看。"

华叔眼里掠过一丝狐疑之色，但还是照着他的话去做了，弯腰脱下一只皮鞋，递给他。范泽天叫过旁边一名痕检员，要他把鞋子拿去比对一下。

范泽天扫了华叔及旁边的牧芝一眼，说："昨晚下过大暴雨，凶手留在现场的痕迹基本都已被雨水冲刷掉了，但是我们仍然在死者摩托车旁的泥土上提取到了一枚鞋印，经初步分析验证，那是一只 44 码的男士皮鞋脚印。"

华叔听到这里，不由得下意识地低头看了看自己那只踩在草地上的光脚板，眼里掠过一丝惊慌之色。不大一会儿，警方痕检人员来向范泽天报告，基本可以确认，现场提取到的大码鞋印，就是这只黄色皮鞋留下的。范泽天目光如电，直朝华叔望过去。华叔脸色苍白，目光闪烁，竟不敢与他对视，只是叼着烟斗一阵猛吸。

范泽天提醒道："你的烟斗里已经没有烟丝了？"

华叔一怔，这才注意到烟斗已经熄火，慌忙拿下烟斗，要往里面装烟丝。范泽天已经心中有底，用已然洞察一切的口吻道："说吧，你为什么要杀景海琛？"

牧芝一愣，道："范队，你搞错了吧？景导的死亡时间是在昨天夜里十一点半至十二点之间，但华叔昨晚十一点十五分左右就已经回剧组了。景导被杀的时候，他正在南岳山庄，这一点剧组所有的人都可以作证。"

范泽天微微一笑，说："关于这一点，凶手给我们玩了一个小小的花招。他动手杀景海琛的时候，其实仍然在下着雨，但雨势已经渐渐减小，根据当时的天气情况不难判断出，再过不久雨势就会完全停下来。所以凶手杀景海琛的时候，因为天下着雨，景海琛身上仍然穿着雨衣。但景海琛死后，凶手把他身上的雨衣脱下，挂在摩托车上，然后又将他常戴的鸭舌帽染上血迹丢在尸体边。这样就能给警方造成一种错觉，让我们觉得死者既然脱下雨衣，那被袭身亡时，肯定已经风停雨住，这样就让警方作出错误判断，将景海琛的死亡时间向后推移了半个小时以上。刚好今天早晨又下过一阵大雨，死者身上再次被淋湿，警方一时之间差点中了凶手的圈套。"

牧芝终于明白过来，问他："你的意思是说，凶手是在昨天夜里十一点半大雨停止之前杀死景导的，是不是？"

范泽天点点头说："是的。"他把目光转向华叔，冷冷地问，"这只出现在案发现场的罕见的大码鞋印，就足以锁定凶手的身份，对吗？"

华叔脸色苍白，看看他，又扭头看看牧芝，叹了口气道："好吧，我承认，那只鞋印是我留下的，景海琛是我杀死的。"

据华叔交待，他混进剧组，为的就是要杀景海琛，但是一直没有机会动手。

昨晚已是剧组住在南岳山庄的最后一晚，如果还不动手，以后就再难有机会。刚好深夜里下起大雨，可以掩盖许多作案时留下的痕迹，所以他就深夜打电话，将景海琛约至竹林，一面假意与他讨论剧本，一面趁其不备，捡起地上的石头，狠狠砸向他的天灵盖。

景海琛来不及哼一声，就倒毙在竹林草地的一摊积水中。

景海琛死时，身上还穿着雨衣，雨还在下着，但雨势明显已在减小，估计不出半个小时，就会风停雨住。为了给自己制造案发时不在现场的证据，他脱下景海琛的雨衣挂在摩托车上，这样就会让人觉得景海琛的死亡时间，是在雨停之后。

他杀人的时间大概在夜里十点五十分左右，布置好一切，回到剧组，是十一点一刻，停雨的时间是在十一点半。如果警方认定景海琛是在雨停之后遇袭身亡，那他就有充分的不在场证明。

牧芝几乎呆住，拉住华叔的手道："这、这不可能呀。你跟景海琛无冤无仇，为什么要对他痛下杀手？"

华叔看着她，眼睛里透出慈爱之意，柔声说："丫头，如果我女儿还活着，她也会像你一样漂亮呢。"

牧芝一怔，问："您女儿她……？"

华叔说："我姓常，华叔是我发表作品时用的笔名。我女儿的名字叫常薇璐。"

牧芝"呀"地叫出声来："常薇璐？就是拍摄《死神来了》第一部时跳楼身亡的那个女孩儿吗？"

华叔点点头说："是的，就是她，当年她还只有十九岁，正在省城影视艺术学院读大一。她临死之前曾给我打过电话，向我哭诉说被导演景海琛这个畜生糟蹋了。第二天早上，我就接到了女儿坠楼身亡的消息。警方作跳楼自尽处理，没有任何人追究景海琛的责任。只有我才知道，璐璐是被景海琛这个畜生逼死的。为了替女儿报仇，也为了不让更多的孩子被景海琛糟蹋，我决定要亲手杀死这个衣冠禽兽。为了接近他，他在网上征集《死神来了》第二部的剧本时，我就给他写了一个剧本，但没有被采用。直到第三部的剧本，才被他看中，我也借这个机会混进了剧组……"

范泽天脸色凝重，道："如果这世界上每个人都像你这样，有冤的报冤，有仇的报仇，那还不乱套了吗？"他挥挥手，说，"把他带下去。"两名警察听到命令，立即上前给华叔上了手铐。

牧芝见他光着一只脚踩在湿漉漉的草地上，心有不忍，说："范队，让我帮他把鞋子穿上吧。"范泽天叹息一声，点点头，把那只皮鞋递给了她。

7

牧芝拿着鞋子，弯下腰去，正要给华叔穿鞋，目光落在那只黄色的皮鞋上，某根心弦似乎被蓦然触动，人就为之一呆。

她忽然想起了昨天深夜景海琛骑着摩托车回来和出去的场景。当时天下着大雨，景海琛一直穿着那件火红的雨衣，戴着头盔，由始至终，她都没有看见过他的脸。她只是凭他的摩托车、他的雨衣及他的身形，理所当然地将那个人认为是景海琛。

她清楚地记得，当景海琛跨上摩托车时，她看到了雨衣下露出的皮鞋，那正是一双黄色的皮鞋。

她想到了华叔平时对她如父亲般的关爱，也想起了华叔刚刚看她时的慈祥目光，她心中一动，蓦然明白过来。

"等一等。"她站起身，对范泽天道，"范队，你不要为难华叔，其实杀死景海琛的人不是他，而是我。"

范泽天一怔，盯着她问："是你？"

牧芝点点头，就把自己被逼加入这个剧组和昨晚在竹林里用石头袭击景海琛的经过，都说了。然后她又接着说："自从我加入这个剧组以来，华叔就像父亲一样默默地关心我，每当我遭到景海琛的骚扰时，他总会想办法替我解围。如果我猜测得不错，昨晚我的反常举动引起了华叔的注意，所以他跟踪我到竹林，看到了我用石头砸死景海琛的经过。为了替我脱罪，他拿了景海琛的钥匙，打开摩托车车尾箱，拿出了景海琛的雨衣，在大雨中扮做景海琛回了一次剧组，为的就是要将景海琛的死亡时间，从晚上九点半往后推，只有这样，我才会有案发时不在场的证明，才能让我跟这桩杀人案撇清关系。现在警方在案发现场发现了他的脚印，他为了不连累我，所以只好自己承认自己就是杀人凶手。"

"不，不是这样，景海琛是我杀的，真的是我杀的。"

华叔冲着范泽天大喊起来。

范泽天看看他，又看看牧芝，并不说话。

华叔眼圈发红，对牧芝柔声道："丫头，谢谢你，你真的不必这样，不必为我顶罪。人是我杀的，只要能除掉景海琛这个畜生，我就是死，也值得了……丫头，好好演戏，你的前途远大着呢……"

这时一名警察跑步过来向范泽天报告说，南岳山庄对面一间新建的别墅围墙上装有监控摄像头，可以拍到南岳山庄前面十字路口的场景。

警方调看了昨晚的视频资料，看到晚上十点三十二分和十点四十分时，有一个雨衣人骑着摩托车经过十字路口进出南岳山庄。因为相距较远，视频拍得比较模糊，但经过技术处理后，可以看清楚骑手当时露在雨衣下摆外面的确实是一双大码的黄色皮鞋。

范泽天听罢，不由得皱起了眉头。

他知道，死者景海琛穿的是一双黑色皮鞋。

这么说来，昨天深夜骑着摩托车回到剧组然后又立即离开的人，并不是景海琛，而是华叔。

牧芝道："我没有骗你们，景海琛真的是我杀的，华叔是无辜的。"

华叔跺足叹息道："丫头，你好傻呀，为什么要承认自己是杀人凶手？为了那个畜生毁了自己的前途和一生，值得吗？就让我这个失职的父亲来承担一切不是更好吗？"

牧芝扑通一声跪在他跟前，流着眼泪道："谢谢您华叔，我真的不能那样做，如果我不说出真相，我一辈子都不会安心。"

范泽天叹口气说："现在我只有一个问题还不明白。据我们调查，昨天深夜'景海琛'回剧组房间之后，曾接到一个电话，'景海琛'讲电话的声音还挺大的，剧组里有好几个人都听见了，那确实是景海琛的声音。如果那个景海琛真的是华叔你假扮的，那你到底是怎样模仿他的声音打电话的？难道你会口技不成？"

华叔说："我不会口技，我与景海琛的身形差不多，但声音差别很大，想模仿也模仿不来。不过我对景海琛作过一些调查，知道他当导演之前曾客串演员拍过几部不入流的电影，其中刚好有一段他与别人通电话的情节。我昨晚只不过是从网上搜到那部电影，把他在电影里跟别人通电话的那一段情节，放大声音之后，在我的上网本里播放了一遍。"

范泽天恍然大悟似的点点头，挥挥手，对旁边的两名警察说："把他们两个都带回局里调查。"

8

就在两名警察带着牧芝和华叔即将走出警戒线之际，范泽天像是忽然想到了什么，连忙叫道："等一等。"

牧芝和华叔止住脚步，回转身看着他。范泽天快步追上来，问牧芝道："你动手杀景海琛时，一共用石头砸了他多少下？"

牧芝说："只砸了一下，他就倒在地上不动了。"

范泽天又问华叔："在这之后，你有没有再拿石头砸景海琛的头？"

华叔摇头说："没有，我躲在暗处，看见牧芝砸死景海琛，等她跑出竹林，我才上前查看。这时景海琛的头已被砸烂，早已断气。"

牧芝道："范队，请你相信我，我说的都是真话，请你不要再为难华叔，景海琛真的是我杀死的，所有罪过由我一人承担。"

范泽天皱起眉头道："我正是因为相信你们说的是真话，所以才会觉得这件案子另有蹊跷。据法医检查，死者景海琛的头盖骨已被砸得粉碎，而且从创口形状来判断，景海琛的头上绝不只被石头砸中一下，至少有四五下之多。再说你一介弱质女流，如果一下就能砸出这样的'效果'来，那我只能说你是天生神力。"

牧芝奇怪地道："可是我真的只砸了一下，他就倒在地上不动了呀。"

范泽天想了想，又问她："你刚才说，昨晚九点半左右，你来到竹林赴约，看见景海琛坐在草地上，倚靠着一株大楠竹，耳朵里塞着耳塞，正在听音乐，是不是？那么你有没有看到他的脸？"

牧芝摇头说："没有，他一直背对着我。"

范泽天又问她走近景海琛时，有没有发现什么奇怪的地方？

牧芝摇头说没有，但想了一下，又说如果一定要说有什么奇怪的地方，那就是他的帽子。他这顶鸭舌帽，本来只有在片场工作时才戴，下班后从来没有戴过。所以当她在竹林里看到他戴着鸭舌帽坐在那里时，还愣了一下。

范泽天说："这就对了，景海琛头顶致命伤，绝不是你一个姑娘家一下就能砸出来的，他的头也不止被人砸过一下。"

牧芝立即明白过来，说："你的意思是说，在我之前，已经有人把他的头砸烂，只是因为凶手把流出的血迹擦干净，而且给他戴上帽子盖住了头顶，所以我没有察觉出来，是吧？"

范泽天点头说："是的。"

据他推断，在牧芝动手拿石头砸向景海琛之前，景海琛就已经被人用同一块石头砸死了。只是凶手将景海琛的尸体做了伪装，让他面向竹林深处坐靠在一株楠竹上，这样任何人从竹林外面走进来，看到景海琛的背影，都绝不会想到他已经是一个死人了。

他把在警戒线外给剧组其他人录口供的一名手下叫过来问："外面那些人，在昨天晚饭后至九点半之间这段时间，有人单独行动过吗？"

那名警察报告说："没有。"

剧组那些人吃过晚饭，都三五成群地结伴去街上闲逛或者买纪念品，每个人都有同伴可以证明，都是逛到夜里九点半之后才回南岳山庄。

整个剧组里，晚饭后单独离开的只有四个人，导演景海琛、编剧华叔、女一号牧芝，第四个是男一号舟小扬。

范泽天已经听彭所长说了剧组昨晚有个男一号跳楼的事，就问："这个舟小扬，就是昨晚跳楼的人吗？"

牧芝点头说："是的。"想了一下，又说，"我昨晚去竹林之前，曾在山庄大门口碰见他，当时他似乎喝多了，正蹲在地上使劲呕吐。"

范泽天问："他是个什么样的人？"

牧芝说："他身高超过一米八五，身体强壮，据说练过跆拳道。他又是一个性情忧郁的人，平时除了跟导演谈工作，很少主动跟其他人说话。"

范泽天又问："他昨晚有没有什么奇怪的举动？"

牧芝想了想，摇头说："没有。"

一旁的男二号忽然举了一下手说："有一件事，我不知道算不算奇怪举动。"

见范泽天正用鼓励的目光看着他，他便接下去说，"昨天吃晚饭，当牧芝姐给景导敬过酒之后，舟小扬曾借景导的手机打过电话。他说自己的手机没电了。但是后来我回房间的时候，看见他的手机放在电脑旁边，里面显示还有两格。"

范泽天眼前一亮，拍拍他的肩膀说："谢谢，你提供的这条线索，让我终于解开了这个案子中的一个死结。对了，你们景导平时不戴手表，是吧？"男二号点头说是的，他嫌戴手表麻烦，平时都是用手机看时间。范泽天说："这就对了，我有理由相信，舟小扬借景海琛的手机，并不是真的要打电话，而是

025

想把他手机里的时间调快十几二十分钟。"

牧芝一怔,问:"他为什么要这么做?"

范泽天说:"原因其实很简单,只因为他也对景海琛怀有杀机。"

舟小扬想杀死景海琛,却一直找不到下手良机。

昨天晚宴上,他偷听到了景海琛约牧芝晚上九点半到竹林见面的悄悄话。

他自然隐约了解牧芝与景海琛之间的关系,他觉得既能杀死景海琛,又能嫁祸别人保全自己的良机到了。

他悄悄把景海琛手机时间调快了十几二十分钟,使得景海琛到达竹林时,比与牧芝约定的时间早了许多。

就在这个时间差里,他来到竹林,用一块石头狠狠地砸死了景海琛,然后又从摩托车里拿出景海琛的帽子给他戴上,借以掩盖他被砸烂的头顶,又把他的尸体背对着外面的小路靠在竹子上。

这样一来,牧芝九点半来赴约时,发现他已经死了,鉴于她与景海琛之间的关系,警方一定会将她列为第一嫌疑犯,绝不会怀疑到舟小扬身上。

牧芝昨夜出门时,正好碰见舟小扬从竹林回来。

舟小扬扶着大门口的石狮子呕吐,有可能是晚上喝多了酒,更可能是他自己都对自己亲手制造的血腥场景感到恶心反胃。

但是让舟小扬没有想到的是,看起来似乎弱不禁风的美女明星牧芝,竟也会对景海琛动杀机,居然会用他扔掉的石头再在景海琛头上砸一下,后面华叔为了牧芝所做的事,就更是在他的计划之外了。

昨天深夜,舟小扬看见"景海琛"骑着摩托车回到剧组,以为他真的又活过来了,既觉得万分奇怪,也立即感觉到自己处境不妙,走投无路之下,只好跳楼自尽,以求解脱。

但牧芝却对范泽天的推理产生了怀疑:"景海琛选中舟小扬做这部惊悚电影的男一号,他应该对景海琛心怀感激才对,为什么会对他动杀机呢?"

范泽天说:"对于这个问题,咱们也许该去请教彭所长。据我所知,他的人已经对昨晚跳楼身亡的舟小扬作过了一些调查。"

他把彭所长叫了过来，跟他把情况说了。

彭所长说："我的人今天上午确实对舟小扬作了一些调查，刚刚已经打电话向我汇报过了。舟小扬是省城影视艺术学院大四学生，他曾经在学校有一个恋人，名叫成云。当然，舟小扬是一名同性恋者。"

牧芝差点叫出声来："成云？那不是《死神来了》第二部中因为道具失误而坠楼身亡的男一号吗？"

彭所长点点头说："不错，据调查，舟小扬一直相信，恋人成云之死，并非意外，而是导演景海琛在拍摄最后一个镜头时，在威亚上动了手脚，致使男一号成云最后一跳，成了史上最真实的死亡镜头。景海琛这么做的目的，就是希望以最小的投入，最大限度来吸引媒体和大众的眼球，达到宣传和炒作自己作品的目的。"

范泽天舒了口气，作最后的"总结发言"，说："当然，舟小扬已经死了，死无对证，以上这些，都是基于警方目前所掌握的证据而作出的合理推测，是否成立，尚需详尽调查。"

他看了牧芝和华叔一眼，"无论如何，还得请你们两位回局里配合咱们的调查。"

他说话的语气，已比先前柔和许多。

"好的。"

牧芝与华叔同时点头。两人相互看了一眼，都从对方眼里看到了一丝欣慰。

刑事侦查卷宗

项链杀人案

案件名称：项链杀人案
犯罪嫌疑人姓名：XXX
立案时间：民国23年10月
结案时间：2014.4.8
立卷单位：无

（正卷）

孽缘鬼杀

1

我出生在一个警察世家。

父亲是一名在职老刑警,祖父是新中国成立后的第一批警察。

再往上推,我的曾祖父岳子琦,在全国解放以前,也曾做过民国政府的警探。

现在,我也成了一名警察——虽然只是一名整天待在档案室管理档案的警察。

今年清明节,我回老家青阳市东升镇扫墓,期间在镇上的祖屋住了一晚。

祖屋是一幢标准的三进三出的四合院,屋外粉墙黛瓦,屋内青砖铺地,院中有水池花木,在旧时来说,应该称得上是一座豪宅大院了。

祖父从小城公安战线退休后,一直住在祖屋里。

那天晚上,我跟祖父闲聊时,他忽然从一个古旧的木箱里翻出一个泛黄的笔记本,说是曾祖父留下来的,让我看看还有没有什么用处。

我翻开笔记本一看,里面用毛笔写满了密密麻麻的蝇头小楷,仔细读了两页,原来是曾祖父早年记下的探案笔记。

我把这个旧笔记本带回家,花了一个星期时间,从头到尾看了一遍,发现其中记载的,都是曾祖父当年经办的一些较为离奇的案件。

当然,有许多案件,当时看来觉得不可思议,但在几十年后的今天看来,却已不足为奇。而有几桩奇诡的案件,即便在今天看来,也颇让人惊异,现将旧笔记本中记录的"项链杀人案"、"恒生纱厂兄弟血案"两则案件整理之后,记录于此,以飨读者。

第一件"项链杀人案",不但案情奇诡曲折,而且案子牵涉曾祖父的岳父岳母一家,最重要的是,我觉得曾祖父最后结案,似乎略嫌仓促,而且其中的推理破案过程,也似颇有值得商榷之处。

故此将曾祖父记录此案的原文照录如下,请读者诸君一同做个见证。

2

民国二十三年十月的一个礼拜天,我公休在家。

妻子小园一大早就回了娘家,中午归来时,告诉我说她父亲病了,嘱我抽空过去探望一下。

下午,我就采购了些水果,坐着一辆黄包车,来到了岳父家。

岳父姓任,名叫任重远,现已年近半百,名下有三间米铺、两间绸缎庄和一间当铺,以身价而论,在这青阳城里,也算是屈指可数的富绅了。

岳父家在风景优美的青阳山下,是一幢三进三出的大宅子,跟我的住处隔着三四条街巷,并不算太远,但因着我是警察局的一名侦探,平时忙于公务,除了过年过节,倒是很少到岳家来。

见到躺在病床上的岳父,我不禁大吃一惊。

数月未见,原本白白胖胖的他,竟然消瘦得连颧骨都突显出来,头发胡子全白了,好像一下子苍老了十几岁似的。

我忙问岳母:"岳父生的什么病?找医生瞧过没有?怎么会病成这样?"

我的这位岳母姓苏,名叫苏书倩,是岳父的续弦,只有三十多岁年纪,因为保养得好,又会打扮自己,看起来皮肤白皙,穿着时髦,越发显得年轻,与病床上老态毕现的岳父,更是形成鲜明对比。

岳母表情忧郁地告诉我说:"也不知为什么,这个把月来,老爷像丢了魂似的,一直心绪不宁,吃不好睡不香,晚上老做恶梦。他都这把年纪了,经不住折腾,就病倒了,已经请了好几位郎中来看,就是瞧不出病因。"

我俩正站在病床前说话,冷不防昏睡中的岳父忽然一把抓住我的手腕,厉声惊叫:"啊,有鬼,有鬼,别杀我,别杀我……"

我吓了一跳,扭头一看,只见岳父躺在床上,双目紧闭,脸色苍白,表情惊恐,冷汗涔涔而下,像是正在做着恶梦。岳母急忙上前,轻声将他唤醒。

岳父喘了口气,无神地睁开双眼,一见到我,就像遇见救星似的,把我的手抓得更紧,连声说:"贤婿,吾命危矣,你可要救我……"

待瞧见岳母在旁,却又忽然止住话头,似乎有什么话,不便当着她的面讲。

岳母见状,忙说:"我出去给老爷准备一点吃的。"便转身走出了房间。

岳父示意我关上房门,然后托着我的手臂,半坐半躺地靠在床头,说:"子琦,有人想要向我索命,我命将休矣!你是个警察,可一定要救我!"

我不由得吃了一惊,下意识地四下里瞧瞧,说:"竟有这样的事?哪里有人要来索命?"

岳父说:"是在我梦里。"

我不由得哑然失笑,说:"岳丈,梦里的事,怎能当真?"

岳父摇摇头说:"不,我有预感,肯定是真的,确实是有人想要害我性命。"

岳父进而告诉我,说这一个多月来,他几乎每天晚上都要做一个相同的恶梦。梦中有一个人,像幽灵似的突然向他飘近,伸出双手,闪电般扼住他的咽喉。他拼命挣扎,却像中了魔咒似的,手脚竟然不能动弹。对方手劲很大,像一把铁钳似的钳住他的脖子,几乎令他窒息……

我皱起眉头问他有没有看清对方的脸。

岳父想了一下,说有一回他在挣扎中睁大眼睛,终于看清了那个人的脸。

我忙问:"那人是谁?你可认识他?"

岳父虚弱地点点头说:"我认识那个人,他姓张,叫张栓。"

3

十年前,在河南南阳,我的岳父任重远,交了一个朋友,名字叫作张栓。

张栓是个街头卖艺的,靠在街边围个圈子,表演一些杂耍功夫,向路人讨些赏钱过日子。

他练过缩身术，最拿手的绝活是钻桶。

表演的时候，先拿出一个直径不足三十厘米的木桶，坐在桶口，屁股先进去，接着把身体晃几晃，只听周身骨节一阵叭叭作响，人就像压紧的弹簧似的，突然间缩小了好几圈，然后整个人缩成一小团，很顺利地就从木桶中钻了过来。

张栓租了一间民房，住在南阳郊区，家中只有一个新婚妻子，并无别的亲眷。

他的妻子本是大户人家的女儿，在城中女子中学念过书，后因家庭变故，父母双亡，迫于生计，下嫁给了街头艺人张栓。

岳父常去张栓家喝酒，渐渐便跟他这位年轻貌美的妻子也混熟了。

岳父在大清朝曾中过举人，颇有些学问。民国后，为生计所迫，仗着自己读过几本《黄帝宅经》《葬书》之类的书，就做起了风水先生，专门替人定穴立宅，堪舆相地。

当时的岳父，刚刚丧偶，带着一双十多岁的儿女相依度日。

岳父人至中年，成熟洒脱的气质和上知天文下知地理的渊博学识，赢得了张栓妻子的好感。

岳父本是个风流人物，眉来眼去之下，两人就背着张栓，做下了苟且之事。

有一天深夜，电闪雷鸣，风雨交加，岳父从张栓家喝完酒回家，途中经过一片麦田时，忽然轰隆一声巨响，一个暴雷在头顶炸响，把岳父吓了一跳。然而就在雷声响起的同时，他竟然隐隐感觉到脚下的土地在浮动，地底下似乎有轰隆隆的声音与天上的雷声相应。

他怔了一下，忽然意识到了什么，将手里的灯笼举高一看，只见自己所处的这片麦田，大约有十余丈见方的一大块，庄稼的长势明显没有周边田里的好。

他顺手掏出罗盘一测，发现自己立足之处，竟是一块气凌云天的风水宝地。

麦田长势不好，是因为地下夯土坚实，不利于作物生长；雷声响过，脚下隐有回声，说明地底空旷。

凭着多年寻龙觅穴堪舆相地的经验，岳父知道，他立足的这块麦田下，一定有一个古墓。

他在麦田中做了记号。

第二天一早，风停雨住，他借来一把洛阳铲，悄悄来到麦田中，找准位置，向下连掘数十下，果然挖出来一些熟土，土中还混杂着少许朱砂和木屑。

由此看来，他昨晚的推测是完全正确的。再用洛阳铲连续打点，最后基本确定了古墓的位置。从面积上看，这应该是一个比较大型的古墓，里面的随葬品一定不在少数。如果能成功盗掘此墓，那自己下半辈子就不用愁了。可是要想盗掘此墓，凭自己一己之力，实难办到。

这个时候，他想到了张栓。

张栓年纪轻，力气大，最重要的是，他练过缩身术。到时只要从地面挖一个小洞通向墓中，让他施展缩身术，即可下到洞底，实在要省事许多。

他找到张栓，把这事跟他一说，张栓正愁找不到赚大钱的活路干呢，当即同意。

经过几天时间的勘察和准备，在一个风高月黑之夜，岳父和张栓带着铁锹、畚箕和绳索等物，来到了那片麦田。在早已确定好的墓室上方，向下竖挖了一个直径三十厘米左右的地洞。

那墓埋葬得并不太深，向下挖掘了五六米，就通到了墓室中。

张栓在腰里系上绳索，拿着火把、斧头和布袋，施展缩身术，将身子缩小得如同七八岁的孩童般大小，很顺利地就钻进了地洞。

岳父站在地面上，手持绳索，缓缓将他放到洞底。只听得下面传来一阵噼噼叭叭的声响，似乎是张栓找到了墓主人的棺椁，正用斧头劈开。

过不多时，地底下传来一阵铃铛声响，正是张栓向地面发出信号。

岳父急忙拉起绳索，只见绳索一端系着张栓带下去的那个布袋。解下来一看，里面装了大半袋金银器皿和珠宝玉器，随便拿出一件来，都是价值万金的珍宝。

岳父不由得心头大喜。

正在这时，地下铃声再次响起，是张栓在地底下催他快点将绳索放下，将他拉起。

岳父正要将绳索放下，心中却忽然闪过一个念头：假如张栓就此葬身古墓，再也出不来，非但这一袋子金银珠宝为我一人独得，就连他那年轻漂亮的老婆，岂不也是我任某人的了？

恶念一闪，便再也挥之不去。

他往洞下一瞧，只见一闪一闪的火光中，张栓正仰着头，朝上看着，眼巴巴等着他放下绳索将自己拉上来。

他不禁恶向胆边生，咬一咬牙，搬起田埂边一块石头，使劲往洞里砸去。只听洞中传来"啊——"的一声惨叫，火把顿时熄灭。

岳父心口怦怦直跳，急忙用铁锹铲起泥土，将那盗洞填平踏紧，再在上面移栽上几株麦苗，将一切恢复原状，瞧不出痕迹了，这才提着那一袋金银珠宝，急匆匆来到张栓家。

张栓的妻子自然知道丈夫半夜出门干什么去了，正在家里焦急等候，忽见岳父一人回来，不由得吃了一惊，就问张栓怎么没有回来？

岳父支吾着说不出话来。

张栓的妻子一瞧他的神情，就已隐约猜到发生了什么事，尽管她跟张栓没有什么感情，但毕竟夫妻一场，也不禁落下泪来。

岳父把那一袋金银珠宝给她看了，说事已至此，南阳城是不能再待了，咱们一起离开这里吧。

张栓的妻子犹豫一下，只得点头同意。

于是岳父就带着她和自己的一双儿女，连夜离开了南阳城。

几经漂泊，最后定居在这湘鄂之边的青阳城。

岳父将盗墓所得的金银珠宝变卖之后，用所获钱财来做生意，只十来年时间，生意便做得风生水起，名下有了好几间商铺，他也成了青阳城有头有脸的大老板。

他的一双儿女，也渐渐长大，儿子外出当兵，女儿小园嫁给了我。

当年那个随他私奔的女子，就是我现在的岳母苏书倩。

4

　　岳父勉强振作精神，向我讲述完他和张栓之间的故事，然后闭上眼睛，躺在床上休息了好一会儿，才又开口接着说："杀死张栓，离开南阳之后，我几乎每天都在良心的不安和惊惶恐惧中度过。生怕东窗事发，警察找上门来，更怕张栓的冤魂化为厉鬼，前来找我索命……我来到青阳城开始做生意以后，因为全心全意都扑在了生意上，这种不安和恐惧，才渐渐淡下来，直到一个月前……"

　　岳父告诉我说，大约一个多月前，他从街上走过，忽然路边有一位算命先生叫住他说："先生，我瞧您眉棱高起，天柱倾斜，眼前似乎便有一劫啊。"

　　岳父本是靠看风水起家，算命先生这套把戏，他自然是知道的，所以并未理睬。谁知那算命先生对着他的背影，又加了一句："厉鬼讨债，十年不晚；不是不还，时机未到。"

　　岳父一怔，就止住脚步问："我欠人家什么了？又要还人家什么？"

　　算命先生说："欠债还钱，杀人偿命。"

　　岳父听得"杀人偿命"这四个字，不由得大吃一惊，想起自己杀死张栓到现在，岂不是正好十年？这算命先生算得如此准确，看来绝非凡人。

　　他当即就掏出五块银元塞给他，低声道："先生料事如神，在下佩服。还请先生施展神通，帮我化解此劫。"

　　算命先生掐指一算，忽然脸色一变，推开他的银元道："我泄露天机，已是不该。此劫是你命中注定该有的，我就是神仙下凡，也化解不了。"言罢起身，扬长而去。

　　算命先生这一番话，又撩起了岳父心中潜藏已久的恐惧感，回到家后，当天夜里，便做了一个恶梦，梦中果然有人向他索命……

　　最后，岳父叹了口气说："从那以后，我就恶梦连连，几乎每天晚上都梦见厉鬼索命。晚上失眠多梦，受到了惊吓，白天也心神不宁，疑虑重重，总感觉到有人想要害我性命。没过多久,我就病倒在床。你岳母先是请来道士作法驱鬼,并无效果,后来又请了郎中来瞧病,也不见半点好转。现在只要我一闭上眼睛,那梦中恶鬼就会张牙舞爪地向我扑来……"

我做梦也想不到,一向以诚信商人面目示人的岳父,竟然也干过盗墓杀人的勾当。

我安慰他说:"岳丈,有道是日有所思,夜有所梦。您之所以做这样的恶梦,完全是因为十年前那桩人命案,使您耿耿于怀心怀恐惧的缘故。待得时日久了,慢慢将此事淡忘,也就无事了。"

"不!"

岳父忽然抓住我的手说,"不,这不只是做梦,我有预感,这是真的,是真的有人想要害我性命。你可一定要帮我。"

我皱皱眉头,问:"你这样说,可有证据?"

岳父摇摇头说:"证据倒是没有,只是我觉得身边的人都有点怪怪的,甚至就连你岳母也……"

我说:"这只不过是您被恶梦所扰,产生的幻觉罢了。你想叫我怎么做?"

岳父说:"你是警察,一定要保护我。"

我想了一下,说:"好吧,为防意外,我跟负责在这一带巡逻的兄弟说说,叫他们平时多留意一下任家大宅周边的情况。另外,我下班后,也多抽时间过来看看。您放心,只不过是做梦而已,不会有什么事的。"

第二天,我从警局下班后,去到岳父家。发现岳父家里来了一个和尚,约莫三四十岁年纪,身穿土黄布衲,左臂残缺,只有一条右臂,脸上布满伤疤,鼻梁塌陷,嘴角歪斜,相貌十分丑陋。

我一问才知,这是一位外地和尚,法号普缘,因云游到此,听得坊间传闻,说任家大宅的主人任重远任老板最近为恶梦厉鬼所扰,所以特地找上门来,说自己有一条玉坠项链,戴在身上能驱邪镇鬼,祛病禳灾。

他见我面露怀疑之色,便从口袋里掏出一条玉坠项链。

我走近一看,只见那一条细细的珍珠项链上穿吊着一只白玉坠子,玉坠上雕着一个钟馗像，豹头环眼，冷面虬髯，凶相毕露，大有鬼神莫近之势。

岳母见他说得如此玄乎，便有些动心，对我说："不管灵不灵验，试一试也好。"就问那和尚，"这玉坠项链，你要多少价钱才肯卖？"

普缘和尚朝病床上的岳父看了一眼，眼中闪过一丝异样的神情，说："贫僧这玉坠项链不买不卖，只赠与有缘之人。既然贫僧与这位施主有缘，自当倾情相赠，分文不取。"说罢将那玉坠项链留在桌上，甩甩左边那只空空的衣袖，哈哈一笑，扬长而去。

我瞧这和尚行为怪异，如癫似狂，不禁心下诧异，跟着他追出大门，还想问他几句，却已看不见他的身影。

我回到岳父的卧室，岳母已将那和尚留下的钟馗玉坠项链戴在了岳父的脖子上。

说来也怪，当天夜里，岳父竟然一夜无梦，睡得十分安宁。

自从戴上这钟馗玉坠项链之后，岳父便再也没有做过恶梦。

不几天，病就好了。

从此后，岳父就将那钟馗玉坠项链当作护身符戴在脖子上，片刻也不离身。

5

大约半个多月后的一天早上，我刚到警局上班，就接到有人报案，说位于青阳山下的任家大宅里发生了命案，任重远任老爷被人勒死在自己床上。

我不由得大吃一惊，急忙带人赶到岳父家。

这时的任家大宅，早已乱成一锅粥。

我来到案发现场，果然发现岳父双目紧闭，脸色苍白，死在了自己卧室的床上。

我仔细察看尸体，发现在脖颈处有一圈被珍珠项链勒过的暗印，由此可以判断，他是被人用自己脖子上的项链勒死的。

想不到岳父的"护身符"，最后却成了夺取他性命的凶器。

死者表情平静，可以推测到，他是在睡梦中不知不觉间被人勒杀的。

法医到场检验后告诉我："任老爷子的死亡时间，大约在昨晚半夜时分。"

经过仔细询问，我们了解到案发经过大致如下：

昨天晚上，因为天气寒冷，岳父岳母早早的就上床睡了。由于风大，临睡前岳母关紧了卧室的门窗。整个晚上，除了屋外的风声，岳母并未听到半点异常的响声。

今天一早，岳母起床时，见岳父睡在床的另一边没有动静，以为他还在熟睡之中，所以就没有叫醒他。

等她在院子里散了一会儿步，仍未见岳父起床，就吩咐丫环来叫岳父起床吃早饭。

丫环来到岳父床前，叫了好几声，都没有反应，往床上仔细瞧了两眼，这才发现有些不对劲，急忙叫来岳母一察看，才发现岳父早已断气多时，连尸体都已冰凉。

因为岳父戴着那条玉坠项链，脖子上勒痕明显，所以大家一看就知道是被勒死的，急忙到警局报了案。

我又仔细检查了一下卧室门窗，并未发现有人从外面撬动过的痕迹，由此排除了外人半夜潜入作案的可能。也就是说，昨天晚上，只有岳母跟岳父两人在这房中。

如此一来，岳母就成了我们的重点怀疑对象。

经过几天时间的深入调查，案情很快就浮出了水面。

原来我那位漂亮的岳母，早就跟任家米铺那位年轻俊秀的账房先生好上了。

岳父家大业大，并且有一个儿子在外地当兵，岳父迟早都会把自己的家业交给儿子，到时岳母想要分一杯羹都难。

有道是先下手为强，岳母就跟自己的情夫商量，想谋害岳父之后先夺取他的万贯家业，等到岳父的儿子若干年后回来时大局已定，也不可能再将家产夺回去。

最初，他们买通街边的算命先生，搬出十年前的人命案恐吓岳父，使他心生恐惧，恶梦连连，最终病倒。

本以为岳父一把年纪，会一病不起，就此丧命。

谁知半路上杀出一位云游和尚，赠给岳父一条玉坠项链。

岳母本不相信那玉坠项链真有辟邪镇鬼的神效，谁知给岳父戴上之后，竟真的治好了他的心病。

岳母一计不成，只好铤而走险，亲自动手，将睡在枕边的丈夫悄悄勒杀……

岳母和她那位相好的情人被捕之后，那位年轻的账房先生一见情势不妙，就把一切罪名推到了岳母身上，说自己虽然与她商议过杀害任老爷夺取任家财产之事，但却从未动手参与过杀人事件，所有的一切，都是岳母一人所为。

岳母自然也是哭哭啼啼不肯认罪，但证据摆在眼前，却也由不得她不承认。

最后岳母被判了死刑，执行枪决。她那位情夫，则被判了无期徒刑。

翌年，岳父的大儿子，也即我的大舅哥回了一趟青阳。他因作战有功，已经擢升旅长之职。

他因军务繁忙，只到父亲坟前上了一炷香，就走了。临走前，他将任家的全部产业，都赠送给了他的亲妹子，也即我的妻子任小园。

6

以上文字，便是我的曾祖父几十年前留下的，关于那件"项链杀人案"的全部记录。

读完这些文字，我在为苏书倩这个女人的歹毒心肠感到后怕的同时，也不禁产生了一点小小的疑惑：假如苏书倩真的处心积虑想要杀害任重远的话，那么她大可以采用别的、更加不容易暴露自己的方式，来结束他的性命，而不是采取现在这种谁都可以猜测到凶手是她的法子。不过话又说回来，也不能就此推断曾祖父当年的推理完全错误。毕竟当时出事的那间卧室，门窗都是从屋里关好了的，在没有外人进入的情况下，杀死任重远的凶手，只能是苏书倩。

但我总觉得曾祖父在办案的过程中，似乎忽略了什么。

这时，我忽然想到了那条曾经救过任重远一命，最后却又将他置于死地的玉坠项链。

我又抽时间回了一趟老家祖屋。在爷爷的指引下，终于在堆放于屋角的一个旧箱子里，找到了曾祖父笔记中所说的那条钟馗玉坠项链。我把它带回家，认真研究了好几天，也没发现半点线索。

后来一个很偶然的机会，我把这个故事讲给一位在检验科做检验员的同事听了。他对此也很感兴趣，把那条玉坠项链拿了去，说是要好好检测一下。

两天后，他打电话告诉我，说经过科学检测，发现这条项链上的玉坠和珍珠，用料都极其普通，并无特别之处。与其他同类项链唯一不同的是，穿起那些细珍珠的绳子，竟不是普通的绳子，而是一条从人体手臂中抽取出来的手筋。并且更为奇特的是，在某种特定的条件下，这条手筋竟能像弹簧一样自动收缩……

不知道为什么，一听到"手筋"这个词，我就立即想起了曾祖父笔记中所记载的，那个断了一条手臂且相貌丑陋的普缘和尚。

如果我的推理没有错，那个赠送避邪项链给任重远的普缘和尚，就是死而复生的张栓。当年张栓只不过是被任重远砸伤面部，昏倒在了古墓里。任重远将他活埋在古墓里之后，他不知想了什么法子，最终从古墓中逃了出来。然后，他就开始了自己寻觅仇人孤身复仇的旅程。那条致命的珍珠项链，应该是他自断左臂，用自己的手筋制作而成。

他的缩身术已经练到了出神入化的地步，身上每一条筋骨都有能够收缩的特异功能。任重远戴上这条项链之后的某一天夜里，那条手筋项链竟然自动缩紧，将睡梦中的他勒死，然后又像弹簧似的，自动松开，恢复原状……谋杀任重远的罪名，最终却让苏书倩承担了下来。这个当年背弃丈夫，与人私奔的女人，最后却落得个被警方冤杀的下场。

这是张栓早就设计好的，还是纯属意料之外的巧合呢？

刑事侦查卷宗

恒生纱厂兄弟血案

案件名称：恒生纱厂兄弟血案
犯罪嫌疑人姓名：XXX
立案时间：民国29年3月
结案时间：民国29年5月
立卷单位：无

（正卷）

连环杀局

1

民国二十九年三月的一天傍晚，苍茫暮色笼罩了青阳山。

山顶老虎崖上，有两个人面对面站着。

一人身形瘦削，约莫四十多岁年纪，胡子拉茬，浑身上下透着一股落魄颓废之气；

另一个人年龄略小，大约三十六七岁，西装革履，戴着一副金边眼镜，显得气度不凡。

夜风中，只听那西装男子颇不耐烦地问："三哥，你把我约到这荒山野地里来，到底有什么事？"

那被称作"三哥"的瘦削男人说："妹夫，我有件东西想要交给你。"

说罢从身上掏出一只牛皮纸大信封，递到他手里。

那个"妹夫"随手打开信封，不由得吃了一惊："这、这是纺纱机改良图纸？如果真的按此改良咱们纱厂的设备，只怕效率要增加一倍吧。"

"三哥"点点头说："不错，这份图纸，是我多年心血的结晶。请你替我好生保管，将来总会用得着的。"

"妹夫"脸上露出狐疑的表情："大哥才是咱们恒生纱厂的总经理，你这份图纸，应该交给他才对。"

"三哥"哼了一声，说："大哥一向刚愎自用，独断专行，听不进半点意见，我若将这图纸交给他，他只怕连看也不看就会丢进火炉里烧掉。再说他现在正跟日本人打得火热，要把纱厂的一半股份卖给日本人，这是汉奸才做的事，我可不想跟他搅到一起。"

"妹夫"嘴角一挑，冷笑道："跟日本人合作，是大哥跟二哥和我商量后作出的决定。现在日本人在中国的势力这么强大，他们的设备又比我们先进，跟他们合作，我们有赚无亏。"

"呸，什么狗屁有赚无亏？日本人的狼子野心，你们竟一点也看不透吗？他们第一步是买咱们恒生的股份，接下来第二步，就是要吞并咱们纱厂。你们这样做，跟汉奸、卖国贼又有什么区别？"

"你说什么？"

"妹夫"听他骂自己是"汉奸、卖国贼"，不由得气得满脸通红，伸手往他胸口用力一推，"三哥"猝不及防，身体一晃，踉踉跄跄后退一步，一脚踏空，竟然直往悬崖下坠去。

"妹夫"呆了一下，急忙跑到悬崖边往下一瞧，薄暮中看见"三哥"摔落在深崖下的乱石丛中，脑浆迸裂，已经当场毙命。

他不由得吓得脸色发白，赶忙将山顶石头上自己留下的脚印擦干净，只留下"三哥"一个人的脚印，然后将那个牛皮纸信封夹在腋下，沿着一条小路，急匆匆下山去了。

2

刚进四月，天就热起来。

这一天，青阳县警察局的探长岳子琦正手执蒲扇，坐在办公室里写一份结案报告，忽然接到报警，说恒生纱厂的总经理吴大彦被人毒死在纱厂食堂内。

岳子琦大吃一惊，急忙带人赶往恒生纱厂。

恒生纱厂，是由青阳商人吴恒生带领自己的儿子女婿历尽艰辛创办起来的。创办之初，只是一间规模不大的小厂。

后来吴恒生的第三个儿子吴三彦留洋归国，经过潜心考察和研究，将纱厂旧式机器改良成了自动纺纱机，使得每个工人的看台数量从原来的4台，提高到了20台，大大的提高了生产效率，同时产品质量也有明显提高，产品畅销国内，远销东南亚，成为华中华南地区最大的纱厂之一。

三年前，老经理吴恒生生病逝世，留下遗书交待由大儿子吴大彦接替自己总经理的位子。

后来坊间曾有传言，说老经理选中的接班人选，本是聪明能干的三儿子吴三彦，但后来大儿子吴大彦和二儿子吴二彦及女婿宋博联手害死了老经理，窜改遗书，夺取了纱厂总经理的位子。

因无确切证据，流言也就不了了之。

吴大彦当上总经理后，立即把二弟吴二彦提升为纱厂厂长，妹夫宋博提升为副厂长，而老三吴三彦，则被发配到维修部，负责维修机器。

吴三彦留洋时，曾在美国结过婚，有一个儿子叫吴灿。因妻子不赞成他回国发展，所以离了婚，儿子跟妻子一起生活在美国。他自己却毅然回国。

回来之后，他几乎把自己所有的心血，都用在了纱厂的技术改良上面，没想到最后却落得如此下场。情绪消沉之下，竟染上了酗酒的毛病，整日里借酒浇愁，几乎变成了一个酒鬼。

不久前，与他相好多年的红颜情人也嫌他潦倒落魄，离开他投入了别人的怀抱。

吴三彦受此打击，不禁万念俱灰。

终于，上个月有人在城郊的青阳山中发现了他的尸体，经警方到场勘察确认，系跳崖自尽。

让人没有想到的是，吴三彦死后不到一个月，他的大哥，恒生纱厂的总经理吴大彦竟也跟着出了事。

恒生纱厂坐落在城南太平坊，纱厂正面是一道方形门楼，门楼上竖着四个两米多高的红色大字——"恒生纱厂"，门楼后边，便是纱厂厂址所在。

岳子琦来到恒生纱厂，因为纱厂厂长吴二彦出差在外，接待他们的是副厂长，也即死者吴大彦的妹夫宋博。

宋博先领着他们来到食堂，查看吴大彦的尸体。

此时吴大彦已经被人抬到了一张长沙发上，尸体早已僵硬，尸斑明显，口唇青紫，口鼻间有白色泡沫状附着物。

随行法医认真检查后，初步断定系砒霜中毒死亡。

据宋博反映，因为工作繁忙，为了节省时间，吴大彦每天都在纱厂食堂吃午饭。

食堂因此特意给他准备了一间独立的餐室。

每天用餐时，吴大彦爱喝一种叫作八珍酒的药酒。

这是青阳仁和堂药店秘制的一种药酒，由人参、白术、茯苓、当归等药材，加上上等白酒炮制而成，据说有补气益血、调理脾胃的功效。

吴大彦常常购回一整箱，共计十瓶，存放在食堂地窖里，每天喝上一杯，喝完之后再去购买。

他现在喝的这一箱八珍酒，是三个月前购买的，前面九瓶都已经喝完，今天喝的是最后一瓶。

谁知这一杯酒刚刚下肚，他就浑身抽搐，口吐白沫，倒在地上。

旁人发现后，还没来得及叫医生，他就已经死在了餐桌边。

岳子琦叫人把那瓶酒拿去化验，果然发现里面被人下了砒霜。

宋博红着眼圈说："总经理是咱们纱厂的顶梁柱，是谁这么狠毒，竟要下毒害死他？"

岳子琦皱皱眉头说："现在要说出谁是凶手，还为时过早。你先带我去收藏药酒的地窖看看吧。"

宋博点点头，带着他下了一道楼梯，往地窖走去。

那个地窖设计得十分简单，而且有门无锁，除了吴大彦的那一箱八珍酒，还存放着一些别的酒，都是纱厂其他人存放在这里的，每天吃饭的时候，都有人下来拿酒喝。

岳子琦经过询问得知，这个地窖并不是什么重要场所，所以既没有上锁，也没有专人看管，只要是在食堂吃饭的工人，都可以自由出入，甚至厂外人员，要想混进来，也不是什么难事。也就是说，纱厂的任何一个人，甚至是纱厂以外的人，都可以悄悄溜进来下毒。

而且这一箱八珍酒是三个月前买来存放在这里的，直到今天之前的任何一天，都有可能是下毒时间。因为毒是下到箱中最后一瓶酒里的，也就是说，无论是什么时候下的毒，都只有到吴大彦喝最后一瓶酒时，才能被发现。

岳子琦不禁心头一沉，凶手身份的不确定性和下毒时间的不确定性，使得这起看似简单的投毒案，顿时变得扑朔迷离起来。

他把手下人分成两拨，一拨人封锁地窖，继续搜索，另一拨人则去找食堂员工和经常出入地窖的纱厂工人询问情况。

忙了一下午，却没有找到半点线索。

天色渐晚，岳子琦只好决定先回警局。

离开纱厂的时候，宋博将他送到门口，小心翼翼地问："岳探长，你看我们总经理这案子……"

岳子琦说："你们先给吴总经理办后事吧。查案的事，我们会负责的。"

刚说到这里，宋博忽然盯着门楼的方向，轻轻"咦"了一声。

岳子琦忙顺着他的目光瞧去，却见门楼外空荡荡的，并无奇怪之处，就问他怎么了？

宋博奇怪地道："我刚刚看见门楼外站着一个陌生的年轻人，正朝纱厂大门这边张望，形迹甚是可疑，不过一转眼，就不见了。"

岳子琦眉头一挑，急忙奔到门楼外，却见夜幕中的大街上冷冷清清，看不到一个人影。

3

尽管吴大彦的案子还没有头绪，但偌大的恒生纱厂，不可能没有一个当家人。

就在吴大彦的葬礼举行完毕的第二天，吴二彦就登报声明，由自己接替兄长，担任恒生纱厂总经理一职。

他是吴家二公子，又是恒生纱厂的厂长，由他来做总经理，自然不会有人有异议。

新总经理上任的各项典礼，都是由宋博一手操办。

除了召开员工大会、发表就职讲话、举办宴会、宴请各方人士，还有最重要的一项，就是按照惯例，新总经理在上任之前，都要到吴家祖坟前上一炷香，敬三杯酒，以示自己没有忘本。

举行祭祖典礼的那一天，天色阴沉，空气凝重，一片山雨欲来的气息。

典礼开始之后，吴二彦从妹夫宋博手中接过三根点燃的香，表情庄严，一步一步朝着祖宗的坟墓走去。

宋博及其他随行人员，则直立在他身后不远的地方，神情肃穆，连大气也不敢出。

吴二彦将一炷香插到祖坟墓碑前，双腿也随之跪下，正要叩头致敬，忽觉脚下一颤，只听轰然一声响，他脚下及周围一丈见方的一片地皮，突然整个儿坍塌下去。

他吓得哎哟一声惊呼，也随之跌落下去。

宋博和其他随行人员见了，不由得大吃一惊，急忙上前一看，却见那地坑坍塌下去足有一丈多深，里面就像猎人精心布置的陷阱，洞底倒插着许多锋利的尖刀。

吴二彦跌落下去，正好被几把尖刀刺穿身子，鲜血喷溅而出。

宋博大惊失色，急忙叫人下去救他。

可是两名随行人员慢慢滑下地坑，仔细一看，吴二彦被尖刀刺穿心脏，早已没了呼吸。

宋博如遭雷击，惊得一屁股坐在地上，猛一抬头，却看见不远处的一棵大树后面竟然站着一个陌生人，约莫二十多岁年纪，剃着平头，正探头探脑地朝这边张望着。

他认得此人正是上次自己送岳子琦走出纱厂大门时，躲在门楼后边偷窥自己的人。

那人见他发现了自己，把身子往大树后边一缩，就不见了踪影。

然而就在这一刹之间，宋博已经看清了他的脸。

他忽然觉得这个人有些眼熟，似乎在什么地方见过。

但此时此际，却也无暇多想，一面命人不要动总经理的身体，一面赶紧叫人回去请医生。

不大一会儿，医生赶了过来，忙碌了好一阵儿，最后证实吴二彦确已死亡。

数日之内，新旧两任总经理离奇毙命，一月之间，吴氏三兄弟先后离开人世，如此惨剧，不仅在恒生纱厂，就是在青阳城内，也引起了轩然大波。

岳子琦推开了手里边所有的工作，把全部精力都用在了侦查恒生纱厂的两桩离奇命案上，忙活了一阵儿，却一无所获。

然而这可怕的杀戮并没有停止，就在吴二彦死后的第三天，恒生纱厂内又发生了一起惨案。

吴二彦当厂长的时候，为了中饱私囊，满足自己的私欲，几乎每个月都要贪污一笔货款。因为宋博管着厂里的财务账目，所以他想要瞒过这位精明的妹夫是不可能的。

结果一来二去，两人就结成了同伙，每次都将贪污来的钱存放在一个钱柜里，钱柜需要同时使用两把钥匙才能打开。吴二彦与宋博每人保存一把钥匙。

吴二彦死后，他保存的那把钥匙找不到了，宋博想私吞两人共同贪污来的那一大笔钱，就不得不想办法撬开那个钱柜。

这天傍晚，宋博悄悄溜进吴二彦的办公室，瞧见左右无人，便拿出随身携带的锤子、螺丝刀等工具，去撬钱柜的锁。

谁知他刚将螺丝刀插进锁孔锤了几下，就听得轰然一声巨响，眼前白光一闪，钱柜的两扇铁门被炸得粉碎，铁片像雨点一样打进他的身体。

他整个人都被一股热浪掀翻在地，顿时失去知觉。

旁人听到响声，跑进来一看，却见他浑身是血，一动不动地躺在地上。

一摸鼻子，还有气息，赶紧将他送到医院。

医生检查后说还好，爆炸的威力还不算巨大，他只受了些伤，并无生命危险。

第二天早上，宋博从昏迷中醒来，第一件事就是叫人去请岳子琦。

岳子琦来到医院后说："昨天发生爆炸的那只钱柜，我们已经仔细检查过了，发现铁门夹层内装有炸药。如果是正常情况下用钥匙开门，炸药不会发生爆炸。但如果强行撬锁，锁孔与撬锁工具在摩擦碰撞中产生火花，就会引发爆炸。宋厂长，这到底是怎么回事？"

宋博犹豫一下，最后还是支支吾吾地将自己和吴二彦贪污纱厂公款的事说了。

岳子琦眉头一皱，道："如此说来，这炸药应该是吴二彦为了防止你独自撬锁私吞钱款而设计安放的了。"

宋博摇头道："这不大可能，因为这样一来，钱柜里的纸币就会被炸得粉碎，他也得不到什么好处。"

岳子琦沉思着道："那你说这炸药，到底是谁安放进去的呢？"

宋博抬起头来瞧了他一眼，忽然滚下病床，扑通一声跪在他面前，带着哭腔说："岳探长，我命危矣！你、你可要救我！"

岳子琦吃了一惊，忙将他扶起，说："不必如此，有话好好说，这到底是怎么回事？"

宋博说："我现在才明白，从大哥中毒暴毙，到二哥跌落陷阱惨死，再到我遭遇炸药险些丧命，其实都是一个人精心设计的阴谋。他的目的，就是要让大哥、二哥和我，一个一个死于非命，好让他报仇雪恨。"

岳子琦不由得一愣："哦，竟有这样的事？你说的这个人是谁？"

"你还记得上次在门楼后边偷窥我们的那个年轻人吗？"

"我当然记得，不过当时我并没有看见他。"

宋博说："后来二哥死的时候，我又看见那个人躲在暗处鬼鬼祟祟地窥探我们。我当时就觉得这个人看上去有点眼熟，现在终于想起来了，原来他就是我三哥的儿子吴灿。他小的时候，曾来过中国，我见过他一次，所以有印象。"

岳子琦怔了一下，说："吴灿不是在美国吗？他父亲吴三彦死的时候，他可都没有回来呢。"

宋博抢着道:"不,现在他回来了。他一定知道了他父亲在纱厂受到大哥二哥和我的排挤,最后抑郁自尽的消息。他要为他父亲报仇雪恨,所以精心设下这个连环杀局,好叫他心目中的仇人,一个一个地死去。"

岳子琦问:"你确认那人真是吴灿?"

宋博点点头说:"我瞧得清清楚楚,绝不会错。"

岳子琦推断道:"你的意思是说,吴灿暗中侦察到你要去撬那个钱柜,所以偷偷摸进吴二彦的办公室,预先在钱柜里安放了炸药等着你,是不是?"

宋博说:"是的。幸亏他计算有误,安放的炸药太少,未能爆发出致命的威力,所以我才侥幸逃过一劫。"

岳子琦瞧了他一眼,道:"吴灿这次未能得手,只怕不会善罢甘休。"

宋博拉着他的手,惊恐地道:"这也正是宋某最担心的。他这次没能当场炸死我,下次还不知使出怎样的手段来害我性命。岳探长,你可一定要想办法保护我,最好能派几个警察给我当保镖,寸步不离地保护我。"

岳子琦摇头苦笑:"咱们警局人手紧张,查案都查不过来,哪里还抽调得出人手来?"

宋博哭丧着脸道:"这、这可怎么办?岳探长,你、你们当警察的,总不能见死不救吧?"

岳子琦认真考虑了一下,说:"吴大彦和吴二彦都没有儿子,你如今是恒生纱厂唯一的接班人,要是出了什么岔子,那可是关系到纱厂几千工人命运的大事。要不这样吧,我回去跟局长商量一下,看能不能破例给你配一把防身手枪,如果危险临近,你也好开枪自卫。同时我也会叫人加强纱厂一带的治安巡逻,一有异常,我们可以立即赶到纱厂,确保不再发生问题。你看这样可好?"

宋博叹口气说:"也只好如此了。"

第二天,岳子琦亲自给他送来一把黑沉沉的警用左轮手枪,并且问他会不会用?

宋博拿着枪说："以前念书时参加军训，曾学过射击，开过几枪。"

岳子琦还是有些不放心，就把他带上医院天台，拿了一个空酒瓶放在那里，叫他开一枪试试看。

宋博站在离酒瓶几步远的地方，双手握枪，瞄准酒瓶用力开了一枪。

只听"砰"的一声响，酒瓶被手枪子弹打得粉碎。

岳子琦交待说："这枪一共能装六颗子弹，现在射出一颗，还剩下五颗子弹，这可都是你的救命子弹，可要好好保管。"

宋博没想到这小小一把手枪，竟有如此大的威力，不由得心中大喜，挺直腰杆道："有了这个护身符，看还有谁敢害我！"

4

宋博伤好出院之后，当上了恒生纱厂的当家人，坐上了总经理的位子。

他上任之后，做了两件事，一是继续跟日本商人谈判，商讨转让股份跟日本人合作办厂的事宜，二是加强了纱厂内的保安力量，同时高薪聘请了两名精通拳脚功夫的武师做自己的贴身保镖。

一转眼，平平安安地度过了半个多月，并无半点意外发生。

他这才渐渐放下心来。

五月的一天，宋博正在总经理办公室忙碌着，桌上的电话忽然响了，拿起一听，电话里传来一个女人嗲声嗲气的声音："博，这么久都不来看人家，是不是当上了总经理，就把人家给忘记了呀？"

宋博一听这声音，立时全身骨头都酥了，忙赔着笑脸解释说："哪里呀，宝贝，我忘了自己姓什么，也不会忘记你呀。这一向纱厂事情多，我正忙着处理，所以没时间去享受你的温柔。今晚你洗了澡等我，我一定去。"

电话里的这个女人姓苏，叫苏美倩，身材高挑，体态袅娜，长着一张令人销魂的漂亮脸蛋，说起话来轻声软语，简直叫人骨头发酥，心尖打颤。

她本是歌舞厅里的一名钢琴师，后来结识了从国外留学回来的吴家三公子吴三彦，做了他的红颜情人。

一年前，因见吴三彦落魄潦倒，再也榨不出油水来，就转而投向了早已对她垂涎三尺的宋博的怀抱。

宋博的妻子，也即吴家四小姐吴亚男，可是个出了名的母老虎，对丈夫管得极严，所以宋博与苏美倩的交往极其隐秘，两人在一起厮混了一年多时间，旁人却还并不知情。宋博常常为此暗自得意。

在食堂吃罢了晚饭，天刚黑下来，宋博就让两个保镖开车护送着他往界山口行去。

苏美倩就住在界山口回民街的一幢小洋楼里。

汽车刚刚驶到回民街路口，宋博就喊停车。

他让两个保镖坐在车里，在路口等他回来。他自己却跳下车，朝着回民街步行而去。

走了约莫一里多路远，拐个弯儿，就来到了苏美倩的住处。敲门进去之后，才发现苏美倩刚刚沐浴完毕，身上穿着一件粉红色的旗袍，腰身裹得紧紧的，胸臀饱满，旗袍下摆开叉很高，露出雪白丰腴的大腿。

宋博一见之下，顿觉欲火焚身，抱起她一脚踢开卧室的门，就往床上滚去。

他在苏美倩的床上，一直折腾到半夜时分，方觉尽兴，又光着身子躺在床上抽了一支烟，这才拖着疲惫的身子，缓缓穿衣下床。

苏美倩在身上随随便便披了一件薄如蝉翼的睡衣，将他送到大门口。

两人又相拥在一起，亲吻抚摸缠绵了好一会儿，宋博刚刚退去的欲火又被她撩拨起来了，她却在他胸口推了一把，巧笑道："馋猫，快回去吧。要是通宵不归的话，你家里那只母老虎一定会将你生吞活剥的。"

宋博吞了一口口水，只得悻悻离去。

他刚转身走出不远，忽然听见身后传来一阵轻微的脚步声，扭头一看，只见昏暗的街灯下，正有一个年轻人，在距离自己身后十余米远的地方，不紧不慢地跟着。那人剃着平头，目光犀利，透着一股杀气。

他认出这个年轻人，正是多次跟踪窥探自己的那家伙，不由得心头一惊，正要掉头逃跑，一只手却无意中碰到了藏在口袋里的那把手枪，顿时胆气为之一壮，心中暗想这小子一路跟踪自己，自己刚才与苏美倩幽会的事，一定被他窥视到了。要是传扬出去，被家里那只母老虎知道了，以她的泼辣性格，多半会要跟自己离婚。自己一旦跟她离婚，就不再是吴家的女婿了，那刚刚坐上的吴氏产业恒生纱厂总经理的位子，自然也坐不稳了。

想及此，不由得恶向胆边生，忽然掉转脚步，直朝对方走过去。

那年轻人见他面对面朝自己走来，却并不惊慌，只是站在原地，静静地瞧着他。宋博边走边大声喝道："好小子，想要杀我宋某人，却还没那么容易！"

待走到距离那年轻人还有十来步远时，他突然掏出手枪，"砰""砰"两声，朝着对方胸口连开两枪。

年轻人的身体只是微微一晃，并未倒下。

宋博以为自己枪法不准，没有打中对方，于是又连开数枪，将剩下的子弹一口气射光。

这回他亲眼看见三颗子弹都打在了对方身上，却又像遇上了弹簧似的，纷纷弹了开去。刚好有一颗子弹跳到他脚下，他用鞋尖踩了一下，这才发现自己手枪里射出的竟是橡胶弹头，根本不可能打死人。

他心中正自惊疑，忽然听得一阵杂沓的脚步声响，抬头一看，却是岳子琦领着几名荷枪实弹的警察，气势汹汹地冲了过来。

宋博大喜，高声叫道："岳探长，你来得正好，快把这个杀人凶手抓起来。"

岳子琦却径直朝他走来，盯着他厉声道："宋博，你就别再假惺惺演戏了，警方现已查明，你才是谋杀吴氏三兄弟的真正凶手。现在，我们警方要正式拘捕你。"

宋博脸色一变："你、你说什么？岳探长，你这是开什么玩笑？"

"我不是在跟你开玩笑。"岳子琦沉着脸道，"我们刚才在苏美倩住处的地窖里搜到了小半瓶没有用完的砒霜，还有一把铁锹。铁锹虽然已经用水清洗过，但上面仍然可以提取到一些残留的泥土。经过我们检验，上面的泥土，土质与吴家祖坟前那个置吴二彦于死地的陷阱中的泥土土质相同，应该是在挖掘那个陷阱时遗留下来的。可以断定,这两样东西,正是凶手杀害吴大彦和吴二彦后遗留下来的证据。"

宋博叫道:"不,你们弄错了,这两样东西不是我留下来的。那是苏美倩的住处,你们应该去抓她才对。"

岳子琦道:"你会相信她一介弱质女流,有能力拿着一把铁锹,去挖一个一丈多深的大坑吗?我们刚才已经询问过她,这两样东西不是她的。她还说她的住处,除了她自己居住,平常只有你经常来,再也没有其他人进入过。这两样东西,不是你偷偷留下的,还会是谁?"

宋博辩解道:"我若是凶手,又怎么会在钱柜里放炸药,自己炸伤自己?"

岳子琦微微一哂,道:"这正是你的高明之处。吴家兄弟死亡后,你是最大的受益者,当然,你也是警方最重要的怀疑对象。你为了打消警方对你的怀疑,于是自导自演了一场爆炸闹剧,想以此说明凶手另有其人,而且你也是凶手想要谋杀的对象。却不知你的这一番举动,非但没有打消警方对你的怀疑,反而还更加引起了我们的注意。试问凶手设计谋杀吴大彦和吴二彦,计谋是何等周密,心思是何等巧妙,轮到要杀你时,又怎会犯如此低级的错误,竟然会因为安放的炸药量不足,而没有将你炸死?"

宋博这才渐渐明白过来:"所以你给我的手枪里,才会装上橡胶子弹?"

岳子琦道:"应该说你在医院天台试射的第一颗子弹,是真子弹,剩下的五颗子弹,都是打不死人的橡胶子弹。我们这样做,就是要让你思想麻痹,觉得我们警方好像真的被你牵着鼻子走,对你一点也没起疑心。只有你放松了警惕,我们才有机会找到更多的证据证明你就是杀人凶手。"

宋博道:"吴家待我不薄,我为什么要杀死吴氏兄弟呢?"

岳子琦冷笑道:"原因很简单,你想夺取吴家的产业,你想当恒生纱厂的总经理。"

宋博瞧了那个跟踪自己的年轻人一眼,忽然跳起来道:"不,你们都受骗了,我大哥二哥都是他——吴灿谋害的,他将没有用完的砒霜和粘有泥土的铁锹放到我情人的住处,为的就是要嫁祸于我,为的就是要借警方之手置我于死地,好替他死去的父亲报仇。"

岳子琦怔了一下,瞧了那个年轻人一眼,然后又盯着他道:"原来你说的那个跟踪窥视你的'吴灿',就是他?"

宋博叫道:"不错,就是他,他就是吴三彦的儿子吴灿,就算化成灰我也认得。"

岳子琦道:"我们已经调查过了,你说的吴三彦的儿子吴灿,确实已经回国,但他回国之后就参了军,一直在前线跟日寇作战,根本没有回过青阳。"

宋博一愣,指着那个年轻人道:"那么他、他又是谁?"

岳子琦微微一笑道:"他叫刘超,是我们警局一名年轻探员。吴三彦死后,我们在你的住处暗中搜查到一个牛皮纸信封,里面装着吴三彦精心绘制的纱厂设备改良图纸。这是吴三彦毕生心血所在,绝不会轻易拿给别人。而且还有目击者看见你曾在青阳山顶将吴三彦推下山崖。种种线索表明,吴三彦其实并非跳崖自尽,而你宋博,和他的死绝脱不了干系。于是我们就派出一名得力探员一直跟踪调查你……你今晚到回民街来幽会情妇,也是他跟踪发现之后,及时通知我们的。我们趁夜赶到,先制服了你那两个守在路口的脓包保镖,然后秘密搜查了苏美倩的住处,果然发现了你杀害吴氏兄弟的重要证据。为了夺取吴家产业,你不惜设下连环杀局,杀害吴氏三兄弟。如此罪大恶极之辈,还不束手就擒,更待何时?"

宋博还要挣扎狡辩,早有两名警察拥上前来,将他捆了个严严实实。

5

岳子琦带着探员刘超和几名警察,押解着宋博,返回警察局的时候,已经是凌晨两点多了。

大街上空荡荡的,没有一丝儿风,显得异常闷热。

宋博一边被两名警察推搡着往前走,一边哭丧着脸说:"岳探长,我是被冤枉的,我真的不是杀人凶手。那天在青阳山顶,是我三哥主动约我去的,当时我的手还没碰到他身上,他就已经自己摔下了悬崖。还有,那份纱厂机器改良图纸,也是他主动交给我的,绝不是我使用什么手段抢夺来的。至于杀我大哥二哥的人,就更不是我了。您就高抬贵手,放我一马吧。"

岳子琦瞧了他一眼,冷声笑道:"现在证据确凿,人证物证俱在,你不是杀人凶手,那谁是杀人凶手?你他妈的就一心一意等着吃枪子吧。"

宋博一听自己要被枪毙,吓得双脚一软,差点瘫坐在地,嘴里不住地哀求:"岳探长,饶命啊,饶命啊……"

岳子琦听到他的求饶声,忽然停住脚步,瞧着他微微一笑道:"你想活命嘛,这个……其实也并非什么难事……"

宋博宛如溺水之人抓住了一根救命稻草,忙道:"岳探长,您有什么要求,尽管提。"

岳子琦眉头一挑,露出一脸阴恻恻的笑容,道:"我们这些兄弟,为了你这桩案子,跑前跑后可是忙了好一阵儿,也实在是辛苦。如果你肯拿出二十万块钱来慰劳慰劳咱们,咱们就在这半路上将你放了,对外就说你是中途逃跑的。"

宋博心头一喜:"二十万元?好说好说,这笔钱兄弟还拿得出来。我在纱厂办公室有个钱柜,里边装着二十多万元私房钱,我这就带你们去取。"于是一行人又掉头朝恒生纱厂方向走去。

纱厂有不少工人在上夜班,但办公区内却看不到一个人。

宋博领着岳子琦他们取了钱,岳子琦将他带到一条偏僻的巷子里,解开他身上的绳索,交待道:"记住我的话,连夜出城,有多远逃多远。我们会即刻发出通缉令,从此以后你就是被警方通缉的逃犯了,千万别再回青阳城来,否则再被抓住,神仙也救不了你。"

宋博心里虽然不大情愿,但事已至此,还是逃命要紧,也顾不得多想,朝着岳子琦说了两句感谢的话,一转身,就朝城外跑去。

直到看着他的身影消失在无边的黑暗中,旁边的探员刘超才忍不住对岳子琦说:"探长,这样做不大好吧?咱们拿着这些钱,于心何安?"

岳子琦笑道："不义之财，不要白不要。"

刘超急道："可是咱们刚才放走的，是一个双手沾满血腥的杀人犯，谁敢保证这样丧尽天良之人，日后不会再行凶杀人？"

岳子琦回头瞧着他："怎么，你还真以为他是杀人凶手啊？"

刘超奇道："难道他不是杀人凶手？"

岳子琦摇头道："他当然不是。"

刘超道："如果他不是杀人凶手，那么谁是？难道真的是吴灿？"

岳子琦微微一笑道："真正的杀人凶手，既不是宋博，也不是吴灿，而是早已死去的吴三彦。"

刘超差点跳起来："是他？"

岳子琦点点头道："是的，就是他。本来，从案发开始，吴博就一直是我的重点怀疑对象，但是当我们在苏美倩的住处找到那小半瓶没有用完的砒霜和那把带着泥土的铁锹，所有证据都无可辩驳的证明宋博就是凶手时，我反而毅然打消了对他的怀疑。凶手设下巧计，连杀吴大彦和吴二彦兄弟二人，心思是何等缜密，行事是何等小心谨慎，试问如此细心谨慎之人，又怎会将如此重要的罪证保留下来，让警方轻易找到？如果换了我是凶手，作案之后将这两样东西随便扔进哪个河沟里，不就完了吗，用得着将其收藏起来，留下如此大的隐患吗？"

刘超问："所以你一看就知道，宋博是被人陷害的，是不是？"

岳子琦道："是的，但是当时我没有想到凶手竟会是一个死人，所以将计就计，打算先将宋博抓起来，再趁凶手自以为奸计得逞，得意忘形，在进一步的行动中露出马脚时，将其一举擒获。谁知就在这时，宋博向我们透露了这样一个信息，那一天，是吴三彦主动约他到青阳山顶见面的，当他用手推搡吴三彦时，手还没碰到吴三彦身上，他就已经自己摔下了悬崖。还有，那份纱厂机器改良图纸，也是吴三彦主动交给他的。如果宋博说的是真话，那能说明什么呢？"

刘超眼睛一亮，道："这说明吴三彦的死，本身就是一个局，一个将宋博陷害为杀人凶手的局。"

岳子琦道："不错，这样一来，我心中所有的疑点便都可以解释通了。吴三彦约宋博来到青阳城郊的青阳山顶，将自己精心绘制的机器改良图纸交给他，然后再用言语激他动手推搡自己，自己随之跳下悬崖。虽有目击者看见是宋博将他推下悬崖的，但实际上是他自己一心求死，跳崖自尽，却让宋博稀里糊涂成了杀死他的凶手。"

刘超追问："那吴大彦之死呢？"

岳子琦分析道："这个其实很简单，吴大彦的八珍酒存放在纱厂食堂地窖里，谁都可以进去投毒，吴三彦自然也能。在他活着的时候，他就已经悄悄溜进去，将砒霜投放进了箱子中最后一瓶八珍酒里。他早已计算好了，以吴大彦每天一杯酒的速度，喝到有毒的那一瓶酒时，一定是在他死亡以后了。"

刘超渐渐明白过来："这么说，吴二彦的死，也是他一手设计的？他知道吴大彦死后，一定会由吴二彦继承纱厂总经理的位子。而新上任的总经理，依照惯例，一定会去拜祭吴家祖坟。所以他提前在祖坟前挖了一个布满尖刀的陷阱，只等吴二彦新官上任前来祭祖时，便可将他置于死地。"想了一下，又问，"那宋博遭遇爆炸袭击，又是怎么回事呢？"

岳子琦道："吴三彦早就知道了他二哥和妹夫合伙贪污的事，所以事先撬开那个钱柜，将一个设计巧妙的炸弹放进了铁门夹层里。他知道他二哥死后，宋博想要拿到那些钱，就必须撬开那把锁。只要他动手撬锁，就一定会引起爆炸。他在国外是学机械专业的，我想做这一点事，对于他来说绝不是什么难事。"

"可是他又为什么没将宋博炸死呢？难道真是他失误，安放的炸药量不足？"

"这正是他的高明之处。如果将宋博炸死，反而会暴露他的意图。只将他炸伤，反而一下子将警方怀疑的目光引到了宋博身上。然后，他再将没有用完的砒霜和挖坑用过的铁锹，偷偷放在宋博的情妇苏美倩的住处——别忘了吴二彦以前也曾是苏美倩的相好，他有那栋房子的钥匙，也就不足为奇了。当警方找到这些证据之后，想不认定宋博是杀人凶手都不行了。"

"吴三彦又为什么要如此处心积虑地谋害自己的兄长及妹夫呢？难道仅仅是因为他们在事业上排挤他？"

岳子琦叹口气道："如果你真是这样想，那就未免太小瞧吴三彦了。他用自己的生命为代价，设下这个连环杀局的目的有三个，第一是要为父报仇，很多人都知道，他父亲吴恒生，其实是吴大彦为了夺取纱厂总经理的位子，而联手吴二彦和宋博害死的。第二，是为了阻止吴大彦他们将纱厂股份卖给日本人。他早已清醒地认识到，日本人的野心决不止想要恒生纱厂的一半股权，如果跟他们合作，他们迟早会要吞并这间纱厂。为了不让吴大彦他们做下汉奸与卖国贼的勾当，为了不让吴家的产业落入日本人手中，他只好设计将他们通通杀死。"

刘超担心地道："可是这样一来，恒生纱厂后继无人，岂不更是危在旦夕？"

岳子琦呵呵一笑道："你这样想，那可就错了。吴大彦和吴二彦虽然无后，但吴三彦却有个儿子吴灿。他现在虽然还在前线抗日，但家族中遭此惨变，我相信他很快就会回来担当起恒生纱厂总经理的大任。同时我也相信，一个曾在战场上杀过鬼子兵的人，在经营这家纱厂时，是绝不会跟日本人谈'合作'这两个字的。"

刘超恍然大悟似的问："难道这就是吴三彦的第三个目的？"

岳子琦说："是的。"

刘超说："你知道宋博不是杀人凶手，所以才放过他，是不是？"

岳子琦点点头道："我虽不赞成吴三彦这种极端做法，但也跟他一样，绝不愿看到恒生纱厂被宋博等人拱手送给日本人。所以我虽然放过了宋博，却连诈带唬地将他赶出了青阳城，让他永远不要回来，因为只有这样，吴灿才能不受任何干扰的当上恒生纱厂的总经理。"

刘超掂掂手里的那二十万元，问："那这些钱怎么办？"

岳子琦道："留下三万块，让兄弟们分了，剩下的都捐给长江水灾的灾民吧。"

刑事侦查卷宗

网络作家杀人案

案件名称：网络作家杀人案
犯罪嫌疑人姓名：XXX
立案时间：2014.3.13
结案时间：2014.3.28
立卷单位：青阳市公安局

A54201481120140313

（正卷）

青阳市公安局

生死笔名

1

"苏提米舟"是个笔名,但不是一个人的笔名,而是三个人合用的笔名。

艾米、小舟、苏提娜三个女孩儿,原本是一家文化公司的图书策划编辑,有一次,三个好朋友一起参加一个网络文学大赛,居然同时获奖,都得到了一笔不菲的奖金。

三人觉得在网上写文,也是一条不错的出路,而且不用朝九晚五,不用看老板的脸色,于是头脑一热,就一起辞了职,在市郊合租了一套便宜的房子,对着各自的电脑开始了职业网络写手的生涯。

三个女孩儿,都算不上勤快人,除去逛街和睡懒觉的时间,每天也就六七千字的产量。她们签约的那家网站,要求作者每日三更,每天至少更新一万字,每月要上传三十万字以上,才能拿到一千元的全勤奖。

三人辛辛苦苦写了几个月,不要说稿费,就连全勤奖也没混到手。好在艾米勉强算个"富二代",不时找家里要点"救济款",三人才不至于饿肚子。又卯足劲写了两三个月,仍无起色。三个好朋友就面临进退两难的境地:要么回去忍受老板的白眼重新开始工作,要么咬紧牙关坚持写下去。

三个女孩儿商量好久,最后想出一个变通的办法,决定三个人合起来写小说,按现在每人每天七千字的产量来计算,三个人一天可以写两万多字,二一添作五,分别签给两家网站,可以稳稳地拿到两笔全勤奖。

说干就干,三个好朋友先是取了一个共用的笔名,叫作"苏提米舟",是从各人名字中提取四个关键字合成的。然后共同拟定了两部长篇小说大纲，分别签给两家网站，三个人轮流往里面填写，合起来每天写两万来字，平均一篇小说日更一万字，正好可以拿到两笔全勤奖。

她们到银行开了一个账户，密码三个人都知道。每当有稿费打到账上，三人就登录网银，将稿费平均分成三份，每个人都很自觉地取走自己那一份。两笔全勤奖正好2000块，在这个小城里节省着用，勉强已够租房和吃饭。

三个人同时还约定，要做永远的好朋友，无论成名与否，都要共用"苏提米舟"这个笔名，无论稿费收入有多高，都要汇入三人的公共账号，再作平均分配。

这就是"苏提米舟"这个笔名的来历。

苏提米舟这个名字红遍网上网下大江南北，是在两年之后。

三个女孩不温不火地在网络上混了两年，第三年的时候，三人合写了一部一百多万字的穿越言情小说《步步惊魂》，先是在网上赚足了点击率，接着又被出版商看中，实体书出版后一版再版，大卖七八十万册，然后又有一家影视公司卖走影视改编权，拍成五十集同名电视连续剧，在各大电视台同时播放。

这一部《步步惊魂》不但为三人带来了近七位数的版税收入，更令"苏提米舟"这个笔名一夜爆红，就连三人以前写的作品都被炒了出来，被出版商竞相出版。

"苏提米舟"一跃成为网络白金作家，所写作品，无一不红。

但是由始至终，三个好朋友都遵守当初的约定，再多的稿费，都要先汇到三人的公共账户，然后每人各自取走自己的那一份，绝不多拿一分。

三人再也不是当初那个靠微薄的全勤奖过日子的小写手，经济宽裕了，就想换个好点的居住环境。

最先搬出去住的，是美女小舟。

她谈了个男朋友，那个总喜欢戴墨镜的神秘男每天都开着豪车在楼下等她。一来二去，小舟就干脆搬出去跟人家试婚去了。

接着搬出去的是艾米。她在市中心的商业步行街附近看中了一套房子，用稿费付了首付，就搬进去了。

最后只有苏提娜还坚持住在原来简陋的出租屋里。

苏提娜家在农村，家里的爷爷奶奶和父亲母亲都需要她赡养，两个哥哥一个好酒一个好赌，都指望她赚钱娶媳妇。所以她虽然稿费收入不菲，但大部分都用来接济家用，剩下的也就不多了。为了节省开支，只好继续住在郊区这间出租屋里。

三个好朋友虽然没有住在一起，平时各忙各的，但仍时常在QQ上讨论创作计划和作品选题，每个人都很努力地完成自己的创作任务，有稿费到账，每人都只拿自己的一份，绝不多拿。

三位好姐妹，偶尔也相约出来压马路，喝茶聊天，三人间的友情不减反增。

2

一转眼，又过去了一年多时间。

这一天，天热得厉害，艾米躲在空调房里构思自己的小说。

时至今日，她们三个自然早已过了为拿全勤奖而合力往一部小说里拼命填字的阶段，现在可以单独构思，独立完成自己想写的东西。只是上传作品的时候，仍然署的是"苏提米舟"这个笔名，仍然用公共账号收稿费，无论谁写的作品，都是三人各取一份稿费。

构思完毕，艾米正对着电脑写创作大纲，忽然看见显示屏右下角的QQ头像闪了一下，是小舟找她。

从去年开始，三人为了提高写作质量，已经摒弃了以前那种分工合作填鸭似的写作方式，开始独立创作，联合发表，因为不用聚在一起讨论写作大纲，三人间的联系就少了许多。加上美女小舟又正在热恋之中，几个好朋友已是大半年没有联系过了。

她点开对话框，小舟先发给她一个微笑的表情，然后告诉她说，苏提娜终于从那个又偏僻又简陋的出租屋搬了出来，在市区南门桥那边租了一套公寓。

艾米回复说：那挺好呀，早该搬出来了。

小舟说：咱们姐妹几个好久没聚过了，要不明天下午两点，到小娜的新家聚一下吧，让她给咱们做顿好吃的打打牙祭。

艾米欣然答应。小舟又给她说了苏提娜的新住址，在南门桥青云路552号608室。艾米就把地址记在了纸条上。

第二天中午，艾米打车来到南门桥，找到青云路552号，发现那是一幢八层高的新公寓楼，后面是青云山，前面是人工湖，闹中取静，环境清幽，看来苏提娜为找这房子也花了不少心思。她在楼下等了一会儿，不见小舟到来，估计她早已经到了，就独自爬上六楼，找到608室，摁了几下门铃，却无人应门。

门是虚掩着的，艾米轻轻推开门，朝屋里叫了两声"小娜、小娜"，屋里无人应声。她犹豫一下，推门进屋。

屋子不大，一房一厅，收拾得干干净净，书桌上摆着苏提娜穿白色连衣裙的照片，还有她那台粉红色笔记本电脑。但是她在屋里转了一圈，就是不见有人。

艾米正自纳闷，忽听身后传来轻微的脚步声响，正要转身，头上猛然挨了一记闷棍，脑中轰然一响，人就倒在地上，什么也不知道了。

也不知昏睡了多久，艾米打个冷战，忽然被一阵凉风吹醒，睁开眼睛，感觉头痛欲裂，好半天才恍过神来，转动一下脖子，发现自己正躺在苏提娜屋里的地板上。应该已是黄昏，屋里光线已有些昏暗。

她强撑着站起身，一抬头，忽然发现面前的电脑椅上一动不动地坐着一个女孩，穿着白色连衣裙，头偏向一边，长发披散下来，胸口有一大团触目惊心的血迹。仔细一看，正是苏提娜。

艾米吓了一跳，叫声"小娜"，跑过去轻轻推她一下，发现她身子早已冰凉，把手伸到她鼻子前一摸，早已断气多时。

艾米吓得张开嘴巴，正要尖声惊叫，却忽然发现自己手上居然还握着一把匕首，一把沾满鲜血的匕首。

她一下就呆住了，这到底是怎么回事？难道是自己杀死了小娜？

她很快就否定了自己的想法，不，这绝不可能，自己跟苏提娜近日无冤往日无仇，而且两人还是好朋友，自己绝不可能动手杀人。

那这到底是怎么回事呢？

她把这件事情的来龙去脉仔细想了一遍，心思就落到了小舟身上。

原本是小舟主动约她到这里来的，但是由始至终，她都没有看见小舟的影子。

她看看手里的匕首，再看看惨死的苏提娜，心里就忽然明白过来，这一切肯定是小舟设下的圈套。小舟设计将她引诱至此，将苏提娜杀死后再嫁祸于她。

但是小舟又为什么要杀苏提娜呢？这其中的杀人动机，艾米倒不难理解。

还是在郊区租房住的时候，苏提娜和小舟就同睡一个房间。她早就感觉到了她们两人之间有一种异于姐妹情谊的异样感情。

现在小舟有了一个开宝马车的男朋友，为了能顺利嫁入豪门，她自然有理由要铲除掉现在还在纠缠着她的苏提娜。

但是如果直接动手，难免会引人怀疑，所以嫁祸于人，就成了一个既可以扫除障碍，又可自保的两全之策。

屋里冷气开得很足，艾米止不住激灵灵打了个寒战。

小舟这一招，可真是狠毒啊。她离开之前，一定早已清理掉了自己在这间公寓里留下的痕迹。

如此一来，手持凶器，出现在杀人现场的艾米，可就真是跳进黄河也洗不清了。

怎么办呢？

从没经历过这种场面的艾米也慌了手脚，只想毁灭痕迹，撇清自己跟这件事的关系，快点离开这是非之地。

她急忙丢下匕首，找块抹布，把匕首刀柄上的痕迹擦拭干净，又把自己在屋里可能留下痕迹的地方都清理一遍，最后确认没有留下什么把柄，才把抹布揣在手提袋中匆匆离开。

3

回到家里，艾米提心吊胆，一夜未眠。第二天一早，她跑到大街上买了三四份本地报纸，一张一张仔细地看，并没有看到关于昨晚发生凶案的新闻报导。

又打开电视看本地新闻，同样只字未提。

艾米就有些奇怪，是命案尚未被人发现，还是像这样的新闻太多，已经不值得报纸和电视发布消息呢？

她又怀着忐忑不安的心情，躲在家里等待了两三天，仍然没有关于那桩命案的半点消息。直到第四天，她才在网上本地论坛看到一个帖子，说本市南门桥一带发生命案，一名年轻女子被害，警方正在调查之中。

这个语焉不详的帖子，让艾米的心一下又提了起来，警方已经介入调查，查到了何种程度？会查到她头上来吗？如果调查到她头上，她该怎么办？

如果说出实情，会有人相信她是清白的吗？

又提心吊胆过了一个星期，并没有警察找上门来，她一颗悬着的心，才稍稍放下。

想来自己没有在现场留下痕迹，离开的时候天色已晚，无人注意，所以警方并没有把她跟这件事联系在一起。

数日后，她的心绪稍稍平静下来，打开电脑正准备写东西，QQ 头像忽然闪了一下，她心里猛然一跳，是小舟。

苏提娜被杀之后，她越想越觉得这事与小舟脱不了干系，所以也给她打过电话，但是手机里只传来中国电信客服小姐的声音：对不起，您所拨打的号码已停机。QQ 上发离线消息，也没有回复。想去找她，却不知她跟她那位神秘男友到底栖身何处。

现在看到小舟的 QQ 头像在闪动，她整个人都差点跳起来。

她急忙点开 QQ 对话框，小舟给她发来了一张鲜血淋漓的匕首图案。

艾米心头一沉，已知情况不妙。

果不其然，不一会儿，小舟打过来一行字：你杀了苏提娜，以后"苏提米舟"这个白金级的笔名，就只有咱们俩共享了，稿费也只要平分成两份就行了。你这一招，可真高明啊！

艾米气得浑身发抖，明明是你杀了人，居然还能理直气壮地冤枉别人，真是太无耻了。马上打过去几行字：少来，我知道小娜是你杀的，因为她跟你曾经有过不同寻常的关系，而且现在还在纠缠你。你为了能顺利嫁入豪门，一定要铲除这块绊脚石，而且为了保全自己，还将我引入彀中，将杀人凶手的罪名推到我身上。

小舟马上发过来一个冷笑的表情，紧接着发过来一张照片截图，艾米一看，居然是自己手持血淋淋的匕首，站在苏提娜尸体前的照片，估计是小舟那天傍晚躲在暗处拍到的。艾米的脑中轰然一响，自己最担心的事果然发生了。

小舟在QQ里说：如果我把这张照片发给警方，你说警察是会相信你的一面之辞，还是会相信这张照片？

艾米气得脸色发白，半晌才打过去一行字：你想怎么样？

小舟说：我的要求很简单，以后收到的稿费，你我四六分成，你四我六。

艾米说：凭什么？

小舟说：就凭这张照片。如果你不听话，这张照片马上就会被发送到警方的举报邮箱。

艾米气得浑身发颤，两手哆嗦，好久才心不甘情不愿地在键盘上敲出一行字：那好吧，我答应你！你会有报应的！

不久后，一笔十万块钱的稿费到账，艾米查看网银时，发现已经被人抢先转走六万块。她知道，一定是小舟做的。现在自己有把柄握在人家手里，那也是没法子的事。

又过了两个月，艾米的新书上架，并同时推出实体书，稿费收入将近二十万元。但她查看账户时，已只剩下三万多块钱在账上。

小舟在QQ上告诉她：从现在开始，稿费收入二八分成。

艾米气得差点没把键盘摔到电脑上。

又过了一段时间，小舟忽然发来一部长篇小说的创作大纲，叫艾米照着大纲往里面填五十万字。

艾米一看那小说大纲，心里的气就不打一处来，这么烂的题材也叫我写，有没有搞错？

无论是作为一名写手，还是一名作家，最想做的事莫过于能按照自己的构思写作品，写自己想写的文字，表达自己想要表达的思想，尽管以前也有三个人轮流往一部小说里填字的经历，但那是迫于生存压力不得已而为之。

现在成名了，"苏提米舟"这个名字火起来了，三个人终于可以按照自己的意愿独立写文了，所以艾米一直很珍惜这个自己能独立构思和创作，写自己想写的文字，表达自己真实意愿和情感的机会。

现在叫她放弃自由创作的机会，受制于人，按照别人提供的粗糙的创作大纲写文，真的比杀了她还叫人难受。

于是她想也没想，就果断拒绝了小舟。

小舟马上从QQ上发过来一张照片，艾米一看，居然是一张她一手拿匕首，一手轻推苏提娜的照片。照片上到处都是血迹，乍一看，好像是她行凶时当场被人抓拍到的照片，只有她才知道，那是她那天从昏睡中醒来，迷迷糊糊中去推搡苏提娜尸体的照片。

小舟说：像这样的照片，我手里还有好几张，所以你最好识相一点。以后我传给你什么提纲，你就写什么稿子。否则只要我随便发一张照片给警方，你都难逃给苏提娜抵命的下场。你也别想换个ID发文，我们三个人中以前也有人干过这样的蠢事，结果没有了"苏提米舟"这块金字招牌，读者根本不买你的账。你老老实实按我的要求做，我也许还能在写手圈里赏你一口饭吃。

有一句古话说得好，不自由，毋宁死。如果说稿费分成的事，艾米还能忍受，但自由创作的权力被人剥夺，不能写自己想写的东西，或者说只能按照别人的思路去写东西，这却是她无论如何也不能接受的事。

望着QQ上小舟那渐渐变灰的头像，艾米心中忽然涌出一个可怕的念头：这个臭婆娘,为什么不去死?

就是从这一刻起,艾米就对小舟起了杀心。

4

艾米在大街上遇见小舟,是在一个星期之后。

自从艾米被逼无奈,有了要跟小舟作个彻底了结的想法之后,便一直在寻找小舟的踪迹。可是小舟手机停机,QQ留言又久久不回,她跟她男朋友的住处一直秘而不宣,所以一时之间,竟像大海捞针,无从下手。

后来艾米无意中发现小舟的QQ空间有了更新,新放上去了几张照片,拍的都是天岭购物中心三楼奢侈品店的场景。

艾米根据照片上的一些细节判断出,小舟应该是常去那里的。

于是她便抱着守株待兔的想法,连续几天守候在天岭购物中心门口,一个星期之后,果然在那里瞧见了小舟的身影。

当时小舟正亲密地挽着那位神秘男的胳膊逛商场,艾米悄悄地跟着他们。

两个小时后,小舟提着大包小包的东西走出商场,坐上了神秘男的宝马车,缓缓离去。艾米急忙招手叫了一辆的士,悄悄跟上。

大街上人来车往,宝马车开得并不快。大约半小时后,宝马车驶出市区,开往城市南郊。艾米叫的士司机不要跟得太紧,以免被小舟和神秘男察觉。

又过了二十多分钟,宝马车在郊区石花山下一幢独门独户的三层洋楼别墅前停下,汽车鸣响喇叭,有佣人出来开门,宝马车缓缓驶入,在院子里停下。

小舟下车后,跟驾驶座上的神秘男亲吻一下,然后挥手进屋。

神秘男朝她喊了一句:"晚上我再过来。"然后掉转车头,疾驰而去。

艾米想要进入别墅,大门早已重重地关上。

艾米围着别墅转了一圈,看见不远处有一位戴斗笠的大婶在坡地上锄草,就走过去问:"大婶,你知道这幢别墅里住的是什么人吗?"

斗笠大婶撇撇嘴说:"这里的人都知道的,那是冯争光给他二奶买的房子,刚才进去的那个女人，就是冯争光包养的二奶呢。"

艾米一下就呆住了。

冯争光这个名字，她当然听过，那可是鼎鼎有名的房地产大鳄，据说身家至少已超过十亿。难怪小舟一直对这位"男朋友"讳莫如深秘而不宣，原来竟是这么回事。

这一幢别墅独门独院，环境优美，没个几百万怕是买不下来吧。

看来这位冯老板还真舍得为小舟花钱呢。

艾米转回到别墅门口，望着两扇紧闭的铜制大门，陷入了沉思……

回去后，艾米在 QQ 上给小舟留言，说：明天上午十点，我在西郊水库后面的树林里等你，我想把咱们之间的事作个了结。

她知道小舟的 QQ 头像虽然长期都是灰色的，但她一定常常隐身在线。

果然，晚上的时候，小舟回复说：好，如果你想买回那些照片的"专有版权"，最好准备足够多的钞票。

艾米咬着牙想，你放心，我早已准备好了！

第二天上午，艾米提前一个小时出门，步行前往西郊水库。

她之所以没有坐车，一是不想留下痕迹，二是要趁着路上步行之机，在心里将自己此行的计划最后再全盘考虑一遍，确认已是万无一失，才决定最后实施。但是她刚一出门，就有种异样的感觉，总觉得身后似乎有一双眼睛在盯视着自己，但转身细看，却一切如常。

西郊水库位于城市西南近郊，是这座城市的防洪枢纽。

水库后边，是一片人迹罕至的野生树林，以前艾米曾和小舟、苏提娜到树林里春游过。想不到等她再次踏入这片树林时，昔日无话不谈的好友今日已成尔虞我诈你死我活的仇敌。

为了顺利实施自己的计划，艾米故意迟到了十五分钟。

当她走进树林时，小舟正在一棵树桩上坐着。也许是等得有些不耐烦了，她正捧着自己的苹果手机在看书。

艾米知道，她原本就是她们三个好朋友中最爱阅读的人。

她绕到树林的另一边，从小舟背后的方向悄悄走近过去。

当快挨近小舟的时候，小舟似乎听到什么响动，正要回头，艾米掏出早就准备好的尼龙绳，从后面紧紧勒住了她的脖子。

小舟猛然一惊，头使劲往后仰着，似乎是想努力看清后面的人。

艾米弯腰屈膝，人往下蹲，手上却越发用劲，将绳子勒得更紧。

小舟两眼上翻，看不到后面的人，就伸出双手拼命向后抓着。

艾米咬咬牙，将绳子拼命往后勒住。

小舟的两只手在空中虚抓几下，终于无力地垂下，人也顺着树桩瘫软下去，再也不动了。

艾米做完这一切，也紧张得浑身发抖，一屁股坐在地上，大口喘气，正想休息一下，忽然想起这可是凶案现场，不是久留之地，急忙从地上爬起，机警地向四周望望，然后沿着来路悄悄退去。

偌大的树林里一片死寂，只剩下小舟的尸体斜歪在那里。

也不知过了多久，小舟的头忽然扭动一下，发出一声轻微的咳嗽，人就睁开眼睛，醒了过来。想是刚才只是被勒晕过去，并未毙命。

她张开嘴巴，大口喘气，把手肘撑在地上，倚着树桩缓缓坐起来。

就在这时，忽然从大树背后跳出一条人影，捡起地上艾米丢下的尼龙绳，再一次勒住了小舟的脖子。

小舟的喉咙里发出嚓嚓的响声，用手使劲抠着脖子，双脚乱蹬，不一会儿，就两眼翻白，嘴角流血，再次倒在地上。

那条人影用手探探她的鼻息，确认她已经死去，才面带阴冷的笑意，大步离去。

5

第二天，艾米一直睡到十点多才起床。一边吃早餐，一边看电脑。电脑刚打开，显示屏右下角的 QQ 头像就闪动起来。

她点开一看，居然是小舟。她的手一抖，手里的早餐就掉到了地上。

对方一语不发，只给她传过来一段视频文件。

她点击接收后，打开一看，那是一段用智能手机拍摄的视频，画面还算清晰。

视频拍摄的是一片树林里的场景，一个女孩儿穿着一条小脚牛仔裤和一件淡绿色 T 恤，坐在一个树桩上埋头看着手机。

这女孩儿，正是美女小舟。

不一会儿，艾米走进了镜头。

只见她蹑手蹑脚地从背后走近小舟，掏出一根绳子，猛然勒住小舟的脖子。小舟挣扎片刻，就瘫软在地再也没有动弹。艾米惊慌四顾，丢掉绳子，仓惶逃离……

这居然是一段完完整整记录艾米勒杀小舟全过程的视频。

艾米双脚一软，人就差点从电脑椅上滑下来，用颤抖的手打过去一行断断续续的字："你、你到底是人是鬼？"

对方回答："我不是本人。"

艾米怔了一下，问："你不是小舟？那你到底是谁？"

"嘿嘿，我到底是谁，你看看不就知道了？"对方打完这行字后，立即发过来一个视频通话的请求。

艾米点击"接受"，视频很快就通了，视频对话框里忽然跳出一个头像来，艾米一看，坐在电脑另一端的并不是小舟，而是苏提娜。

她不由得惊得目瞪口呆，半晌才恍过神来，对着耳麦问："小娜？怎、怎么会是你？你不是已经……"

苏提娜对着视频镜头冷冷笑道："你是想说，我不是已经被小舟杀死了么？怎么还能坐在电脑前跟你视频通话？事到如今，我将实情告诉你也无妨。其实苏提娜之死，只是我一手导演的一场假命案，当然，主演也是我。其实小舟的这个 QQ 号早已弃之不用，我根据她的生日破解了她的 QQ 密码，然后冒充她将你约到我的新住处，将你击晕后，自己假装被杀，并且留下种种线索，让你误会小舟才是杀人凶手，使你深信她是想嫁祸于你。"

艾米问:"事后用那些照片威胁我的人,也是你,对不对?"

苏提娜点点头说:"没错,用这个QQ跟你通话的人,一直是我。"

艾米忽然明白过来,道:"你之所以对我步步紧逼,最主要的目的就是想叫我对小舟心生杀意,就是想假我之手杀死小舟,是不是?"

苏提娜说:"是的。"

"你已经调查到小舟经常光顾天岭购物中心的奢侈品店,所以故意在小舟的QQ空间里贴出几张那间奢侈品店的照片,为的就是要引诱我去那里寻找小舟的踪迹,是不是?"

"是的,只有让你找到她,才能叫你杀了她。她能在那树林里出现,也是我约的她。我说想跟她到那里作个彻底了断,并且保证以后绝不再纠缠她。她才肯来的。"

艾米忍不住道:"这一切,到底是为什么?我们三个,原本是无话不谈心无芥蒂的好朋友,为什么竟会变成你死我活的敌人呢?"

"原因其实很简单,我跟小舟的关系,你是知道的。我那么爱她,一心一意对她,她却背叛我,投入了那个男人的怀抱,并且为了彻底甩掉我,还停了手机,换了QQ号,好叫我找不到她。我这个人就是这样,自己得不到的东西,宁愿亲手毁掉,也绝不会让别人得到。"

艾米说:"你得不到小舟,所以就想毁了她。你想杀小舟,却又怕惹火烧身,所以你设下毒计,一步一步地逼我对小舟产生恶感,心生杀意,最后替你动手除去她。这样你既可以达成心愿,又可以保全自己,是不是?"

"这只是一方面的原因。我之所以逼你出手,还有另一个原因,那就是我要杀死小舟的同时,也要抓住你谋杀她的把柄,叫你答应我一个条件,那就是从今往后,再也不准用'苏提米舟'这个ID发文。"

"这又是为什么?"

"你还有脸问我为什么?三个人中,我是最勤奋的一个,'苏提米舟'这个白金级的笔名,几乎是我一个人撑起来的,成名作《步步惊魂》一多半都是我写的,成名之后出作品最多的,也是我。你们一个忙着谈恋爱,一个想过安逸的富二代生活，你们出一部作品的时间，我至少要写两部作品。我绝对是'苏提米舟'这个 ID 的主力写手，我付出的精力至少要比你们多一倍，凭什么我分到的稿费要跟你们一样多？我如此努力，这般拼命，赚到的钱却刚刚只够寄回去养家，而你们这些富二代却可以在城市里买房，过悠哉游哉的安逸生活。小舟这种下贱女人可以被有钱人包养，住有别墅，出有宝马，天天去逛奢侈品店。这太不公平了。我发誓一定要拿回原本属于自己的东西。就像'苏提米舟'这个笔名，只有像我这样的写手才配拥有，你和小舟都在沾我的光。现在小舟已死，我要你立即退出，以后再也不准用这个 ID 发文。从今以后，这个笔名就是我一个人的，收到的任何稿费，也不必再分给别人一份。"

艾米冷眼看她，半晌才道："如果我不同意呢？"

苏提娜见艾米竟然不肯受摆布，顿时怒从心头起。她手指轻轻一动，又"啪"的一声，狠狠按下了键盘上的发送键："容不得你不同意，小舟已经死了，警察一定会查到你我头上。我刚才已经把你的'杀人'视频发送给警方，你在树林里做的一切警察恐怕已经看到了。想活命，就马上离开这座城市，算我放你一条生路。"

艾米心里一沉，又忽然冷笑起来，道："那倒不见得，我这里也有一段视频，想发给你看看。"于是点开文件夹，将一个视频文件拖入对话框。

苏提娜立即接收，然后点击观看。视频的前半部分，跟她在小舟被杀现场拍摄到的内容一模一样，只是拍摄角度稍有不同。但是在艾米丢下尼龙绳离开之后，视频却仍在继续拍摄，画面禁止几分钟后，只是被勒晕过去的小舟忽然坐起来，一条人影悄然闪入镜头，居然正是苏提娜。苏提娜捡起地上的绳子，再次勒住小舟的脖子……

苏提娜脸色大变，惊声问道："你、你怎么拍到这些的？"

艾米道："我是怎么拍到的，你就不用管了。总之你只要知道，能拍视频的不止你一个，就行了。"

苏提娜忽然明白过来："原来你早已识穿了我的诡计，所以故意只将小舟勒晕过去，是吧？"

艾米说："是的。我知道你一直躲在暗处偷窥着我的一举一动。我也知道你就是要借我之手杀死小舟，然后拍下我的罪证来威胁我。但是如果小舟死而复活，你的所有计划就会落空。所以我料定如果小舟活过来，你一定会毫不犹豫地上前将她彻底勒毙，然后将一切罪名推到我身上。螳螂捕蝉，黄雀在后，你一定做梦也没有想到自己所做的一切，反而被我完完整整拍了下来吧？"

苏提娜不由得打了个冷战，道："我真没想到，你竟比我还要狠毒，不但借我之手杀死小舟，还将我的罪证拍下来，从今以后，'苏提米舟'这个白金级的笔名，就可以让你一个人独享了。哪怕从现在开始你一个字都不写，以往挂在这个笔名下的作品的稿费，也足够你下半辈子的生活了。"

艾米说："现在，我也向你提一个要求吧。"

苏提娜问："什么要求？"

艾米咬着牙厉声道："我要你三天之内，离开这座城市，有多远走多远，再也不要让我看见你。而且，从今以后，再也不准使用'苏提米舟'这个 ID。假如我发现你没有按我的要求做，我就将这段视频交给警方，我倒要看看，最终为小舟抵命的人，到底是你还是我。"

苏提娜脸色苍白，半晌才在视频中点一下头，说："好，算你狠，我答应你！"

6

傍晚，夕阳像泼洒的猪血，将这座城市染得通红。陈旧的火车站，窄窄的站台上，只有行色匆匆的旅人。一辆开往北方城市的火车停靠在站台边。车站广播里通知，该趟列车马上就要出发，请检票员停止检票。就在列车车门即将关闭的一刹那，一个穿白色连衣裙的女孩，手里提着一个简单的行李箱，跨进了车厢。汽笛长鸣，火车缓缓加速，驶离站台。

艾米从站台上的一根墙柱后面走出来，望着渐去渐远的列车，眼睛竟有些湿润。

"她真的走了吗？"一个女孩从后面走过来，问。她留着齐耳短发，穿着一条小脚牛仔裤和一件淡绿色 T 恤，显得那么的青春靓丽。

艾米回头看看，是小舟。

她点点头说："是的，我亲眼看见她上了火车。无论如何，我都不希望我们三个好朋友中的任何一个受到伤害，也许这已是这个故事的最好结局。"

小舟默默地点点头，过了半晌，才轻轻地问："你是如何识穿她的诡计的？"

艾米叹口气说："一开始，我也几乎被她蒙骗，甚至真的对你动过杀机。但是当我看到你坐拥价值几百万的别墅，出入有宝马接送，逛街只逛奢侈品店，我就知道，你绝不是个在稿费上与我斤斤计较、不断提出多要一份分成的人。从那个时候起，我就怀疑，在 QQ 上不断威胁我的人，很可能不是小舟本人。"

小舟叹息一声说："我知道自己在爱情上扮演的是一个并不光彩的角色，所以我很害怕与你们这些好朋友见面，不想让你们知道我的消息，所以我断了跟你们的一切联系，独自过我自己的生活。你又是怎么联系到我的呢？"

艾米说："你换了手机和 QQ 号，平时深入简出，入则住高墙豪宅，出则有神秘男作保镖，我想找到你，接近你，确实不容易。但是我却可以很容易的联系到你那位冯先生啊，谁叫人家是人尽皆知的大名人呢。只要联系到他，我说我是你的好朋友，再通过他联系到你，那自然就不难了呀。"

小舟说："所以你就在电话里设下巧计，让我诈死两次，逼走小娜？"

艾米说："你们两个都是我的好姐妹，我不想让她伤害你，也不想她受到伤害，也许这已是最好的法子了。现在她以为你已经被她勒杀，而且我手里又握有她的杀人'罪证'，她应该再也不敢踏足这座城市了。我们已经向警方发送了能够证明你还活着的视频资料，这样一来，无论她向警方发送了什么，一切都将不攻自破……哎，对了，你的脖子不疼了吧？"

小舟摸摸自己的脖子，她的脖子像是用大理石琢成的，白皙而颀长，但上面却有两条明显的细痕。

她说："我虽然按你的要求在脖子上粘贴了厚厚两层橡胶仿真人皮，但当时还是被你们勒得挺难受的。"

离去的时候，小舟像是想起什么似的，回头说："艾米，他已经跟他老婆离婚了，我们明天就去领结婚证。他希望我做个专职太太，所以我今后可能不会再写文章了。那个笔名，就只能靠你一个人撑起来了。你一定要加油哦！"

"恭喜你！"艾米望着她的背影点点头说，"我会努力的！"

7

青阳市公安局在一天内先后接到两份匿名邮件。第一份邮件中是一段疑似室内杀人现场的视频。第二份邮件中也是一段视频，记录了一名女孩进出奢侈品商店的情形；邮件中附言：她没有死，一切都是误会。

经过初步调查和比对，警方发现第一段视频中的公寓恰好就在前不久南门桥一带发生的"年轻女子被害案"现场附近。难道这和之前的案件有所关联，是一桩连环杀人案？

更令警方疑惑的是第二段视频，视频中的女孩出入的正是警方接到视频邮件当日下午才新开张的一家商店，全青阳市只此一家。视频显然是有人试图证明这名女孩安然无恙才发给警方的。可在此之前，警方从未接到过任何与这名女孩相关的信息。

三个女孩及两份视频究竟有没有关联？试图联系匿名举报人未果，警方从三个方向下手：一是运用网络技术追踪那位匿名的举报人；二是走访商店，寻找第二段视频中的女孩，试图在两段视频中发现关联；三是通过第一段视频中犯罪现场的位置，寻找被害人和犯罪嫌疑人的线索……

刑事侦查卷宗

青阳县衙大牢命案

案件名称：青阳县衙大牢命案
犯罪嫌疑人姓名：×××
立案时间：明孝宗弘治十二年
资料来源：《青阳县志》

（正卷）

死囚命案

1

青阳县衙大牢里,关着一名死囚,名叫薛义。

他本是个木匠,今年 25 岁,正是血气方刚的年纪,因酒后行凶,犯下人命官司,被判了死刑。

案情呈报到刑部,三司会审后批复:"情实,着秋后处决。"

也就是说,只等秋天一到,他便要人头落地。

薛义在死牢里待了一个多月,眼看秋天就要到了,这一天,忽然有人来探监。

牢头一看,来者虽然是个年轻姑娘,但脸上却罩着一块红色的轻纱,遮遮掩掩地让人瞧不清相貌,不由得警惕起来,吆喝着不肯让她进去。

红纱少女掏出一锭银子,悄悄塞到他手里说:"我是薛义的朋友,只跟他说几句话就走,还请差爷行个方便。"

牢头收了贿赂,立即眉开眼笑,挥挥手,示意狱卒放行。

只见那红纱少女沿着狭长的通道,走到薛义的监牢前,隔着木栅栏,轻声细语地对薛义说了几句话。

薛义听了,忽然兴奋地从地上跳起来,把脚镣铁链拖得哗哗直响。

他在监牢里来回走了几步,然后从身上撕下一块囚衣布片,咬破手指,蘸着鲜血在上面写了几行字,交给了红纱少女。

那少女收好这封血书,隔着红纱巾揩了揩眼泪,转身走了出来。

第二天,居然又有人到死牢里来看望薛义。

这次来的,是一位衣着华丽气度不凡的中年男子。

他手里提着一只三层朱漆食盒，说自己是薛义的好友，听说他落难，特地来请他吃顿酒饭，聊表朋友之义。说罢打开食盒让牢头检查，食盒里装着几样小菜和一壶白酒。

牢头认得此人是青阳城清泉山庄庄主石清泉，不由得肃然起敬。

他早就听说石清泉为人仗义，爱交朋友，他有薛义这样的朋友，那也不足为奇，急忙开门放行。

"且慢！"石清泉正要跨步进去，忽听身后传来一声轻喝，回头看时，只见一个黑衣官差，腰里挎着钢刀，沉着脸走了过来。

他认得这人是县衙捕头赵大海，忙放下食盒拱手行礼。

赵大海俯下身，揭开食盒的盖子，然后拿出一根长长的银针，在每个菜碗里插了一下，又在酒壶里探了一下，仔细观察，见针银并未变色，酒菜中没有下毒的迹象，这才松口气，对石清泉一笑而道："石庄主莫怪，薛义是重刑犯，出了事谁也担待不起。"

石清泉赔笑道："应该的，应该的。"

顺手掏出一封银子，足有二十来两，塞到了赵大海手里。

赵大海脸色一沉，道："这是干什么？想贿赂我吗？"

石清泉忙说："赵捕头千万别误会，听说知府大人已经给府上下了聘礼，知府大人的大公子相中了您女儿，令爱成亲在即，而且知府大人也有意提携您到知府衙门当差。双喜临门，这一点小小意思，权当石某的贺仪，还请笑纳。"

"想不到你的消息倒还挺灵通的。"

赵大海哈哈一笑，把这一封银子塞进了衣袖里，然后挥一挥手，让他提起食盒，进了牢房。

牢房里光线昏暗，中间是一条狭长的通道，两边排列着十余间用木栅栏分隔开的监牢。

石清泉睁大眼睛寻了好久，才找到关押薛义的那间死牢，大声道："薛义兄弟，石某特备薄酒一壶，来看你了。"

说罢就将酒菜摆在地上，请薛义吃了。

两人又低声说了一会儿话，石清泉这才起身告辞，离开大牢。

翌日一早，牢头巡视牢房时，忽然发现薛义斜躺在地上，口鼻流血，一动不动。

牢头大吃一惊，急忙打开监牢栅门，进去一看，只见薛义面色乌紫，双眼翻白，手脚冰凉，鼻息全无，竟然已经死去多时。

2

这天早上，青阳县衙新到任不久的县令周敦儒刚刚起床，正在用青盐擦牙，忽听卧室外传来急促的脚步声，县衙捕头赵大海领着一名牢头前来禀报："大人，不好了，县衙大牢死囚薛义，昨晚突然暴毙。"

周知县不由得吃了一惊，囚犯无故暴毙，这可不是一件小事。

他连脸也来不及洗，就随赵捕头一起，来到了县衙大牢。

进了死囚牢房，果然看见薛义口鼻流血，倒毙在地，急忙命人叫来仵作，详细检查薛义的死因。

仵作忙了好一阵儿，才回报说："死者双眼翻白，面色紫暗，嘴唇发黑，手足指甲俱青黯，口、眼、耳、鼻间有血流出，应是中毒身亡。"

"中毒身亡？"周知县不由得皱起了眉头，说，"犯人囚禁在此，与外面少有接触，怎么会中毒？难道是咱们牢房供应的饭菜出了问题？"

牢头忙说："那倒未必，牢房里所有犯人都是吃一样的牢饭，如果牢饭有毒，被毒死的就不止薛义一个人了。我看也许和这两天来监牢里探望他的人有关。"于是就把那名红纱遮面的女子和清泉山庄庄主石清泉分别来牢里探望薛义的事，详详细细告诉了周知县。

周知县盯着他问："你是说石清泉来的时候，还提了食盒，带了饭菜？"

赵大海知道知县大人的意思，忙躬身说："石清泉带了饭菜来不假，可是卑职事先已经用银针试过，酒菜之中并未下毒。"

周知县沉吟片刻，看着他问："那么依你之见，这到底是怎么回事？"

赵大海想了想说："卑职见过一些亡命之徒，事先将毒药藏于假牙内，一旦作案被抓，知道难逃一死，便立即咬破假牙毒囊，自行了断。我看薛义嘴里少了几颗牙齿,他平时也是个好勇斗狠之辈,很可能也是学了这一招。"

周知县倒是颇有主见,想了想,摇头说:"你说得不对。薛义的案子,从案发到审讯,再到刑部批复,已经闹了好几个月时间,他若想自行了断,也不会等到今日。"

赵大海一拍大腿说:"这毒既不是牢房里的人下的,又不是牢房外的人带进来的,更不是薛义自己服毒自尽,那这到底是怎么回事呢?"

周知县背着双手在牢房里来回踱了几步,瞧着地上的尸体道:"这薛义死得蹊跷,其中必有隐情。赵捕头,你速去将薛义一案的全部卷宗拿来给我,我要详加察看。"他是半个月前才到青阳县衙上任的新知县,薛义的人命案是上任知县审的,所以他并不太知情。

赵大海犹豫一下,说:"大人,薛义的案子,可是已经呈报刑部,皇上朱笔勾决了的,如果横生枝节,闹出事端,咱们也担当不起,不如就报个畏罪自尽,倒还省事。"

周知县把眼一瞪,道:"浑帐,这是人命关天的大事,岂能如此儿戏?你只管按我的话去做就是了,一切自有本官担当。"赵大海脸色一红,只好领命而去。

周知县蹙着眉头,踱回签押房,过不多时,赵捕头就将薛义一案的全部卷宗送了过来。周知县将自己关在签押房里,对着卷宗细细研究了两天时间,也没找到一点关于薛义中毒身亡的线索。

薛义所犯的人命案子,其实并不复杂。

薛义是青阳太平坊人,父母早亡,跟人学了些木匠手艺,靠挑着行头走街串巷给别人打造木器为生,为人仗义,好勇斗狠,爱打抱不平。

有一回,他到清泉山庄做木工,辛辛苦苦干了一个多月,算工钱时,却分文不取。他说自己多年前曾得到清泉山庄施粥救济,大丈夫受人滴水之恩,应以涌泉相报,一个月工钱算得了什么?

清泉山庄庄主石清泉也是个热情好客,爱交朋友的人,这一来二去,就跟他成了朋友。

事发那日，天下大雨，石清泉相约薛义去望江楼喝酒。

到了晚间，两人都有了七八分醉意，冒雨相携而归，途中经过一条巷子，遇上一个名叫葛三的泼皮迎面行来。

那巷子极窄，不可能让三人并肩行过，薛义就仗着酒兴，喝令对方让路。

那葛三也喝了点酒，死活不肯相让，嘴里还不干不净地骂着。

双方一言不和，就动手推搡起来。

薛义一时冲动，顺手拔出一把匕首，就往对方身上捅去。

葛三闪避不及，胸口中刀，当场死亡。

事件刚好被夜间巡逻的官差撞见，当场就把薛义给逮捕了。

薛义对自己酒后行凶、杀伤人命的事供认不讳。

上任知县没费多少功夫，就把案子给结了。

周知县反反复复将手里的卷宗看了无数遍，从上面记载的情况来看，此案案情简单明了，公堂审讯也并无波折，上任知县的判处也合情合法，从头到尾，并无不妥。

他不由得皱起了眉头，暗想难道薛义的死，真的只是偶然事件，与其案情并无牵连？

闭门思索好久，仍然不得要领。

这时候，他忽然想起一件事，忙把赵捕头叫来问："薛义一案，可曾留下证物？"

赵大海想了想说："证物嘛，只有一把匕首，就是薛义用来行凶杀人的那把匕首。据现场抓捕薛义的几名兄弟回来说，当时他们就对薛义搜了身，他身上除了手里这把血淋淋的匕首，便再也没有任何东西。这把匕首也作为重要证物，一直被保存下来。"

周知县说："快去拿来给我瞧瞧。"

赵大海转身跑了出去，不大一会儿，就从存放档案的仓库里拿了一个牛皮纸袋过来。周知县打开纸袋一瞧，里面果然装着一把匕首。

他小心地将匕首拿出来，只见这把匕首约有七寸来长，因是证物，不便清洗，所以上面沾满了薛义行凶时留下的血污。

刀柄为铁质鎏金，镶嵌着一枚绿松石，看上去颇为名贵。

刀锋上虽然沾满血污，却仍透着一股逼人的寒意。

周知县扯下一根头发，放到刀刃上，轻轻吹一口气，那头发立时断为两截。

果然是一把吹毛断发的利器！

他手持匕首，一边细察一边暗忖，如此利器，自然不可能就这样裸露着刀锋揣在身上，否则一个不小心，就会刺伤自己。

这样一把锋利无比，名贵异常的匕首，肯定还配有一个华丽的刀鞘。

可是赵大海刚才说了，案发当时，薛义身上除了这把匕首，并无他物，自然也就没有刀鞘。

如果这把匕首真是薛义的，他身上怎么会找不到刀鞘？

周知县忽然心头一跳：难道这把匕首，并不是薛义的？

3

第二天早上，周知县升堂理事，甩下一支签票，喝道："速带清泉山庄庄主石清泉上堂听审。"

堂下的赵捕头接到签票，知道对于薛义暴毙一案，这位县官大人必定已经心中有底，不由得精神一振，领了几名捕快，急匆匆去了。过不多时，就将石清泉带到了公堂。

三班衙役跺着水火棍，齐呼："威——武——"

石清泉浑身一颤，不由自主，扑通一声跪了下去。

周知县"叭"地一拍惊堂木，冷声喝道："石清泉，你可知罪？"

石清泉一怔，抬头看着坐在堂上的县官大人，惊诧莫名地问："大人，草民何罪之有？"

周知县脸色一沉，道："石清泉，你借探监之机，在酒菜中下毒，毒死囚犯薛义，还敢说自己无罪？"

石清泉急忙磕头道："草民冤枉，草民提着酒菜探监之时，赵捕头已经用银针将酒菜逐一查验，证实其中并未下毒。薛义之死，实与草民无关，请大人明察。"

周知县冷笑道:"本官略通医术,知道银针验毒,只能验出砒霜之类的毒药,若是其他种类的毒药,如毒蕈、毒鼠药等,就很难验出。所以赵捕头虽然用银针验过,那也不能就此证明你没在酒菜中下毒。"

石清泉辩解道:"大人这话从何说起?草民与薛义乃是多年至交好友,两人间并无冤仇矛盾,草民怎么会无缘无故下毒害他?"

周知县威严地扫了他一眼,道:"你要杀薛义,原因其实很简单。因为那天真正酒后行凶,失手杀死葛三的人不是薛义,而是你。薛义是为了朋友义气,才接过你手中的凶器,替你顶罪的。本官仔细看过那把行凶的匕首,刀柄镶嵌着一颗绿松石,甚是名贵,不像是一名穷木匠所能拥有的。最关键的是,薛义身上没有刀鞘。像这样名贵锋利的匕首,肯定配有刀鞘。如果本官没有猜错,当时刀鞘就在你身上。只可惜案发当时你置身事外,官差没有搜你的身。"

石清泉脸色一变,道:"如果真是如此,他已经替我顶了罪,刑部的批文都已经下来了,认定他就是杀死葛三的凶手,那我就更没有理由要杀他了。"

周知县道:"可惜事情并不如你想象中的那么顺利。就在你去县衙大牢探望薛义的前一天,有一名神秘女子,也同样去监牢里探望过他。薛义当时还咬破手指,写了一封血书托她带出来。如果本官推断得不错,那封血书是薛义写给你的。不知是什么缘故,薛义在替你顶罪、在死牢里关了一个多月之后,突然反悔了,并且写了这封血书,叫你自己到衙门自首,让他脱罪出来。而你,为了杀人灭口,一面假装到监牢里探望他,用言语稳住他,一面让他吃下了毒酒毒菜,将其害死。石清泉,本官问你,你认罪否?"

石清泉脸色苍白,鼻尖冒出冷汗,抬起头来看着高高在上的县官大人,张张嘴巴,想要辩白,但却欲言又止,犹豫一下,忽然磕头道:"大人,草民认罪。那葛三,确系草民酒后所杀。薛义念我有家有室,一旦伏罪,妻子儿女失去依靠,孤儿寡母难以为继,所以就从我手里接过凶器,替我顶了这杀人死罪。本来这官司已被前任县官结了案,谁知几天前忽然有一个用纱巾蒙面的少女来到我家,拿出薛义的血书,说薛义突然反悔,不肯替我顶罪了,叫我去衙门自首,为他脱罪。草民为了逃避罪责,就对薛义起了杀心。草民携带酒菜前去探监,一面叫薛义再宽限我几日，待我安排好家小，就去自首，一面让他吃下了毒酒毒菜……"

周知县听他全盘招认，倒是一怔，原本料想不动大刑，他必不肯说实话，却未想到他竟招认得如此爽快，着实出人意料。

薛义暴毙死牢的消息，早已不胫而走，听说知县大人要开堂公审，公堂门口早已里三层外三层地围满了看热闹的人。

平日里石清泉为人仗义，乐善好施，颇受乡人尊敬，此时听他亲口招认，众人方知他竟是个为求活命不惜毒杀好友的无耻小人，不由得大吐口水。

4

周知县在堂上审着案子，旁边早有师爷将犯人口供一一记录。

周知县见案情已经真相大白，不由得长吁口气，一拍惊堂木，喝道："石清泉，在你酒后行凶，杀伤人命的罪名之后，本官再加你一条冒名脱罪、杀人灭口之罪，你可服罪？"

石清泉面如灰死，哑着嗓子道："草民服罪。"

见他已经认罪，旁边的师爷忙将自己整理记录的口供用一个盘子托了，递到他面前，让他签字画押。

石清泉看也不看，就在后面空白处签上了自己的名字，又将手指头蘸了墨水，正要按手印，忽听有人叫道："且慢！知县大人，这案子，您审得不公……"

话音未落，便见一名中年女子从外面闯了进来，扑通一声跪在了大堂上。

石清泉瞧着她，不由得大吃一惊，道："你、你怎么来了？"

周知县直把惊堂木拍得山响，喝道："堂下何人？竟敢咆哮公堂，诬蔑本官执法不公，该当何罪？"

那中年女子抬起头道："小女子娘家姓李，名翠珠，是石清泉的妻子。大人有所不知，其实下毒害死薛义的人，并不是我丈夫，而是我。"

"哦，是你？"周知县一怔，一双锐利的眼睛直朝她盯过来。

李翠珠点头道："几天前，有一个神秘女子拿着一封血书来到我家，我才知道我丈夫酒后杀人，却由薛义冒名顶罪的事。现在薛义突然反悔，要将我丈夫供出来。我心里想，要是我丈夫出了事，留下我们孤儿寡母，那可怎么办？恰好这时，我丈夫要携带酒菜去县衙大牢探望薛义，我就想，要是这时候，薛义神不知鬼不觉的突然暴毙，死无对证，这事便再也牵扯不到我丈夫身上。于是我就亲自下厨，做了几样小菜，并且在酒菜里投下了毒鼠药。我丈夫并不知情，就提着这些酒菜去了县衙大牢……大人，薛义之死，实乃小女子所为，与我丈夫毫无关系。请大人明察。"

周知县越听越奇，忍不住喝道："放肆，公堂之上，岂可儿戏。你说那毒是你下的，你丈夫又怎么会当堂认罪，承认是他下的毒？"

李翠珠道："因为我丈夫知道，薛义食用的酒菜，只有我和他两个人接触过。如果薛义真是吃了那些酒菜后中毒身亡，定是我二人之中，有一人在酒菜里下了毒。如果不是他，那自然就是我做的了。他怕大人再审下去，会把我牵连进来，所以索性自己认罪，一力承担。"

石清泉听到这里，已忍不住流下泪来，看着妻子道："翠珠，我犯下的罪，就由我一人承担罢了，你、你这又是何苦？"

李翠珠苦笑道："十年修得同船渡，百年修得共枕眠，夫君，你若不在了，妾身又岂能苟活于世？"

周知县问："石清泉，你妻子说的，可是实情？"

石清泉深情款款地瞧着妻子，早已泪流满面，说不出话来。

周知县心中已然明了，使个眼色，让师爷拿口供叫李翠珠签字画押，然后一拍惊堂木，当堂宣判："石清泉酒后行凶，杀伤人命，不思自首，反而找人替罪，以致酿成大祸，罪加一等，判斩监候。李翠珠投毒杀人，罪不可赦，判绞监候。两名人犯暂时收监，待刑部批文到，一并处决。"

5

周知县新官上任，便由一把带血的匕首入手，不但推翻了前任已经审结的一件大案，而且还顺带破了一件案中案，消息传开，官声大振。

青阳百姓交口称赞，都说他是"周青天"。周知县听了，自是得意非凡。

数日后，周知县正在县衙签押房办公，忽有一名衙役送来一封书信，说是衙门外一个小孩受一位小姐之托送来的。

周知县吃了一惊，命他把送信的小孩带进来。

谁知那衙役跑出去一看，送信的小孩早已不见了踪影。

周知县更觉惊奇，拆开信封，展信一看，内容如下：

知县大人台鉴：

石清泉夫妇一案，表面看来，您审得滴水不露，周密严谨，实则有个老大的破绽。

石清泉白天才来探视过薛义，请他吃过酒饭，晚上薛义便中毒身亡，无论是谁，都会怀疑石清泉送来的酒菜有问题。他们夫妻中无论是谁在酒菜中下的毒，都会被立即查出来。他们这样做，非但达不到为石清泉掩盖酒后杀人、请人替罪的罪行的目的，反而会引火烧身，暴露自己的凶手身份。试问石清泉夫妻并非愚笨之人，怎么会做出如此蠢事？就算他们夫妻真有杀人灭口之心，也绝不会使用如此简单直接容易暴露自己的手段，您说是不是？

说到这里，您一定会问，如果不是他们夫妻对薛义下的毒，李翠珠又为什么要当堂认罪？

其中原委，其实并不复杂。那酒菜是李翠珠亲手做好后，再交给石清泉的。也就是说，接触过那些酒菜的，只有他们夫妻二人。按常理推测，如果薛义真是吃了这些酒菜后中毒而死的，那么下毒者必定是他夫妻二人中的一个。石清泉自己没有下毒，就以为这毒一定是妻子下的，所以为了保全妻子，他只好承认是自己下的毒。

而李翠珠呢，则以为这毒是丈夫下的。石清泉先是酒后行凶，杀死葛三，然后为掩盖罪行，又杀人灭口，毒杀薛义，两罪并罚，若依本朝律例，非但本人要受绞刑，家中妻小也要没籍为奴。李翠珠为保全一双儿女不永世为奴受虐，同时也为了成全夫妻二人同生共死之义，所以毅然挺身而出，为丈夫分担了一条杀人重罪。而实际上，他们夫妻二人都不可能在酒菜里下毒。

说到这里，您又一定会追问，那酒菜只有他夫妻二人接触过，既不是石清泉下的毒,又不是李翠珠下的毒,那毒药难道是天上掉下来的不成?

其实您只要仔细想想,就会明白,那些酒菜,除了石清泉夫妻二人,还有第三个人接触过。

这个人,就是县衙捕头赵大海。

信写到这里,嘎然而止。

信上字迹潦草,显然是仓促间写就,后面似有未尽之意,却是来不及写了。

看完信,周知县的浓眉一下子皱紧了。

自以为自己明镜高悬明察秋毫,一上任就破了一件大案,谁知经人这么细细一剖析,才发现自己的确将这案子审得马虎了些。

石清泉夫妻二人,无论是谁投毒,一旦事发,都会被轻易查出。

他二人若真想杀薛义灭口,断不会采取如此愚蠢的办法。

都怪自己在公堂上审案时太过自信,竟没有想到这一层。

这封信里说,除了石清泉夫妻二人,还有第三个人,也就是赵大海,接触过薛义吃的酒饭。

可是据牢头作证时说,当时赵大海只是用银针插入酒菜中试探了一下,除此之外,他并未动过那些酒菜。

难道这信中所说的"接触",就是指赵大海用银针验毒这件事?

周知县背着双手,皱着眉头,不住地在签押房里踱着步子。脑海中突然冒出一个想法:假如赵大海验毒用的,不是普通银针,而是一根淬有剧毒的毒针,它在每个菜碗里都插了一遍,那岂不是神不知鬼不觉地让每一样酒菜都染上了剧毒?

如果赵大海使用的银针真的有问题,那么要让一根普通银针淬满剧毒,变成一根毒针,而且还不能使银针变色,让旁人瞧出破绽,这可不是一件容易的事。除了长年与药物为伍的医生或药店的药师,一般的人,只怕绝难做到。

想到这里,周知县心中已有主意,立即叫来两名心腹衙役,吩咐他们到青阳城各处诊所和药店打探,看看近段时间,有没有人拿着一根银针到诊所或药店请人加热淬毒。

两名衙役在青阳城里走了一圈,把城中所有诊所和药店都问了一遍,却并未发现有银针淬毒之事。

周知县想了想,又让他们多叫些人,到周边地方的诊所药店问问。

三天后,终于有消息传来。一名衙役回报说,在距离青阳城东南数十里外的华容县城,有一家毫不起眼的仁安堂药铺,据他们掌柜的回忆说,十几天前,有一个人曾拿着一口银针来到他们药店,花重金请他们在银针上淬些鹤顶红上去。

衙役拿出赵捕头的画像问他,是不是这个人,掌柜的说就是此人,只不过他来的时候着便装,并不像画像上这样穿公差服饰。

追查到此,周知县已经知道那封信上所说的,绝非空穴来风。薛义之死,很可能与赵大海大有关系。

可是眼下,他却有两个问题想不明白:

第一,赵大海与薛义之间并无瓜葛,他为什么要如此处心积虑地害死薛义?

第二,写这封信的人,到底是谁?送信人说是受一位小姐之托前来送信,可见写这封信的,应该是个年轻女子。可是她又是怎么知道赵大海跟这件案子有牵连的呢?

周知县把身子往椅背上一靠,捏捏微微发疼的太阳穴,微闭双目,将这件案子从头到尾细想了一遍,却忽然发现自己从一开始,就忽视了一个人,就是那个最先到大牢里探视薛义,并且为他传递血书的神秘女子。

这个女人是谁?与写这封信的女人,是同一个人吗?

他立即把见过那名女子的牢头叫了过来,向他详细询问他所见过的那名女子的情况。

牢头回忆说,那女子很年轻,应该是一名少女,穿着白色裙子,因为用一块红色纱巾罩住了脸,所以瞧不清相貌。

周知县问:"那你觉得,她为什么要用纱巾罩住自己的脸呢?"

牢头说:"我想应该是怕我们瞧见她的相貌,识破她的身份吧。"

周知县道:"这么说来,她很可能是你们认识的熟人了?"

牢头听他这样一问，张张嘴，想说什么，犹豫一下，还是没有说出口。

周知县已经瞧见他欲言又止的神情，便道："有什么话，尽管说吧。"

牢头这才压低声音说："大人，说实话，当时我第一眼瞧见那女子的身影时，就觉得有些眼熟，感觉有点像赵捕头的女儿赵胭脂。我跟赵捕头关系不错，常去他家喝酒，所以跟他女儿也熟识。另外，我还瞧见那女子小腹微隆，似乎已经有了身孕……大人，您也知道，赵捕头的女儿就快跟知府大人的公子成亲了，所以我当时虽然瞧见了，也不敢乱说。"

周知县听到这里，忽然眉头一展，起身道："好，本官已经明白了。即刻升堂，传赵大海过堂问话。"

6

惊堂木一响，堂下一片肃静。

周知县高坐在"明镜高悬"的牌匾下，威严地扫了一眼跪在堂下的赵大海，问道："赵大海，你因何要毒杀薛义，速速招来，免受大刑之苦。"

赵大海趴在地上，满脸冤屈地高叫道："冤枉啊，大人，毒杀薛义的是石清泉的妻子李翠珠，这案子大人早已审结，怎么又牵扯到卑职身上来了呢？"

周知县脸色一沉，道："赵大海，如此看来，你是不肯老实交待罪行的了。好，你且转回头，看看本官把谁请来了？"

赵大海疑惑地回头一瞧，只见两名衙役领着一位神情忧郁的白衣少女，正缓缓走入公堂。

他定睛一看，那少女居然正是自己的女儿赵胭脂，不由得脸色一变。又扭头看看高坐在堂上的知县大人，只见周知县目光如锥，一副洞若观火胸有成竹的模样，心头一沉，知道大势已去，顿时瘫软在地，一边叭叭地磕着响头，一边带着哭腔道："大人饶命，小人知罪，小人愿意招供……"

原来赵大海的女儿赵胭脂，早就已经暗地里跟木匠薛义谈上了恋爱。

薛义出事入狱之后，赵胭脂孤身一人去牢里探望他，还悄悄告诉他说自己已经怀上了他的孩子。

薛义听后，非常兴奋。

他本是孤身一人，贱命一条，无牵无挂，为了讲义气，才替石清泉出头顶罪的。此时突然得知自己有后，兴奋之余，顿起反悔之心求生之念，不想再为石清泉顶罪送命，所以就扯破衣角写了一封血书给石清泉，叫他自己向官府自首认罪。

石清泉看后，觉得求生之心人人有之，他中途反悔，也是情理之中的事，要怪只能怪自己不该酒后行凶，闯下大祸，也便坦然接受。

他决定第二天带些酒菜去死牢里探望薛义，顺便请他宽限几日，一待自己安排好家小，便去衙门自首，让他脱罪出来。

而女儿与薛义的恋情，赵大海是隐隐知道的。

因为女儿已与知府大人的公子有了婚约，他自己也很想爬着知府大人这个亲家的跳板官升一级，到知府衙门当差，所以极力阻止女儿与那个穷木匠交往，但女儿却依然我行我素，根本不听他的话。

直到薛义出事入狱，被判死刑，他才松口气。

只要薛义一死，女儿自然就会遂他的意嫁给知府大人的儿子。

薛义入狱一个多月后，赵胭脂忽然提出要去狱中探视他。

赵大海心想反正这个穷木匠已活不了多久，让他们见最后一面，也无不可。

所以就让她去了，但为了不暴露身份，影响她与知府大人的公子的婚约，他叫女儿探监时用纱巾罩住了脸。

即便如此，赵大海仍然觉得不放心，当女儿在监牢里跟薛义说话时，他却悄悄躲在那间监牢后面的小窗外偷听。

当他听女儿说自己已经怀上了薛义的骨肉时，不啻于遭遇晴天霹雳，差点当场晕倒。

后来他又得知薛义竟是替人顶罪，只要石清泉自首认罪，他就很快可以脱罪出来，更是慌了神。

如果这小子从大牢里放出来了，女儿还肯嫁给知府大人的儿子吗？

所以薛义不除，他实难遂愿。

当他从女儿口中得知石清泉第二天要带上酒菜去牢房里探视薛义时，一条借刀杀人的毒计顿时涌上心头。

他连夜去外地高价请人配置好毒银针，当第二天石清泉来探监时，便以银针验毒的名义，神不知鬼不觉地在酒菜中下了毒。

他早已打好如意算盘，薛义毒发身亡后，就算追查下来，放毒的也是石清泉，绝对牵连不到自己头上。

但是出乎他意料的是，薛义中毒暴毙之后，他将毒针丢进自家后院池塘，妄图消灭罪证，不想恰好被女儿看见。

赵胭脂悄悄将那枚银针捞起，很快就发现了毒针上面的玄机。

冰雪聪明的她，很快就知道了父亲才是毒杀自己意中人的真正凶手。正想去县衙告发他，不想却被赵大海发觉，将她软禁在了家中。

赵大海原以为周知县手头没有十足的证据，本已抱定抵赖到底的决心。

但一见周知县将女儿带到公堂，摆出要与自己当堂对质的势头，顿觉大事不妙，万事皆休，心知这投毒杀人之罪，是再也抵赖不掉了……

周知县听他说完，冷声笑道："赵大海，你一定做梦也没有想到，你女儿虽然被你锁在家中，失去行动自由，却写了一封举报信，隔着后门栅栏，请路边玩耍的一个小孩子送到了本官手中。本官正是在接到这封信后，才渐渐揭开此案的最后真相。"

赵大海听了知县大人的话，不由得侧转头来，恨恨地剜了女儿一眼。

赵胭脂幼年丧母，是父亲一手将她拉扯大的。此刻自己却亲手告倒父亲，将他送上断头台，想到自己不但痛失恋人，而且又将痛失亲人，心中五味杂陈，不禁流下泪来。

最后，周知县当堂结案：李翠珠无罪开释，赵大海判斩监候。

秋天一到，酒后行凶杀伤人命的石清泉，便与赵大海被一同处决。

刑事侦查卷宗

深山分尸案

案件名称：深山分尸案
犯罪嫌疑人姓名：XXX
立案时间：2011.6.14
结案时间：2011.6.29
立卷单位：青阳市公安局

A5239096162011061 4

（正卷）

青阳市公安局

雨夜疑凶

1

山里的天气，就像孩子的脸，说变就变，刚才还天晴气朗，突然间乌云盖顶，山风大作，毫无前兆，那雨就瓢泼似的下起来，直把山林里这一支驴行的队伍淋了个措手不及。

这山名叫笔架山，位于青阳、北江和南平三市交界处，背靠长江，在行政上隶属青阳市管辖。山高三千余米，方圆有近百里，山顶常年云雾迷漫，山中多原始森林，大部分山地尚未开发，深山密林，幽静神秘，吸引了不少背包客进山驴行探险。

这支被大雨淋头的驴行队伍，共有八名队员，二女六男，分别来自周边三个城市。

大伙在一个驴友QQ群里约好之后，于今天上午在笔架山西边山脚集合，打算由西边上山，越过山顶后由东面下山，预计共有四至五日行程。

虽然大家在QQ群里混得很熟，但在生活中并不相识，好在有资深驴友老蔡作领队，大家相处得还不错，只花了半天多时间，就已经爬到了半山腰。

正要一鼓作气往上爬，不想却遇上这场大雨，大伙手忙脚乱地卸下背包，赶紧找出雨衣穿上。

"队长，这雨下得太大了，咱们先找个地方暂避一下吧。"

说话的是驴友队的队员方中言。

方中言大约三十六七岁年纪，中等身材，看上去显得有些瘦弱，但一个大背包压在他身上却并不显得吃力,还时不时伸出手来搀扶一下身边的女队员。

队长老蔡抹抹脸上的雨水,抬头看天,说:"山顶的乌云越聚越多,这雨只怕一时半会儿停不了。"

女队员卓彤脸上现出担忧的神情,说:"这雨下得好大,好吓人哦,要不咱们先原路返回,等雨过天晴了,再重新上山吧。"

她是第一次登山,没有经验,所以显得有些心慌。

老蔡摇着头说:"上山容易下山难,尤其是雨天路滑,冒雨下山很容易出事,再说现在天色将晚,还没走到山下,天就黑了,那更麻烦。我看今天就走到这里,咱们先找个安全的地方安营扎寨,等过了这个风雨之夜,咱们明天再上山。"

"哇,这风急雨大的,哪里能找到什么安全的地方啊?地上到处是水,你不会叫咱们把帐篷扎在这里吧?一地的泥水,你叫我怎么睡觉啊?"

大声叫嚷的是一个板寸头。

因为他还没有自报家门,所以大伙只知道他的QQ名叫二手贱男。

老蔡看了他一眼,没有说话,拿出望远镜四处看看,忽然发现不远处的山坡上隐隐有房屋的影子,不由得大喜,道:"那边好像有房子,咱们过去看看。"

众人只好打起精神,迎风冒雨,跟他一起向前行去。

走出那片树林,再前行不远,果然看见半山腰上零星地建着几栋房子,从结构上看,应该是山民的民居。

最前面一间,是一幢二层土木结构的楼房,门口挂着一个牌子,上面写着"驴友客栈"四个大字。

想不到这深山野地里竟还有一间这样的旅店,可真是雪中送炭啊!

队员们不由得欢呼起来。

老蔡抖抖身上的雨水,带着大家走进这间"驴友客栈",忽听一阵狂吠,嗷——嗷——嗷——呜——一条一米来高的大狼狗猛然从门后蹿出来,呲牙咧嘴,对着众人狂吠不已。

卓彤和另一名女队员吓得"妈呀"一声惊叫,差点跌倒。幸好方中言站在后边，将二人扶住。

"猛子，走开！"

听见声音，从屋里走出一个约莫三四十岁年纪、肤色黧黑的男人，将吓人的狼狗喝退之后，打量众人一眼，说，"我叫柴刀，是这家店的老板。请问你们是要住店吗？"

老蔡点头说是的，柴刀热情地说："那快进来吧，客房在二楼，我带你们上去。"

大伙都松了口气，脱下雨衣，跟他一起上到二楼。

二楼有一条呈曲尺拐状的走廊，走廊的一边对着荒野，另一边排列着数间客房。

因为所有费用都是 AA 制，为了省钱，大部分队员都选择了两人合住一间房，除卓彤以外的另一名女队员是跟她丈夫一起来的，所以夫妻合住一间，老蔡和二手贱男合住一间，另两名男队员聊得来，也合住一间，剩下方中言和卓彤一男一女，只好一人一间，住进了曲尺拐弯最后面的两间房子。

天色渐渐暗下来，山风劲疾，雨借风势，竟越下越大，丝毫没有要停下来的意思。

老蔡站在走廊里，看着这急风暴雨，不由得皱起了眉头。

客栈老板柴刀仿佛看穿了他的心思，笑笑道："这雨不下个两三天，只怕是停不了的，你们就安心在这里住上几日吧。"

老蔡问他怎么知道这雨要下几天，柴刀朝头顶指了指，说："因为我会看老天爷的脸色啊。"

"不可能吧，出发前我们看过天气预报，说这片地区最近不会有长时间的降雨。"忽然一个声音从后面传来。

老蔡回头一看，说话的是方中言。他刚在房间里换好衣服，一边系着扣子一边走过来。

也许是他的出现，让柴刀感觉有些突然，柴刀扭头看着他，一直盯着他从走廊拐弯处走过来。

方中言也感觉到了他直愣愣的目光，微觉一怔，问道："店家，你认识我啊？"

柴刀这才回过神来，摇摇头道："不认识，只是偶然间觉得好像有些眼熟而已。"

老蔡说："我们出发前确实看过天气预报，说最近一段时间这里不可能有大范围降雨。"

柴刀用手朝大山背后指了指，说："我已经观察过了，山后面的乌云越积越多，丝毫没有消散的迹象，我估计呀，这雨至少两天之内不会停的。"

方中言还是不信他的话，晃晃手里的手机说："我刚刚用手机上网查过天气预报，说这雨不会下太长时间。"

柴刀鄙夷地看了他的手机一眼，说："报天气预报的人在几千里之外看天气，我就站在这山里看天气，你说谁看得准些？"

方中言一时语塞。

柴刀告诉他们，自家世代都是这山上的山民，几年前他曾和妻子到外面的城市打工，后来妻子遇车祸死了，他又只身回到山里，因为经常看到一些进山的驴友到村子里找地方住，正好他家要建房，所以就盖了这间客栈，有住客的时候他就经营客栈，闲时则带着猎犬猛子扛着火铳上山打些山鸡、野兔回来，挂在家里熏干，用以招待住客。

柴刀说："这看云识天，是山里人必须掌握的生存技能。"

方中言笑道："把客栈开到大山里，你倒是挺有生意头脑的。"

柴刀摇摇头说："我也只是想给进山的人提供一个方便，因为客源很少，如果靠这间客栈过活，我早就饿死了。经营客栈只能说是我的副业。"

他带二人走到走廊拐弯之后的尽头，有一个简易的木楼梯从二楼延伸到客栈后面的地上，楼梯下面是公用厕所和浴室。

老蔡和方中言都知道山上没有自来水，客房里不可能有单独的洗手间，能建成这样的公用洗手间已经很不错了。

这道楼梯估计就是为了方便客人下楼上洗手间而设立的。

柴刀站在楼梯上，指着紧挨在客栈后面的一间小土砖房说："那个是厨房。"

厨房后边不远，是一个非常大的池塘，池塘上面盖了一个猪圈。

柴刀说："池塘里养了鱼，猪圈里养了十几头猪，猪粪可以用水冲进池塘做鱼食，养猪养鱼两不误。呵呵，其实养猪养鱼才是我的主业。"

老蔡笑道："想不到这大山深处，竟还藏着一位致富能手啊。"

柴刀咧嘴一笑，搓着手说："致富能手称不上，有道是靠山吃山靠海吃海，不一定人人都得进城才能挣到钱，只要勤快，哪里都能养活自己。你们先休息一下，我去做饭，等下叫你们下楼吃饭。"

2

雨仍在下，天很快就黑了下来。

没过多久，柴刀就手脚麻利地做好一桌饭菜，上楼叫众人下来吃饭。

餐厅设在一楼，方桌木凳，甚是简陋。

众人下楼一看，桌子上一共摆了七八道菜，全都是山鸡野兔土蘑菇之类的山间野味。

老蔡呵呵笑道："这可是正宗的野味餐呀，咱们这回有口福了。"

众人围桌而坐，二手贱男拉了一把凳子，在卓彤旁边坐下，殷勤地夹起一块山鸡肉送到她碗里，说："彤姐，这可是真正的野味，在城里吃不到的，你试试。"

卓彤淡然一笑，说："谢谢，我不吃野山鸡的，会皮肤过敏。"

二手贱男说："哦，那你夹回给我吧。"

卓彤就把那块鸡肉夹过来，正要放到他碗里，二手贱男忽然把碗藏到桌子底下，把脑袋伸过来，张着嘴说："你就直接喂到我嘴里吧。"

卓彤脸色一红，拿筷子的手停在半空，不知道该怎么办才好。

二手贱男嘻嘻一笑，忽然伸出手来，捉住她的手，夹着鸡肉，往自己嘴里送去。

卓彤气得脸色通红。

"二手贱男，你别太过分了。"旁边的方中言实在看不下去，把筷子往桌子上一拍，起身怒斥。

二手贱男瞪了他一眼，冷笑道："关你什么事？她是你老婆还是你二奶？要你多管闲事。"

"你……"

方中言脸色一变，呼呼喘着粗气，两只手不自觉地握紧了拳头。

正在这时，柴刀端了一盆野菇汤过来，路过二手贱男身旁时，方中言轻轻碰了一下柴刀的手肘，汤盆一晃，几滴滚烫的汤水荡了出来，掉在二手贱男的脖子上。

二手贱男被烫得哇哇直叫。一桌子人都哄笑起来。

吃完饭，二手贱男问柴刀晚上有什么好节目。

柴刀不好意思地笑了，说："对不起，这大山深处，不能跟城里比，还真没有什么好节目招待大家。山上一共才几户人家，直到去年搞农村电力'村村通'工程，咱们这里才勉强通上电，今年才买回来一台电视，在楼顶装了一个卫星接收锅，也收不到几个台。"

二手贱男看看屋外，黑黢黢一片，只听雨声哗哗，什么也看不见，不由得索然无味，说："那就看看电视吧。"

于是大家就围着餐厅里的一台满是雪花的电视看起来。

不大一会儿，卓彤起身从后门走出去，坐在最后面的二手贱男趁别人没有注意，悄悄起身跟了上去。

众人正在屋里看电视，忽听客栈后面传来卓彤的惊叫和喝斥声："啊，你、你想干什么？"

方中言神情一变，急忙从后门跑出去，只见厕所门口，二手贱男正从后面抱住刚刚从洗手间出来的卓彤，涎着脸说："彤姐，我在你QQ空间看了你的照片，就喜欢上你了。这一次，就是因为你在这个队伍里，所以我才报名参加的。我是专门为你而来。只要能让我亲你一口，我做鬼也心甘情愿呀。"说罢就努着嘴，往卓彤洁白的脸颊上亲去。

"不，不，你放开我！"卓彤一边挣扎一边大叫，"你再不放手我可要叫人了。"

"我就不放手,你尽管叫吧。"二手贱男嘻嘻笑着,把她抱得更紧,满是胡茬的嘴巴眼看就要亲到她脸上。

"浑蛋,放开她!"方中言猛然冲上去,一把将他推开,张开双臂,将卓彤护在身后,"二手贱男,你想干什么?"

二手贱男被他推了一个趔趄,狠狠地盯着他:"姓方的,我他妈跟你有仇啊,老是坏老子的好事?"

方中言说:"欺侮一个女人,算什么英雄。"

二手贱男见其他人都出来了,而且都站在方中言一边,不由得心存顾忌,指着方中言恨恨地道:"好,姓方的,你有种,老子迟早要把你'做'了。"

卓彤再也忍不住,"哇"的一下哭出声来。

方中言伸手去扶她的肩膀,卓彤捂着脸,一边抽泣,一边跑上楼,回自己房间去了。

发生这样的事,大家亦觉索然无趣,自然也没有了看电视的心情,都默默回房,各自休息去了。

客栈里渐渐安静下来,除了外面的风雨声,再也听不到其他声响。

不知过了多久,方中言的房门忽然吱嘎一声打开了,他轻手轻脚走到走廊拐弯处,左右瞧瞧,走廊里静悄悄的,并没有其他人。

他又回转身,轻轻敲了敲隔壁房间的门。

那房间里住的是卓彤。

敲门声三长两短,听起来像是某种事先约定的暗号。

卓彤的房门很快便悄无声息地打开一条缝,方中言闪身进去,刚反手将门关上,卓彤就一把扑进他怀里,嘤嘤啜泣道:"中言,你快点带我走吧,这种日子什么时候是个头啊。"

方中言抚摸着她飘散在肩后的长发,轻轻叹口气说:"小彤,你再等等,我答应你很快就会跟家里那个黄脸婆离婚的,再说你自己离婚的事不是也还要一些时间处理吗?"

"嗯!"卓彤止住哭声,仰起头深情地望着他,轻轻点一下头。

方中言看着她一副梨花带雨的模样，不由得心头一软，把嘴巴凑上去，轻轻吻着她的脸颊，吻着她脸颊上的泪珠，接着再吻她温润的嘴唇和洁白的脖颈。

卓彤的呼吸忽然急促起来，嘤咛一声，欲拒还迎，一面回吻着他，一面缓缓往后退去。她后面不远，就是一张温暖的木架床……

无处不在的风雨声，掩盖了一个人从客栈后面踩着简易楼梯上楼的脚步声。

他蹑手蹑脚走近卓彤窗前，用手将里面的窗帘拉开一条缝，然后拿出手机，调出视频拍摄功能……

3

第二天早上，那雨仍然淅淅沥沥地下着，头顶乌云聚在一起，丝毫没有消散的迹象，老蔡这才相信柴刀所言不虚，这一场大雨，一时半日还真停不了。

想不到好好的一次驴行，居然让一场没完没了的大雨给搅黄了，大伙都觉得有些扫兴。

雨下得太大，这一天里，谁也没有出门，都窝在客栈里，看电视的看电视，玩手机的玩手机，二手贱男百无聊赖，看见柴刀的狼狗猛子伏在门后，上前想去逗它玩，不想那狗凶猛异常，张嘴就朝他咬过来。

饶是二手贱男躲闪得快，新穿的一条牛仔裤还是被咬了一个大洞。

柴刀见状，赶紧把猛子牵进了后面厨房。

好不容易捱到晚上，刚吃过晚饭，二手贱男就忍不住嚷起来："无聊死了，无聊死了。"

他从口袋里掏出一副扑克牌，叫道："咱们来玩牌吧。"

也确实是闲得无聊，老蔡和另外两名男队员响应二手贱男号召，跟他一起坐在桌边玩起了"升级"，另一名男队员则兴致勃勃在旁观战。

方中言对二手贱男心存芥蒂，不想参与，一个人闷闷地坐在一边看电视。

卓彤和另一名女队员则拿出自己的手机上网看电影，虽然山里网络信号不稳定，但也聊胜于无。

最忙的自然要数店主柴刀。他一会儿烧水泡茶，一会儿又拿出自酿的米酒招待客人，忙进忙出，没一刻能闲下来。

大约晚上8点钟的时候，方中言接连打了几个呵欠，就起身关了电视说："你们慢慢玩，我先回房睡觉了。"

大伙玩得正在兴头上，自然没有人理会他，只有卓彤抬起头关心地看了他一眼，然后一直目送他的背影消失在楼梯拐角处。

二手贱男打牌输了钱，心里不爽，觉得光喝米酒不过瘾，又嚷着要柴刀去炒几个下酒菜。他拍着胸脯说有什么好东西尽管端上来，我们又不是不给钱。

柴刀连声答应着，又一头钻进厨房，炒了几碟小菜端到牌桌上，然后又去厨房炒了一碗芝麻，为两位不喝酒的女住客泡了两杯当地特有的芝麻茶。跑进跑出，忙得满头大汗。

又过了半个小时，卓彤对旁边的女队员说："我也累了，先上楼休息了。"

她走上二楼，回到自己房间，换了一件吊带睡衣，坐在床上等了一会儿，见方中言并没有像昨晚一样悄悄过来，心中颇感诧异，暗想昨晚不是已经约好了的吗？他怎么不过来了？难道真的已经上床睡了？

她起身走到隔壁房间门口，正要去敲方中言的房门，忽然发现门是虚掩的，她心中一动：难道他是在等我过来吗？

轻轻推门进去，屋子里漆黑一团，她叫一声"中言"，没有人答应。

她顺手拉了一下门边的灯线，电灯亮了，她看见方中言的床上被子已经打开，他今天穿的外套和长裤已经脱下堆放在床头，但是床上并不见人。

难道是上厕所去了？

卓彤坐在他房里等了一会儿，并没有看见他回来。

她回房披了件外套，然后从二楼简易楼梯走下去，到厕所里看了看，厕所共有两间，不分男女，门都是开着的，里面并没有人。

卓彤愈发觉得奇怪：这家伙，不声不响跑到哪儿去了？莫不是睡不着觉，又下楼看电视去了吧？

她从后门走进一楼餐厅，打牌的仍在打牌，那个原本在看手机的女队员这时也凑到自己老公身边看牌去了。

柴刀似乎还在厨房忙碌,屋里并没有方中言的影子。

她又在楼下坐了好一会儿,估摸着方中言该回房了,可是上楼一看,方中言的房间还是原来的样子,并没有看见他回来,掏出手机拨打他的手机号码,却发现他的手机正在床头衣服口袋里唱歌。原来他并没有带手机出去。

再仔细一看,他的鞋子并排放在床前,难道他是光着脚走出去的?他会去哪儿呢?

卓彤站在走廊里,轻声呼唤了两声,没有人回应。她心里隐隐有些不安。

卓彤再次回到楼下,本想把方中言失踪的事告诉队长老蔡,可是她见大伙正玩得高兴,竟有点不好意思开口,再说方中言也许只是换了双鞋出去走走,说不定很快就会回来,自己一惊一乍的,反而会暴露他们之间的关系。

想到这里,她只好耐着性子坐下来。

可是心上人失踪了,她哪里坐得住呢?一会儿站起,一会儿坐下,一会儿上楼查看,一会儿下楼等待,楼上楼下跑了十几趟,也没有看见方中言回来。

深夜12点多的时候,二手贱男他们的牌局终于结束,老蔡似乎赢了些钱,抽出一张五十元的钞票递给柴刀做小费,说是感谢他晚上的周到服务。

柴刀高兴地伸手接过。

老蔡一转身,看见卓彤正一个人坐在电视机前发呆,不由得一怔,说:"你怎么还没有去睡觉啊?"

卓彤这才从愣怔中回过神来,犹豫一下,说:"那个……方中言好像失踪了,我有点事想找他,去他房间几次,都没有见到他……"

她简单的把自己发现方中言失踪的过程说了。

老蔡有点不相信,一个大活人,怎么可能在这么多人眼皮子底下失踪呢?

亲自跑上楼,到方中言房间里查看,才知道卓彤所言不虚,方中言床上的被子凌乱地打开着,显然晚上被方中言盖过,他的外衣脱在床上,手机还揣在口袋里,鞋子放在床下,屋里一切正常,就是不见了方中言。

二手贱男摸着后脑勺说:"难道他是光着脚从被子里钻出来跑到外面

去的？"

卓彤说："他好像是晚上8点左右上楼睡觉的，我8点半来找他的时候，他就已经不在房间里了。"

二手贱男狐疑地看着她问："你到他房里来干什么？"

卓彤脸色微红，说："我昨天被人欺侮，是他帮我解围，我想单独对他说声谢谢，可以吗？"

二手贱男讪笑道："当然可以。"

老蔡说："客栈里一共有两个楼梯，一个是主楼梯，从一楼餐厅旁边伸向二楼，他如果从这里下楼，咱们一定能看见。还有一个简易楼梯，在走廊曲尺拐弯的尽头，也就是距离方中言房间门口不远的地方，楼梯可以直接下到客栈后面的地上，他应该是从这里下楼的。客栈周围没有围墙，下地之后，可以任意四处行走。按常理来说，他要出去哪里，应该跟咱们说一声啊。"

卓彤看看手表说："现在已经是深夜12点半了，从8点半到现在，已经过去四个多小时了，外面漆黑一团，又下这么大的雨，他如果真是自己出去散步，也不可能在黑夜里走四个多小时啊。"

4

柴刀一听有住客在自己的客栈失踪，很是担心，说："现在天黑雨大，该不会出什么意外吧？要不咱们出去找一找？或许是他到外面散步迷路了呢？"

老蔡点头说："好。"

他让卓彤和另外一名女队员留在客栈，剩下的五名男队员再加上柴刀，一共六人，分成两个三人小组，穿上雨衣，从自带的装备中拿出野营灯，走进黑夜里的雨幕中，分头寻找。

两队人马，围着客栈周围数里之内的山地，仔细寻找了好几圈，并没有发现方中言的踪影。

夜里风凉雨大，四周黑得瘆人，大伙打着冷战，不敢再往大山深处寻找，只得回到客栈。这时已经是凌晨3点多了。

每个人的心都揪得紧紧的，难道一个大活人，就真的这样失踪了？还是出了什么意外呢？

卓彤心口一阵一阵的痛，忍不住扭过头去，偷偷地抹眼泪。

她心里有一种不祥的预感，方中言肯定出事了，要不然绝不会这么久没有消息。

老蔡一边拧着被雨水打湿的衣服，一边说："这事只怕有些蹊跷，咱们还是报警吧。"

得到大家的同意后，他掏出手机，打电话报警。

接警的值班员问了他们的具体位置，然后说这地方太偏僻了，警方至少要数小时之后才能赶到。在警方到来之前，叫他们待在屋里，不要贸然行动，以免再生意外。

警方的话，更是让大家心里蒙上一层阴影。

一屋子人，谁也没有睡意，都默不作声地坐在餐厅里，听着外面的哗哗雨声，等待着天明，等待着警察的到来。

这真是个漫长的不眠之夜啊！

不知从什么时候开始，外面雨声渐小，下了两天两夜的大雨，终于有了要停下来的迹象。等大家惊觉之时，天已微明，老蔡看看手表，已经是早上6点多了。

柴刀搓着手说："大伙累了一个晚上，我去给大家做点早餐吧。"

刚吃完早餐，就听见外面传来一阵脚步声，众人跑出来一看，只见一个又胖又矮的中年警察，带着两个穿制服的小伙子，一身泥水地走了过来。

柴刀认识那矮胖警察是山下派出所的胡所长，急忙迎上去。

胡所长瞪了柴刀一眼，说："是你报的警啊？害得老子从半夜起就冒雨往山上爬。到底出了什么屁事？"

柴刀一边赔着笑脸递烟，一边把昨晚住客方中言离奇失踪的事说了一遍。

胡所长问："你们是什么时候发现他不见了的？"

卓彤回答说："大约是昨晚8点半左右。"

胡所长看看表，翻着白眼说："胡闹，到现在还不够十个小时，怎么就打电话报失踪？一个成年人，至少要失踪48小时以上，才能立案，你们知不知道？"

回过头，对一个年轻警察说，"你给他们登记一下，等过了48小时还不见人，咱们再作处理。"

卓彤见他态度如此轻慢，知道他并不重视这桩失踪案，不由得心里着急，拉住他的警服说："警官，他肯定是出意外了，请你们帮忙找一找吧。"

胡所长说："笔架山这么大，我们派出所总共才几个人，就是全部拉上来，也没法给你搜山啊。"

卓彤急得快要哭起来，想了一下，忽然说："胡所长，你知道失踪的这个人是谁吗？"

胡所长又翻了一下白眼，说："你不是说他叫方中言吗？"

卓彤说："他叫方中言，他是山那边北江市城管局的副局长。"

"他是个副局长？"

听了卓彤的话，不但胡所长吃了一惊，就连老蔡等人也大吃一惊，谁也没有想到这个毫不起眼的方中言，竟然还是一个当官的。

胡所长不敢怠慢，立即打电话到北江市核实情况，确认卓彤反映的情况属实之后，态度立马来了一个一百八十度的大转弯，非常耐心地听老蔡他们把整个事情的来龙去脉说了一遍，然后说："局长大人在咱们辖区失踪，那可不是小事，只是咱们派出所人手不够，要不这样吧，这山上大概有七八户人家，虽然住得比较分散，但咱们可以把居住在这里的山民都集中起来，再加上你们的人，大概有四五十个人，咱们把这些人都发动起来，请他们上山协助寻找失踪者。等过了48小时再无消息，我再打电话向市局汇报。"

这半山腰上，除了柴刀的驴友客栈，还零星散落着几户人家，距离驴友客栈最近的人家，也有一里多路远。

胡所长好不容易把这些山民召集起来，把事情的经过简明扼要地跟大家说了，又把方中言留在卓彤手机里的照片给大家看了，然后发动大家结队上山寻找，一有消息，马上报告。

这时风雨渐停，被乌云遮住的天空，终于明亮起来。

大伙三人一组，五人一队，四散分开，一齐往山上寻去。

两三个小时后，搜山的山民陆续回来。

到底人多力量大，虽然大家没有找到方中言，却从四个不同的方向拎回来四个用麻布袋包着的包裹。

据山民报告说，这四个麻布包裹分别是在客栈东西南北四个方向约二十里外的山野中发现的。

因为看上去像是新丢弃的，山民起了疑心，有胆大的年轻人戳开包裹，发现里面裹着一个塑料袋，再戳开塑料袋，发现里面竟然渗出血水来。

四路人马都觉得包裹有问题，于是从四个方向不约而同地拎回来交给胡所长。

胡所长打开麻布包裹，一股血腥味扑鼻而来，里面装着的，竟是人肉尸块。

一颗人头从塑料袋里滚出来，卓彤一看，差点晕倒在地。

那正是方中言呀！

胡所长不由得头皮发炸，立即命令两个年轻警察："看好尸块，不要让人碰。"

走到一边，赶紧掏出手机给市局打电话。

5

下午2点多，青阳市公安局刑侦大队大队长范泽天带着一队人马赶到了案发地驴友客栈。

一见面，他就埋怨起胡所长来："老胡啊，你怎么在这半山腰给我整出桩命案来？我这光爬山，就爬了几个小时呢。"

胡所长只有苦笑，上前把案情向他作了简要汇报。

范泽天看看地上的四包尸块，回头对法医老曹说："老曹，你先看看。"又叫过女警文丽等四人，叫他们分别跟着山民上山，到各个抛尸地点看看。

他自己则把驴友队的队长老蔡叫到一边，向他详细询问案发经过。

111

听说方中言是在客栈二楼房间失踪的,他又上楼到方中言的房间看了,然后沿着走廊尽头的简易楼梯走下来,因为昨晚下雨的缘故,楼梯上全是凌乱的泥足印。

下了楼梯,右边不远,是厕所和浴室,左边十来米远的地方,是一间厨房。从厨房穿过,有一条石块铺地茅草遮头的通道,通道那头连着一个猪圈,猪圈建在鱼塘上面,土墙茅顶,里面养着十多头猪,猪圈的地板是用厚木条拼起来的,中间留有二指宽的缝隙,便于将猪粪用水冲刷进池塘做鱼食。

范泽天背着双手,围着客栈转了一圈,一面查看现场,一面在心里思索着案情。

死者方中言是由后面的简易楼梯离开的,这一点已基本可以确定。

离开时,床上被褥凌乱,说明他当时已经上床睡觉。

如果是自己起床下楼,不可能不穿鞋子,据现场情况来看,他极有可能是在睡梦中被凶手制服之后,由凶手背着走下楼梯的。

凶手把他背到某个地方,先将他杀害,再分解尸,四面抛尸。

既然凶手背着方中言在雨夜中行走,负重之下,不可能走得太远,所以凶手杀人分尸的第一现场,应该就在客栈附近,可是昨晚一夜的大雨,什么痕迹都被冲刷干净了。要找到第一现场,并不容易。

他踱回客栈门口,法医老曹一边洗手一边向他报告,现在基本可以确认,这些尸块来自同一个人身上。死者死亡时间大约在昨天夜里8点至10点之间,死后不久即遭分尸,分尸应该是深夜12点前完成的。

综合起来判断,死者死亡及被肢解的时间,应该是昨天夜里8点至半夜12点。

范泽天点点头,问:"凶器是什么?"

老曹顺着自己的思路往下说:"据我判断,凶手应该是先将方中言的头硬生生砍下,直接导致他死亡,然后再进行分尸。凶手显然对人体组织不熟悉,分尸的手法很拙劣,下刀处不是关节,而是致密的肌腱部位。尸体的右大腿根部,股骨都被硬生生砍断,能把肱骨、股骨这两块人体中最硬的骨骼砍断,说明凶手力气不小，这不像是一个女人能干的活儿，所以凶手应该是个男人。凶器应该是很重的那种砍刀或者斧头。"

一个多小时后，文丽等人打来电话，说发现四个尸块包裹的地方，分别位于客栈东南西北二十里之外的山林或荒野，四个抛弃尸块的地点之间有山谷阻隔，四点之间无路相通，只能是凶手从分尸地点分四次朝四个不同的方向抛尸。每个抛尸地点距离客栈都差不多有二十里山路，如果是在雨夜中行走，来回一趟，最快也得两个小时。如果东南西北各跑一趟，至少得八九个小时以上。

范泽天听罢，不由得暗暗皱眉，凶手从把方中言背出房间到杀人分尸，再将尸块包裹好，最少也得花费两个小时，再加上抛尸时间，用时超过十个小时。

如此长的作案时间，如此浩大的"工程"，不可能不留下一点蛛丝马迹，可为什么就是找不到一点线索呢？

凶手为什么要把尸体分成四包，抛弃在四个不同的方向呢？

难道凶手不是一个人，而是四个人？

他想了一下，把周围的刑警都叫过来，说现在有几个重点：

第一，找到凶手杀人分尸的第一案发现场；

第二，找到杀人分尸的凶器；

第三，排查可疑人员，死者只是路过的住客，应该与当地山民没什么纠葛，所以重点排查对象是与方中言一起上山的驴行队员。

众人领命而去。

"听说你是第一个发现方中言失踪的人？"

范泽天把卓彤叫到一边进行询问。

卓彤眼圈通红，声音哽咽："是的，昨天晚上，几名男队员都在打牌，只有方中言一个人在看电视。大约晚上8点的时候，他接连打了几个呵欠，然后就上楼睡觉了。后来8点半，我也上楼休息，忽然想起一件事要找方中言说一下，所以就去他的房间，却发现他不在房间里。"

范泽天眉头一挑，盯着她问："你晚上找他想说什么事情？"

卓彤脸色微红，略显尴尬，犹豫一下，还是把二手贱男欺侮自己，方中言及时替她解围的事说了。

范泽天点点头，说："据我们警方分析，凶手很可能就在你们的驴行队伍中，你发现有谁值得怀疑吗？"

卓彤朝老蔡等人站立的方向看了一眼，说："除了二手贱男，我想不出别人了。"

范泽天道："就因为他曾用言语威胁过方中言？"

卓彤说："他这种人，身上江湖习气极重，什么事情做不出来呢？"

范泽天点头说："好的，谢谢你，你提供的线索对我们非常重要。"

接下来，他找到了二手贱男，这个三十多岁的男人，身高一米七五以上，平头，身体壮实，胳膊上文了一个狼头，看上去不像个善茬。

范泽天问他："你叫什么名字？"

他漫不经心地答："二手贱男。"

范泽天火了，眼一瞪："你给我老实点，我问你本名叫什么？哪里人？"

二手贱男被他震住了，马上站直身子，老老实实回答："我、我叫崔剑平，二手贱男是我的网名，我是青阳市人。"

范泽天上下打量他一眼，问："听说你曾放出狠话，想要'做'掉方中言？"

二手贱男的脸一下就白了，额头上冒出冷汗："警官，那只是一时气话，你可千万别当真。我这人虽然小错不断，可是杀人放火挨枪子的事从来不沾。再说我昨天吃完晚饭，从晚上7点多开始，就一直在跟老蔡他们打牌，牌局直到深夜12点才结束，中途我除了上厕所离开过几分钟，就再也没有离开过牌桌。我根本没有作案时间。"

范泽天问："那打完牌之后呢？"

"那就更没有时间了。牌局一散，我们就发现方中言失踪了，大家三人一组，四处寻找，找了几个小时，也没有线索，后来就报了警。在等待警察上山的过程中，我们谁也没有睡觉，都聚在一楼餐厅里，谁也没有单独离开过。这一点，老蔡他们都可以给我作证。"

范泽天叫来老蔡一问，方知二手贱男所言不假。

从昨晚7点多牌局开始，至深夜12点结束，期间几个小时，除了数分钟上厕所的时间，谁也没有长时间的离开过餐厅，就连柴刀也忙进忙出，谁也不可能有两个多小时去杀人分尸，又花八九个小时去抛尸。

如此一来，驴友队伍里的几个人的作案嫌疑都可以排除了。

难道凶手是山上的山民？

可是方中言只是恰巧路过的驴友，与山民完全没有任何关系，谁会朝他下如此毒手？

砍头杀人，分尸抛骨，这完全是对待不共戴天的仇人的残忍手段啊。

范泽天决定对居住在周围的山民展开排查。

好在附近山上只住着数户人家，排查起来并不困难。

范泽天把自己掌握的情况跟刑警小李说了，叫他带人去把附近的山民都排查一遍。山民住得比较分散，一定不要错过任何一户人家。

小李带人去了，没过多久，就拎了一个满身酒气睡眼惺忪的中年男人回来。

6

小李报告说，他们在排查山民的过程中，意外的得到一条线索。

在离驴友客栈最近的一户山民家里，前天下午住进了一个借宿的背包客。这个人行为诡异，白天躲在屋里喝酒睡觉，晚上却穿着雨衣出门，一直到半夜才回来。

小李觉得此人可疑，就把他从被窝里揪了出来，估计这家伙喝了不少酒，身上还透着一股刺鼻的酒味。

范泽天浓眉一皱，说："他也是前天下午进山的？那岂不是跟方中言他们驴行队伍差不多时间上山的？"

小李说："这也正是我怀疑他的原因之一。"

范泽天瞪了那个酒鬼一眼，问："你叫什么名字？哪里人？上山干什么？"

那人擦擦眼睛说："我叫毕军，住在山那边的南平市，是独自上山驴行的背包客，因遇上大雨阻隔，只好在山上借宿。"

范泽天见他回答问题时目光闪烁，不由得心生疑窦，想一想，挥手把老蔡他们叫过来，问他们认不认识这个人。

老蔡他们看了都摇头说不认识。

范泽天正要挥手让小李把这酒鬼带下去，忽然看见卓彤站在人群后面，偷偷瞄着毕军，脸色苍白，浑身颤抖，好像站立不稳就要瘫软下去。

范泽天心中一动，走过去问："你认识他？"

卓彤轻声说："他是我丈夫。"

范泽天问："这到底是怎么回事？怎么你丈夫也跟着你来了？可是他却不跟你在一个队伍里？"

卓彤终于流下泪来，叹口气说："这事说来话长啊。"

原来卓彤并不是一个普通的女人，她是南平市一家连锁美容店的老板，身家数千万。但是她的婚姻非常不幸，丈夫毕军是个酒鬼，并且有暴力倾向，一喝醉酒就动手打她。

大约在一年前，她在同学 QQ 群里联系上了大学时的恋人方中言，两人很快旧情复燃，并且约在一家星级酒店开房见面。

不想整个见面过程都被酒店监控镜头拍下，酒店里的一名保安员认出了方中言的身份，复制了这段视频向方中言勒索钱财。幸好最后被方中言用钱摆平。

后来南方一座大城市里出了一桩检察官因在酒店和女人开房被监控视频拍到而丢官坐牢的丑闻，方中言更是感到后怕。可是两人情到深处，都忍受不了相思之苦，迫切想要幽会对方，最后方中言想到一个办法，就是假装互不认识，同时参加一个驴行队伍，这样就可以避开无处不在的监控镜头，避开熟识他们的人的耳目，悄然相见，一解相思之苦。

范泽天转身问毕军："这么说来，你上山的原因，自然也并不像你刚才说的那么单纯了。"

毕军看了卓彤一眼，咬着牙恨恨地道："我其实早就发现她在外面有男人了，我是尾随上山来捉奸的。"

范泽天道："你捉奸也就罢了，发现妻子与方中言的奸情之后，为何要动杀机？为何要将方中言的头割下来？为何要将他的尸体砍成数块？又为何要将他的尸块四处抛撒？"

"什么？"毕军睁大眼睛，仿佛这时才真正从醉酒后的睡梦中清醒过来，"你说什么？方中言他、他死了？"

范泽天道："他在昨天晚上被人割头分尸，这里有杀人动机的人，就只有你。"

毕军这才意识到情况不妙，看看卓彤，又看看范泽天，忽然扑通一声跪下来："警官，我冤枉啊，我根本不知道方中言已经死了。我实话对您说，我尾随他们上山的目的并不是为了捉奸。我早就知道这女人的心思没在我身上了，她想跟我离婚，我也不想赖着她，只是我问过律师，如果能找到确切证据证明对方在婚姻中存在过错，那我在分割财产的时候就可以多分一些。我偷看了她跟方中言的 QQ 聊天记录，知道他们是想假借驴行之名上山幽会，所以我也尾随上山，为的就是要把他们的偷情场面拍下来，留作她出轨的证据。我借宿在这家客栈附近的一户山民家里，白天睡觉，晚上出来行动。我每天晚上都穿着雨衣潜伏在客栈对面的大树后边，用望远镜偷偷观察客栈里的情况，一看见方中言进了卓彤的房间，就立即从客栈后面的简易楼梯悄悄上去，从窗口将二人鬼混的场面用手机拍摄下来。你要是不信，可以去看我的手机，那里面还存着我前天晚上拍到的他们偷情的镜头。"

范泽天说："你放心，等下我们的技术人员会去检查你的手机。我问你，昨天晚上，你也一直在用望远镜监视客栈里的情况吗？"

毕军点头说是。范泽天问："有发现什么异常情况没有？"

毕军说："昨天晚上的情况确实有些出乎我的意料。我在望远镜里看到，大约晚上 8 点左右，方中言进了自己房间，8 点半卓彤回房，过了一会儿，她去到方中言房里，我以为时机来了，正准备潜进客栈，却发现她很快又从方中言房里出来了。后来又看见她进去几次，都没待上两分钟就出来了。我一直监视到半夜 12 点多，忽然看见他们亮着灯在客栈周围搜索什么，我以为自己被人发现了，赶紧溜回去睡觉了。"

范泽天问:"你的意思是说,你一直盯着方中言房间,看见他进去,却没有看见他出来,是不是?"

毕军说:"是的。"

范泽天皱眉说:"这倒是怪了,如果真是这样,凶手又是怎样进入他的房间,将他制服之后掳走的呢?"

毕军想了一下,说:"对了,在方中言进房睡觉不久,我看见二楼走廊的灯熄灭了一会儿,大概有几分钟时间我在望远镜里什么也看不见,不过灯很快就重新亮起,我以为只是被风吹灭一下,所以并未在意。"

范泽天说:"这就对了,凶手把走廊灯熄灭之后,趁黑将方中言从被窝里背了出去,下楼时再把灯打开。因为走廊灯的开关在楼梯转角处,凶手开灯关灯你是看不见的。"

这时女警文丽来报告说,杀人和分尸的凶器已经找到,是挂在客栈厨房外墙上的一把用来劈柴的斧头。虽然斧头被凶手清洗过,但痕检人员还是在上面检验出了少量血迹,经化验,可以确认是死者身上留下的血迹。

范泽天走到厨房门口看了一下,那把斧头就挂在门口屋檐下。

他问柴刀:"你这把斧头,平时一直挂在这里吗?"

柴刀说:"是的,平时劈完柴,都是挂在这里的。想不到竟被人顺手拿去当了凶器。早知如此,打死我也要把斧头收起来。"

他战战兢兢的,说话有点哆嗦,生怕警察因为他的斧头成了凶器而怪罪他。

范泽天挥挥手说:"我知道了,你先下去,做一顿丰盛一点的晚饭,估计我们这些人今晚得住在山上了。"

小李凑过来问:"那毕军怎么办?"

范泽天想了一下说:"他仍未洗脱嫌疑,先把他铐在客栈里吧。"

7

　　负责走访排查山民的刑警回来报告，说山民们都反映并不认识方中言这个人，警方经过仔细摸排，没有发现可疑线索。

　　范泽天好像早就知道会是这个结果，并不觉得意外。

　　他掏出手机，走到一边，给市局的人打了个电话，交待几句，然后带着小李，围着客栈走了一圈。

　　走进厨房时，柴刀正猫在灶台前，准备生火做饭。

　　厨房的墙壁上，挂着一些用草绳扎好的干草药，范泽天凑上前看了一下，有甘草、三七、黄莲、夜交藤等。

　　他对柴刀说："原来你还懂中草药啊，真不简单。"

　　柴刀咧嘴一笑，答道："山民住在山上看医生不方便，有个头疼脑热，都是自己上山采药煎了吃。"

　　范泽天穿过厨房，厨房后门口有一条通道，与建在池塘上的猪圈相连。

　　他们推开猪圈的门，一股猪粪臭味冲得小李直皱眉头。

　　猪圈里养着十几头半大的猪，哼哼唧唧地正等着主人来喂它们。

　　地上已经堆积了不少猪粪。

　　范泽天见门边有个水桶，就跑到池塘边提了一桶水，往猪圈里一倒，一些猪粪就被从地板缝隙里冲刷进了池塘，成了鱼食。

　　小李笑嘻嘻地问："范队，你想学养猪呀？"

　　范泽天跨进猪圈，在刚刚洗冲干净的一块地方蹲下来，一面细看，一面说："我是在寻找凶手杀人分尸的第一现场。"

　　小李一拍脑袋，猛然明白过来："凶手作案时既是晚上，又下着大雨，客栈周围数里之内连个避雨的地方都没有，所以凶手不可能露天开灯冒雨作业，而这个极少有人来的猪圈，就成了他最好的选择。"

　　范泽天点头说："不错，而且作案之后，猪粪的臭味，可以掩盖杀人的血腥味，流在地上的血迹，只要用水一冲，就干净了，几乎不会留下痕迹。"

小李顿时兴奋起来："我马上叫痕检的人过来看看。"

很快，痕检人员就来向范泽天报告，从猪圈地板缝隙里检出了一些人体血迹及碎骨，初步化验，系死者方中言留下的，但如果要最后确认，则需把样本送回市局作进一步检验。

范泽天点点头，说："看来这里应该就是凶手作案的第一现场了。"正说着，手机响了，是市局的人打过来的。

范泽天一边接听一边频频点头，挂了电话，他对小李说："这个案子的来龙去脉，我已经基本掌握了，凶手是独自一人作案，而且就是住在客栈里的人。"

小李惊讶道："可是我们已经排查过了，客栈里的人，包括店主柴刀，都没有作案时间呀，而且凶手把尸块包裹之后丢弃在四个方向的四个点，正常情况下，一个人完成这个任务，至少得要八九个小时。凶手是怎么掩人耳目做到这些的？"

范泽天皱起眉头，说："你问的这个问题，也是我目前唯一没有想明白的地方。"

两人边说边走到客栈前面的空地上，这时天色将晚，已经到了做晚饭的时候，围观的山民都已散去，空地上只剩下警察忙碌的身影。

突然，不远处传来一阵狗叫，范泽天扭头一看，只见墙角边，一只狼狗正在跟一只大黄狗打架，那狼狗骨架高大，异常凶猛，一口咬住大黄狗的脖子，将它叼起，跑出十几米远，再一甩头，竟将大黄狗甩出一丈多远。大黄狗吃了败仗，一边惨叫，一边负痛而逃。

小李告诉范泽天，这条狼狗名叫猛子，是柴刀家的猎犬。

"好，我明白了。"

范泽天像是从深思中猛然回过神来，用力拍了一下小李的肩膀，把小李惊得一愣一愣的。范泽天说："去，把所有人都叫过来，包括柴刀，现在是揭开谜底的时候了。"

在小李的召集下，不大一会儿，大伙都集中到了客栈前，柴刀身上还系着做饭的围裙，好像随时准备回厨房炒菜一样。

范泽天扫了大家一眼，大伙鸦雀无声，静待他指出这桩谜案的真凶。

范泽天说："关于这桩碎尸案，目前已经基本侦破。首先，我想说一下凶手作案的手法和过程。"

昨天晚上，凶手在方中言喝的茶水中掺入了一些用夜交藤煎出的药水。夜交藤是一种中药，有催眠的作用，中医可用来治疗失眠。所以方中言喝下不久，就呵欠连天，晚上8点左右，就早早回房间睡觉了。

他刚睡下不久，凶手就从简易楼梯上到二楼，为防被人发现，他顺手关掉二楼走廊灯，将昏睡中的方中言从被窝里背到后面猪圈中，用斧头杀人分尸之后再进行抛尸，最后将用作凶器的斧头洗净放回原处，再用水将猪圈冲洗干净。

听完范泽天的推理，大伙你看我我看你，还是一头雾水。

小李问："那凶手到底是谁呢？"

范泽天背着双手，踱着步子，目光自每个人脸上扫过，最后落在柴刀身上："凶手不是别人，正是驴友客栈的店主柴刀。"

柴刀吓了一跳，一面在油腻腻的围裙上揩着手，一边哆嗦着说："警官，您可别开玩笑，俺柴刀怎么会是杀人凶手呢？"

众人也大感意外，小李说："怎么会是他？老蔡他们打牌到深夜12点，柴刀一直在旁边端茶倒水炒下酒菜，忙进忙出的，哪有时间作案？"

范泽天说："其实我们都被法医老曹误导了，老曹分析凶手作案时间大概需要两个小时，我们就以为凶手一定要有整整两个小时的作案时间，其实不是，作案时间需要两个小时，这是没错的，但凶手完全可以化整为零，把两个小时一百二十分钟的工作量，用六个二十分钟，或者十二个十分钟来完成。比如说，他先花十分钟时间把方中言背进猪圈，再回到餐厅给打牌的人倒杯茶，然后又花二十分钟去杀人，再回到餐厅露一下面，然后趁去厨房烧水炒菜的机会，再跑到猪圈切割和包裹好第一块尸体……"

小李渐渐明白过来："所以凶手不一定是昨天晚上离开餐厅两个小时的人，而一定是昨晚8点至12点之间，进出餐厅次数最多的人。从目前的情况来看，符合这个条件的人，只有为客人端茶倒水拿酒炒菜不断跑进跑出的店老板柴刀。"

范泽天说："一开始，我并没有怀疑到柴刀头上，把我的注意力引到他身上的，是两件东西，第一个是柴刀挂在厨房里的夜交藤，恰巧我懂一点中医，知道这味中草药有很好的催眠作用。我一直以为方中言是在睡梦中被凶手制服打晕之后再被掳下楼的，可是房间里并没有扭打过的痕迹，楼下的人也没有听见方中言的叫声，所以我想，他很可能是被迷晕之后，在毫无反抗的情况下，被凶手背下楼的。而这个夜交藤的出现，正好印证了我的想法。第二件东西，是作为凶器的斧头。要知道人的骨头，其实是相当坚硬的，用斧头砍斫尸体，肯定会在刀刃上留下一些崩坏的缺口，凶手想要归还斧头，就必须花时间把斧刃重新打磨好，而且还要把上面的血迹小心清洗干净。如果我是凶手，作案之后一定不会花时费力这么做，直接把斧头扔进池塘岂不更省事？可是凶手却把斧头打磨清洗之后放回了原处，这是为什么？原因很简单，凶手不想丢弃这把斧头，他觉得这件工具丢掉了可惜，他觉得这东西留着日后还可以用。"

小李说："对这把斧头深有感情舍不得丢弃它的人，只能是它的主人了。"

范泽天说："自从确认凶器是这把挂在墙上的斧头之后，我就已经开始怀疑柴刀了。但为了不打草惊蛇，我故意叫他去给我们准备晚饭，用以麻痹他的思想，为我们后面的侦破工作赢得时间。"

柴刀把身上的围裙脱下，狠狠地扔到地上，一张紫膛脸憋得通红通红："你、你别抓不到凶手，就在这里随便找一个人顶罪。我跟方中言素不相识，无冤无仇，怎么会对他下如此毒手？"

范泽天盯着他冷冷地道："你跟方中言，真的往日无冤近日无仇吗？我看不见得吧。我打电话回市局，叫他们请北江市公安局协查过。大约三年前，方中言还是北江市城管局城管大队的大队长，有一次在街道上清理小摊小贩时，一个女商贩不想被他没收摆地摊的三轮车，所以骑车逃跑，方中言则带人在后面追赶。女商贩慌不择路，在逃跑过程中，被一辆迎面驶来的小车撞死。当时这名女商贩肚子里已经怀了孩子。因为方中言是正常执法，所以事后并没有被追责，后来他因整治小商小贩成绩突出，反而还升官做了副局长。我请人查过，这名被城管追赶而遇车祸致死的女商贩，就住在这笔架山上。他的丈夫名叫柴刀……"

"别说了，求求你别说了……"柴刀忽然蹲在地上，使劲扯着自己的头发，哽咽道，"不错，方中言就是杀死我老婆的真正凶手，一尸两命啊！后来我多次上告，都被手眼通天的他压了下来。他虽然不认识我，但我却永远记住了他那张比强盗还凶恶的城管队长的嘴脸。这一次，他一住进驴友客栈，我就认出他来了，这可真是老天有眼，踏破铁鞋无觅处，得来全不费功夫，叫这杀妻仇人自动撞到我手里，大丈夫有仇不报，何以为人？于是经过一番策划，昨天晚上，我就在他喝的茶里掺入了夜交藤煎出的药汁，后面的事，就跟你推断的一样，我每次进厨房，都要借机去一次猪圈，在方中言身上砍几斧子，为了防止鲜血溅到身上，我还在身上穿了一件塑料雨衣……"

小李说："现在凶手的作案时间已经弄明白了，可是抛尸时间呢？以客栈为中心，朝四个方向抛尸，每个点都距离客栈至少二十里。如果是一个人所为，那么完成这个任务至少需要八九个小时，他又是怎么做到的？"

范泽天说："这其实是这个案子最关键的一个点了。凶手为什么要分四次抛尸，这不是给自己找麻烦吗？他又是怎样做到的？这也是我一直百思不得其解的问题。直到刚才看见柴刀那只凶狠凌厉的猎犬，我才幡然醒悟，原来完成抛尸工作的，并不是柴刀，而是他的狼狗，这样凶手为什么要把尸体分成四块抛弃就很容易理解了，因为狼狗再厉害，也不可能一次叼起整个尸体，只有化整为零才行得通。"

柴刀抬头看着他，眼里透出钦佩的目光："连这也瞒不了你，你可真是神探啊。正如你所说，我第一次进猪圈，先将方中言的头及两只手砍下，包好，让猛子叼着，指示它放到东边二十里外一个我跟它打猎时去过的地方。等它跑完一趟回来，我第二次进入猪圈，再砍下方中言的上半身，让它叼去南面二十里外……我之所以用厚厚的塑料袋装好尸块之后，再在外面包上麻布，就是为了不让猛子把里面的塑料袋咬破而一路上漏出血水。而且分四个方向远距离抛尸，如果案发，也可以迷惑警方，警方一定会以为这么大的工作量，肯定非一个人所为。"

范泽天看看站在门边的狼狗，说："我查过资料，像这种狼狗，奔跑起来，最快时速可以达到一百里，可以连续不停地奔行三个小时。二十里路程，它打个来回也就二十多分钟时间。而且方中言身材比较瘦，尸体一分为四，每个包裹的重量也就二十多斤的样子。我看见这只狼狗刚才将一只三四十斤重的大黄狗叼起后扔出好远，所以叼这么一点尸块，应该不成问题。我也是看到那两只狗打架，才忽然想明白的。"

那只名叫猛子的狼狗仿佛明白了什么，懂事地蹭到主人身边。

柴刀忽然抱着它的头，号啕大哭起来……

刑事侦查卷宗

狂飙命案

案件名称：狂飙命案
犯罪嫌疑人姓名：XXX
立案时间：2012.6.4
结案时间：无
立卷单位：青阳市公安局

A54193423020120604

（正卷）

青阳市公安局

狂飙杀机

1

阳旭看看墙上的挂钟,已是晚上9点,知道郭大妮已经下了晚自习,很快就要到家,忙把课本从书包里拿出来,工工整整摆在桌子上。

郭大妮的妹妹郭小妮朝他扮个鬼脸,跑到里面房间看电视去了。

郭大妮的爸爸郭德茂正挽着袖子在阳台上帮邻居修理洗衣机,回头看看他一本正经地坐在那里等他的小老师,不禁暗暗好笑。

今年15岁的阳旭,是一名初中三年级学生。他父亲去世得早,是母亲一手将他带大。

他们家原本也住在这幢筒子楼里,跟郭大妮家是邻居。

几年前阳旭的妈妈下岗后开了一家服装店,生意还不错,挣了些钱,就在一街之隔的吉祥苑买了一套房子,搬出了筒子楼。

郭德茂是电镀厂的一名老职工,妻子早年因车祸去世,三个女儿都是他一个人含辛茹苦拉扯大的。大女儿郭燕妮为了减轻父亲的负担,高中一毕业就参加了工作。二女儿郭大妮在市一中念高一,三女儿郭小妮跟阳旭同校,念初二。

阳旭跟郭家三姐妹从小玩到大,两家人关系十分亲近,尤其是郭小妮,把他当亲哥哥似的,整天缠着他玩。

从这学期开始,为了减轻学生学习负担,全市初中和小学取消了晚自习。

阳旭的妈妈担心儿子的成绩会因此而下降,便请成绩优异的郭大妮每天晚自习回家后花一个小时帮他补习功课,报酬是郭大妮每个月可以去她店里挑一件自己喜欢的衣服。

一向爱玩的阳旭这次之所以会异常听话，每天晚上按时到郭大妮家里来补习功课，是因为他心里藏着一个小九九。

比他大一岁的郭大妮，长着一张白净秀气的鹅蛋脸，两只银杏般的眼睛黑白分明，穿着淡蓝色的校服，显得既朴素文静，又青春漂亮。不知道从什么时候开始，阳旭就暗暗喜欢上了这位大妮姐姐。

现在有机会每天晚上跟她一起待上一个小时，他自然求之不得。

再说如果她帮助他提高学习成绩，他考进一中，和她成了校友，那不就天天可以见到她了吗？

市一中已经从繁华的市中心搬迁到了新城区，阳旭早就算好了，郭大妮每天骑自行车从学校回到家，大概需要15分钟时间。

可是今天晚上，他一直等到9点半，仍然不见郭大妮回家，心里就有些奇怪。

郭德茂搓着手说："小旭，今晚大妮可能有什么事在学校耽搁了，要不你先回去，明天再来吧。"

阳旭摇头说："没事的，郭伯伯，我再等等。"

又等了半个小时，连在酒楼上晚班的大姐郭燕妮都下班回家了，老二郭大妮仍然不见影子。

郭德茂打电话到学校问班主任，班主任说学校晚上9点准时下晚自习，全班同学都走了呀。

郭德茂这才觉得有些不对劲，大妮这孩子十分懂事，如果临时有事不能按时回家，一定会事先给家里打电话的。

又耐着性子等了一会儿，仍然不见女儿回来，他再也坐不住了，起身说："不行，我得去路上看看。"

阳旭说："郭伯伯，我也跟你去。"

郭德茂走下楼，从楼梯间推出摩托车，搭上阳旭，缓缓往学校开去。

他一边开车，一边在路上张望，生怕错过了女儿骑车回家的身影。

他们住在旧城区，一条刚刚修建的水泥公路连接着新城区和旧城区。

新城区的建设还未完成,无人居住,所以这条公路除了平日里上学的学生,很少有其他人行走。

郭德茂开着摩托车,沿着公路一直寻到学校,也没有看见女儿的身影。

他又进入学校看过,确认女儿已经离校,只好又开着摩托车往回走。

刚走不远,就听得身后传来一阵刺耳的轰鸣声,两人吓了一跳,正要回头,就看见十余辆摩托车跑车从身边风驰电掣而过,一眨眼工夫,就跑得没影了。

郭德茂皱皱眉头,把自己的车开得更慢,一边在路上寻找,一边寻思着:女儿会不会去要好的同学家玩了?

正想着,坐在后座上的阳旭忽然叫起来:"郭伯伯,快看那里!"

郭德茂顺着他手指的方向看去,只见路基下的草丛中倒着一辆红色的女式自行车,可不正是女儿的车?

他急忙停下摩托车,跳下路基扒开草丛一看,只见自行车下面压着一位穿蓝色校服的少女,鲜血染红了一片草地,正是郭大妮。

郭德茂几乎惊呆了,叫了两声女儿的名字,毫无反应,急忙抱起女儿往医院跑去。

阳旭早已用郭德茂的手机拨打了120。

医院的急救车在路上接到郭大妮,一名医生用手电筒照照她的眼睛,检查一下,摇摇头说:"已经没救了!"

郭德茂顿时眼前一黑,一头栽倒在地。

2

路灯下的新城区公路,显得空荡荡的。

夜里9点10分的时候,静谧的公路上忽然热闹起来,一群身着蓝色校服、刚刚上完晚自习的高中生踩着自行车,有说有笑地从路灯下经过。

不知是因为什么事情耽搁了,郭大妮一个人远远地落在了最后面。

她正要加速追赶前面的同学,忽然间,一束束强烈的摩托车灯光从后面直射过来。

郭大妮略显慌张，急忙偏转自行车龙头，想要靠边骑行。

就在这时，后面的摩托车队伍已像闪电般疾驰而至。冲在最前面的一辆摩托车，因为车速太快，避让不及，竟然直直地撞上了郭大妮。

就像电影中的特技镜头，郭大妮连人带车被撞飞十几米远，重重摔在路基下。

肇事摩托车并未停留，反而加大油门，狂飙而去……

一个星期后，当郭德茂在交警大队看完这段女儿出事时的监控录像时，忍不住再次泪如雨下。

他让交警把监控画面放大，看到撞向女儿的，是一辆最新款日本进口的大排量川崎 ZX-10R 摩托车，跨在摩托车上的骑手身穿蓝白色赛车服，戴着黄色头盔黑色手套，包裹得严严实实，根本看不清相貌。

郭德茂问："你们查到这个肇事司机了吗？"

交警说："我们已经通过监控设备查到了这个家伙。他叫王学富，这个月刚刚年满16岁，辍学在家，经常纠集一帮不良少年，在新城区公路上飙车比赛，前段时间撞伤了一个老人，想不到这次……"

郭德茂咬牙骂道："这个畜生，他撞倒我女儿，如果当时停车，及时把她送去医院抢救，我女儿也不至于……你们一定要把他抓起来，要他坐牢，不，要他为我女儿抵命……"

交警安慰他说："你放心，他属无证驾驶，交通肇事致人死亡，而且情节严重，我们一定从严处理。您先回去，有什么消息我们会及时通知你的。"

郭德茂默默地点点头，叹口气，离开了交警大队。

他回到家，正要掏出钥匙开门，忽然发现昏暗的楼道里站着一个四十来岁的中年男人，身形矮胖，西装革履，很有派头。看相貌，似乎有点眼熟。

胖男人问他："你就是郭德茂？"

郭德茂疑惑地点点头，说："我就是。请问您是……？"

胖男人说："我叫王三亿。"

郭德茂不由得大吃一惊，王三亿这个名字，在这个城市里可是无人不知呀。

他旗下的"三亿房产"，是市里数一数二的房地产开发公司，他的身家财产，已远超"三亿"。难怪觉得有点眼熟，原来是经常看见他在电视本地新闻里露面。

郭德茂搓着手问："王老板，您找我有事吗？"

王三亿说："你先开门，咱们进屋再说。"

郭德茂急忙开门，把他让进屋。

王三亿坐下后，翘着二郎腿一面打量着屋里的陈设一边说："老郭呀，一家人住这房子，有点旧，也有点挤呀。"

郭德茂皱皱眉头说："王老板找我到底有何贵干，请直说。"

王三亿没有说话，打开皮包掏出一个牛皮信封，从桌子上缓缓推到他面前说："这个，你点一下数。"

郭德茂一头雾水，拿起信封一看，里面竟然装着十叠用橡皮筋扎好的百元大钞，加在一起估计少说也有十来万。

他不由得一愣："王老板这是……"

王三亿说："我是王学富的爸爸，我儿子撞死了你女儿，这是咱们私了的款子。还有，你这房子早该换了，我正在开发的几个小区，你可以随便选一套房子。"

"原来那个畜生，就是你儿子！"

郭德茂终于明白这位王老板的来意，"呼"地站起身，把钱丢到他脸上，喘着粗气道，"谁要你的臭钱？我女儿的命，是钱能买回来的吗？自古杀人偿命，我要你儿子坐牢，要他为我女儿抵命。你回去叫你儿子洗干净屁股等着坐牢吧！"

王三亿脸色一变，一边捡着掉到地上的钱，一边咬牙道："郭德茂，你可别敬酒不吃吃罚酒。"

郭德茂两眼通红，瞪着他道："老子敬酒罚酒都不吃，不把你儿子送进监狱绝不罢休！"

"好，咱们走着瞧！"王三亿拍拍屁股，灰溜溜地走了。

几天后，交警大队给郭德茂打来电话，说交通事故认定书已经下来了，叫他去看看。

郭德茂急忙骑着摩托车赶到交警大队。交警说："你女儿的这起交通事故，我们已经调查清楚，王学富虽然无证驾驶机动车肇事致人死亡，但由于其未满16周岁，所以不用负刑事责任，不过你可以向其监护人，也就是他的父母亲提起民事赔偿诉讼。"

郭德茂一呆，说："怎么会这样？你们不是说那小子已经年满16周岁了吗？《刑法》规定，已年满16周岁的人犯罪，应当负刑事责任。现在怎么又说他不满16周岁了？"

交警也有些无奈，说："上次我们看了他的身份证，确实是在这个月，也就是5月1号，已经年满16周岁。可是他父亲说，身份证上登记的是他的农历生日，如果换算成公历，他的生日应是公历6月12号，他交通肇事的那天是公历5月12号，距离他真正的16岁生日还有整整一个月。他父亲已经拿着他的出生证明和户口簿到派出所更改了出生日期，所以现在看来，他其实还没有满16周岁。"

"犯了罪就去派出所把年龄改小，逃避刑责，这世上还有公道吗？"

郭德茂蹲在地上，愤怒地扯着自己的头发，"就算他真的没满16岁，那又怎么样？这样的人渣，根本不值得法律对他仁慈。他是害死我女儿的凶手，我一定要他为我女儿抵命！"年轻的交警也只能同情地看着他摇头叹息。

3

夜里9点钟，一阵摩托车发动机的轰鸣声，打破了新城区公路的宁静，一辆辆经过改装的大排量摩托车呼啸着从四面八方汇聚过来，一群狂野少年不断加大摩托车马力，几乎要把屁股下面的坐骑开得飞起来。

冲在最前面的，是一辆价值十几万元的川崎ZX-10R摩托车，车上那位身穿蓝白色赛车服的骑手，正是王家大少爷王学富。

几名下了晚自习踩自行车回家的高中女生，被他们追逐得大声尖叫，飙车族们却得意地哈哈大笑。

一名染着黄头发的少年问："王大少，上次你撞人的事，怎么样了？"

王学富不屑地撇撇嘴道："我老爸早就花钱摆平了。"

这时前面出现了一个弯道，只见王学富忽然蹲下身，摩托车极力倾斜，几乎要把整个车身都贴到地上，车身与水泥地面高速摩擦，溅起无数火花，排气管发出"啪啪啪"的巨响，就像一阵贴着地面刮过的旋风，不过两三秒针时间，摩托车就驶过长长的弯道，将众人远远甩在后面。后面的少年忍不住齐声喝彩。

王学富洋洋得意，正要加速表演更高难度的动作，突然从路边黑暗中冲出一辆旧摩托车，猛地向他横撞过来。

王学富这时的速度已经超过140码，再加上对方的车速，两车相撞，立时便会车毁人亡。

王学富情急中偏转车头，从摩托车上飞身滚下，失去控制的摩托车贴着地面滑行数十米远，才缓缓停下。

众人急忙停车围上来，把他缓缓扶起，检查一下，还好，只是手肘受了轻伤，摩托车也无大碍。

王学富气乎乎摘下头盔，回头寻找那个不知死活的骑手，那个家伙却早已消失得无影无踪了。

他恨恨地骂："老家伙，下次让我撞见你，非废了你不可。"拍拍身上的灰尘，叫道："来，咱们接着玩。"

骑手们又纷纷跨上摩托车，准备玩点更刺激的，排在最后面的一个小子忽然喊："王老大，我这车不知道为什么，今天老跑不起速来，一个劲地打滑，油耗也比平时大，你帮我看看。"

王学富走过来朝他的车胎踹了一脚，说："傻B，你的胎压过高，轮胎与路面附着力减小，轮胎打滑，速度自然快不起来，同时也会导致油耗增加。"

他拧下气门芯盖，给他放掉些气，说："行了，故障处理完毕。"

那小子开车试了一下，果然好多了，不由得对王学富佩服得五体投地。

一帮人又轰着油门,吹着口哨,追逐着前面的女学生,狂飙而去。

而刚刚撞击过王学富的那辆旧摩托车,却又从路灯照不到的黑暗中开出来,不紧不慢地跟在飙车族后面。

车上戴着头盔的骑手不是别人,正是为女儿报仇心切的郭德茂。

他一击不中,仍不甘心,一路远远地跟着飙车队伍,暗中观察,等待机会。

王学富带着这伙飙车少年,在公路上横冲直撞,炫耀车技,一直闹腾到凌晨1点,才分头散去。

王学富又去吃了夜宵,才开着自己的摩托车回家。

王三亿住在风景优美的城东青阳山风景区旁边,一幢三层高的洋楼装修得豪华气派,四面砌着围墙,围起一个大大的院子。

郭德茂一直跟踪着王学富。看见他进了自家院门,听见他把摩托车开到了后院,便又绕行到洋楼后边,攀上围墙,看见王学富把摩托车停在了后院车棚下,不由得暗自点头,从围墙上跳下,悄然离去。

4

傍晚7点,阳旭吃过晚饭,准时来到郭小妮家。

以前他到郭家,是想请郭大妮给他补习功课,现在却是因为要给郭小妮补习功课。

自从姐姐出事以来,郭小妮伤心过度,功课落下一大截。

为了迎头赶上,她便缠着阳旭哥哥每天晚上到她家里来帮她补习功课。

阳旭也是打心眼里疼爱这个邻家小妹,就爽快地答应了,每天晚上7点钟,准时来为她补习功课。

今晚自然也不例外。

两人在客厅灯下补习功课,郭德茂拿着工具箱,一个人坐在阳台上,不知道在鼓捣些什么。

郭德茂在电镀厂上班,平时喜欢做些五金修理的活儿,加上人又热心,常有邻居送些坏家电来请他帮忙修理。

阳旭往阳台上瞧了一眼，以为他又在帮邻居修理电器呢。

等他给郭小妮讲解完几道题目，中途走上阳台休息时，才发现郭德茂正拿着一个高压打气筒在那里翻来覆去地捣弄着。

阳旭颇感兴趣地蹲下身问他在弄什么。

郭德茂却像是没有听见似的，半响没有回音。

自从郭大妮出事之后，他像是一下子苍老了十多岁，不但头发白了一大半，人也变得沉默寡言。

后来阳旭才看明白，他似乎在用自己的技术改装那个打气筒。

他把打气筒和一个塑料瓶子用一根管子连接起来，打气筒的出气口则夹在一个旧摩托车轮胎的气门嘴上。

他抽动打气筒，就把塑料瓶子里的空气抽出来，打进了摩托车胎。忙得满头大汗，连试几次，终于把轮胎打满了气，这才满意地点点头。最后又把连接打气筒的塑料瓶取下，换上另一个新的塑料瓶，小心翼翼地将这套行头锁进自己的工具柜，这才松口气，起身把阳台打扫干净，然后进屋洗澡去了。

阳旭看到郭小妮在埋头做练习题，没有注意自己这边，就偷偷从郭德茂脱在浴室门口的裤子皮带上取下钥匙，打开工具柜，发现那个与打气筒连接在一起的塑料瓶上贴着一张标签，上面写着"HCN"三个大写字母。

他学过化学，自然知道"HCN"是表示氰化氢的意思，他更明白高浓度氰化氢气体是有剧毒的，人只要吸入一点点，即可致命。

他的心不由得悬了起来。

第二天晚上，阳旭刚给郭小妮讲解完两道习题，就看见郭德茂用一个旧帆布包背起昨晚改装好的打气筒和那瓶氰化氢，阴沉着脸，急匆匆出了门。

他心知不妙，急忙向郭小妮交待两句，就跟着跑下楼，只见郭德茂已跨上摩托车，驶上了街道。他急忙招手拦下一辆摩的，跟在郭德茂后面。

此时夜色渐浓，华灯初上，大街上人来车往，好不嘈杂。

郭德茂一路向东，疾驰而去。

半个小时后,郭德茂来到了城郊青阳山下,一幢三层高的漂亮洋楼鹤立鸡群般出现在眼前。郭德茂在洋楼边的树林里停下车。

阳旭也急忙下车,把摩的打发走,远远地跟着郭德茂。

郭德茂趁着迷蒙夜色快步绕到洋楼后面,阳旭也小心地跟上。

忽然间,郭德茂似乎听到了什么响动,警觉地回头张望。

阳旭敏捷地闪身躲进草丛。

郭德茂见四野无人,这才放心,攀着围墙,跳进了洋楼院落。

阳旭生怕跟丢,紧跑几步,伸手攀上围墙,探头朝里一望,只见这是一户有钱人家的后院,种着些花草树木,亮着一盏昏黄的路灯,灯下有一个车棚,里面停放着一辆外形威武的黑色摩托车。

他在学校图书室看过摩托车杂志,认得这是一辆最新款的进口摩托车跑车——川崎 ZX-10R。

他也曾听郭燕妮说过妹妹出事的经过,知道撞死郭大妮的,就是一辆川崎ZX-10R。

郭德茂跳进院子,见院子里静悄悄地空无一人,便悄然潜近那辆川崎ZX-10R,迅速将前面轮胎的气门嘴盖拧下,然后从背包里拿出自己改造过的打气筒。

阳旭早已猜到他要干什么,心想小妮这丫头已经失去一个姐姐,我绝不能让她再失去爸爸,无论如何也要阻止郭伯伯这么莽撞的报仇行为。情急中,掰起院墙上的一块小石头,用力朝院子里掷去。

郭德茂听见响声,以为有人来了,不由得吓了一跳,不敢再冒险进行自己的复仇计划,急忙拧好气门嘴盖,背上帆布包,快速地翻墙而出,骑上自己的摩托车,飞快离去。

直到看不见他的影子,阳旭才敢从大树后面闪出来,身上早已惊出一身冷汗。

一个星期很快过去了。

星期三这天,郭小妮打电话给阳旭,说今晚她有个同学聚会,可能会晚点回家,晚上的补习课暂时取消。

阳旭笑着说："行，今晚我也终于可以解放了。"

中午放学回家，他发现家里的空调坏了。

妈妈说："这么热的天气，没有空调可不行，要不你去请你郭伯伯下班后上我们家一趟，帮我们把空调修一下。上次空调坏了，不也是他修好的吗？"

阳旭说："行。"想了一下，又说，"妈，要不晚上你炒几个好菜，请郭伯伯留下来吃顿饭吧。家里不是还有一瓶好酒吗，也奉献给他算了。他可没少帮咱们家的忙。"

妈妈笑呵呵地说："应该的，还是咱们家小旭想得周到。"

阳旭听了，心里暗暗直乐。

他早已看出郭伯伯和妈妈有了那么一层意思，只是双方都拖儿带女的，谁也不敢先捅破那层窗户纸。

这次把他们约到一起吃个饭，说不定还会有意外收获呢。

傍晚时分，阳旭放学回到家，看见郭伯伯早就在他家的阳台上对着那台不争气的空调机忙开了。妈妈在一旁给他拿起子递扳手、端茶擦汗，也忙得不亦乐乎。

郭德茂鼓捣了个把小时，那台空调机总算重新运转起来了。

阳旭的妈妈惠芳留他在家里吃饭，他也没有推辞。

饭桌上，不知怎么的，就说到了郭大妮的事，郭德茂叹口气，就流下泪来。

惠芳忙给他倒酒，劝他多喝两杯，酒一喝，什么不痛快的事都忘记了。

郭德茂就端起酒杯，连干了好几杯。

不大一会儿，一瓶白酒就见了底，酒入愁肠，郭德茂也醉得迷迷糊糊，很快就趴在桌子上打起呼噜来。

惠芳把他扶到沙发上，在他身上盖了一件衣服，让他好好睡，等他睡醒来，酒自然就醒了。

阳旭帮妈妈收拾完饭桌，看看墙上的挂钟说："妈妈，我约了同学晚上7点半下象棋，现在已经7点15分了，我得走了。"

没待妈妈回话，他就已经噔噔噔跑下了楼。

5

星期四凌晨4点，市公安局刑侦大队大队长范泽天忽然被一阵刺耳的电话铃声惊醒，值班刑警向他报告："范队，市郊青阳山下的公路上出了一桩命案。"

范泽天顿时睡意全无，穿衣下床，开车直奔现场。

来到青阳山下，远远地便看见山脚公路中间拉起了警戒线，一队身穿制服的同事正在路灯下忙碌着。

好在时间尚早，加上这儿地处偏僻，暂时还没有围观群众。

范泽天撩起警戒线走进现场，只见公路中间停着一辆体型庞大的大排量摩托车，一看就知道是价格不便宜的进口货，一名少年倒毙在前轮胎旁边，看起来也就十六七岁的样子，染着红红的头发，一边耳朵戴着耳环，五官因临死前的抽搐而挤到了一起。前轮胎气门嘴盖掉落在一边，现场充斥着一股苦杏仁味。

刑警小李告诉他，今天凌晨，一位上山练武的老者发现有人倒毙在公路中央，随即报警。经法医到场初步检验，死者因吸入高浓度氰化氢气体而中毒，引发抽搐昏迷，呼吸衰竭，心跳停止而死亡。

死亡时间应在昨晚8点至12点之间。这条路地处山脚，十分偏僻，少有行人，所以直至今日凌晨才被人发现。

警方已经勘察现场。昨晚7点半左右下过一场大雨，路面被冲刷得十分干净，现场一百米之内，只有死者的车胎痕迹和脚印，还有就是报案的那位老者穿布鞋踩过的足迹，除此之外，再无任何第三者留下的痕迹。基本可以肯定，案发时现场没有第二个人。

范泽天问："这附近可有化工厂？"

小李知道他的意思，摇头说："没有，这儿是风景区，周围不可能建厂，更不可能存在有毒化学气体泄露事故。"

范泽天不由得皱起了眉头："你的意思是说，这孩子是自己吸着自己带来的毒气自杀的？再说现场也找不到盛放毒气的容器呀。"

小李为难的说："这也正是让我们感到棘手的地方。既然案发时现场只有死者一个人，那么毒气又是从哪里来的？难道真是用毒气自杀？"

范泽天问："知道死者身份了吗？"

小李说："他身上没有驾照，也没带身份证，不过我们已经通过拨打他手机里储存的电话号码调查到死者姓王，叫王学富，还差几天就年满16周岁。说起他父亲，想必你不会陌生，他父亲叫王三亿。"

范泽天吃了一惊，说："三亿地产的老总？"

小李说："正是。我们已经电话联系到他父亲，王三亿正和他的第二任妻子、也就是王学富的后妈在三亚旅游，现正往回赶。"

范泽天点点头，四下里看看，这时天刚放亮，不远处的青阳山在晨雾中若隐若现。山脚下，一幢高三层的洋楼突兀地立在那里，洋楼院落大门正对着这条公路，距离死者的位置不会超过一公里。

小李说："那就是王三亿的家。"范泽天说："咱们去看看。"

两人来到王三亿家，按了半天门铃，才见一个五十来岁、管家打扮的男人一边擦着惺忪睡眼一边出来开门。

范泽天亮出自己的警官证，管家这才知道大少爷在自己家门口出事了。

他告诉范泽天，老爷和夫人出门旅游去了，家里只有大少爷和他这个管家还有一个女佣三个人住。少爷大概是昨天晚上8点半骑着摩托车出门的。他经常晚上出去飙车，彻夜不归也是常事，所以一晚上没回家，也没有人觉得奇怪。不是警察找上门，还不知道已经出了这么大的事。

范泽天见问不出什么，就让小李带人进屋看看，他则背着手，在案发现场周围转了一圈。

下午的案情分析会上，大家整理出了几条主要意见：

第一，像王学富这种没心没肺的富二代，自杀的可能性极小，用受国家严格管制的高浓度氰化氢气体自杀，更是没有可能。

第二，既然不是自杀，那剩下的就只有两种可能，一是毒气泄露，刚好被他吸入，造成意外。但现场周围并不存在毒气源，这种可能性也被推翻。第二种可能就是他杀，有人用高浓度氰化氢气体将其毒杀。

第三，如果是他杀，现场没有留下任何第三者痕迹，这是为什么？凶手是怎样在不留下任何蛛丝马迹的情况下靠近死者，怎样施放毒气的？

尤其是最后一个问题，侦察员们一直争论不休，没有答案。

只有范泽天一边不停地抽着烟，一边一语不发地听着大家的争论。

小李最后问他："范队，你的意见呢？"

范泽天看了他一眼，淡淡地道："叫技术科的同事把死者摩托车的两个轮胎拿去检验一下，看看有没有什么新线索。"

小李不知他葫芦里卖什么药，疑惑地领命而去。

第二天一早，从技术科传来消息，说经化验分析，王学富摩托车前轮胎里充注的正是氰化氢气体。

纯的氰化氢不具腐蚀性，因为车胎里注入的氰化氢气体浓度极高，所以基本没对轮胎产生什么腐蚀。

小李终于明白过来，一拍大腿说："范队，原来你早就看出凶手是把毒气注入摩托车轮胎里的呀？"

范泽天点点头说："我看到那只气门嘴盖掉在一边，就这么怀疑了。凶手通过某种特制的打气筒把氰化氢气体注入死者摩托车轮胎，而且把气打得很足。王学富是个赛车手，对自己摩托车的胎压一定很敏感。他一旦发现自己的摩托车胎压过高，肯定会停车放气。这样剧毒的氰化氢气体就从轮胎里冲出来，被他吸入鼻孔。如此高浓度的氰化氢气体，只要稍稍吸入一点，就足以致命。"

小李搔搔后脑勺问："那凶手会是谁呢？"

范泽天说："王三亿不是坐飞机赶回来了吗？咱们去问问他，或许会有线索。"

他带着小李驱车来到王家。王三亿刚从殡仪馆回来，双目通红，一脸憔悴，听警方说了目前所掌握的线索，就从沙发上跳起来，叫道："是他，一定是他害死了我儿子。"

范泽天问："你说的是谁？"

王三亿道："除了郭德茂，还能有谁？前段时间我儿子骑摩托车不小心撞死了他女儿，因为我儿子未满16周岁，所以不用负刑责。他曾放出狠话，说一定要我儿子为他女儿抵命。我以为他只是说说而已，想不到竟真的……对了，他在电镀厂上班，经常跟氰化物打交道，搞点氰化氢出来，那还不是易如反掌。"

范泽天点点头，对小李说："这倒是一条重要线索，咱们得好好调查一下这个郭德茂。"

6

星期六中午，郭德茂下班回来，正在家里吃午饭，忽然有几名警察敲门进屋，将他带进了停在楼下的警车。

同时警方在他家里展开搜查，搜走了他藏在工具柜里的那只经过改装的打气筒。

郭德茂被带到公安局后，审讯工作旋即展开。范泽天开门见山地问："撞死你女儿的那个少年摩托车手王学富，被人用氰化氢毒死，是你干的吧？"

郭德茂大吃一惊，问道："王学富死了？"

因为王三亿有交待，警方并未对外公布王学富的死讯，报纸和电视均未报道，除了警方，知道王学富死讯的人并不多。

范泽天就把王学富遇害经过和警方所掌握的线索，跟他说了一遍。

"老天有眼，这个畜生撞死我女儿，居然篡改年龄，逃避刑责，总算老天开眼，替我报仇了。"郭德茂眼圈发红，忽然激动得仰天大笑起来。

范泽天盯着他道："郭德茂，你就别装模作样了，毒杀王学富的凶手，就是你吧？第一，你有作案动机，这个就不用我多说了。第二，我们有充分的物证。"他指着桌子上那个从郭德茂家里搜出来的打气筒说，"这个打气筒改装得挺高明的嘛，通过这个打气筒，能很轻易的把瓶子里的氰化氢像打气一样打进摩托车车胎里吧？现在这个装氰化氢气体的瓶子已经空了，你作何解释？"

郭德茂定定地看着那个打气筒，竟说不出话来。

范泽天说："经过我们调查，6月4日，也就是这个星期三，王学富白天开着摩托车在外面玩，其时摩托车前轮胎胎压并无问题。傍晚6点他回家吃饭，摩托车停在后院车棚里，吃完晚饭大概夜里8点30分左右，他再次骑着摩托车出门，刚驶上门前公路，就发现前轮胎胎压过高，于是下车拧开前轮胎气门嘴盖，打算放气减压。谁知按下气门芯，喷出来的却是氰化氢毒气。他吸入高浓度的氰化氢气体，当场中毒身亡。由此可以推断出，凶手是在当日下午6点至晚上8点30分之间潜入王家后院，放掉王学富摩托车前轮胎里的气，再用特制的打气筒将自带的氰化氢气体打进轮胎的。凶手应该对王学富有过较长时间的观察，知道他对摩托车胎压很敏感……"

"好吧，我承认，王学富是我毒杀的。"

郭德茂终于低下了头，叹口气说，"他撞死我女儿，不但篡改年龄逃避刑责，而且不知悔改，仍旧若无其事地纠集一帮人每天到新城区公路上飙车，甚至追逐放学回家的女生，险象环生。如此社会败类，我若将他铲除，不仅仅是为我女儿报仇，更是为民除害。本来我想趁他飙车的时候，开着自己的摩托车与他相撞，大不了两人同归于尽。但是没有成功。后来我暗中观察到因为经常飙车的缘故，他对摩托车的各项性能十分了解，对胎压也很敏感，所以我心生一计。先从厂里偷出氰化氢，再改装一个打气筒，将氰化氢气体注入他的摩托车。他发现胎压过高，下车放气时，肯定就会因吸入氰化氢气体而中毒身亡……"

范泽天见他终于低头认罪，这才松口气，又问了一些作案细节，就让小李将他带回拘留室，等他明天去指认完现场，这个案子就可以了结了。

次日早上，范泽天刚一上班，值班员就告诉他说今天早上值班室接到一个电话，说郭德茂是被冤枉的，星期三他下午下班之后，一直在吉祥苑小区一个叫惠芳的女人家里修理空调机。

打电话的人故意改变了嗓音，所以光听声音，无法确认对方身份。

范泽天不由皱得起了眉头，急忙叫小李去吉祥苑找这个叫惠芳的女人调查。

小李很快回电，说匿名电话反映的情况基本属实，据这个叫惠芳的女人回忆，星期三下午5点半左右，郭德茂下了班就到她家里来给她修理空调，修好空调后又在她家里吃晚饭，因为郭德茂喝醉了酒，所以在她家的沙发上睡着了。直到半夜12点，他才醒转。因为惠芳没有丈夫，家里只有一个念初中三年级的儿子，郭德茂可能觉得在一个寡妇家里留宿会让人说闲话，所以醒酒后坚持要回家过夜。吉祥苑是一个全封闭的高档小区，除了大门，没有别的出入口。警方调看了门卫室的监控录像，发现郭德茂进入小区的时间是星期三下午5点42分，离开时是夜里0点17分，中间并没有出过小区。因为警方推断凶手给王学富的摩托车注入毒气的时间，是星期三下午6点至晚上8点30分之间，而这个时间段郭德茂正在惠芳家里，所以他不可能有作案时间，可以排除作案嫌疑。

范泽天极为恼火，马上再次提审郭德茂，敲着桌子问："郭德茂，你给我老实点，到底是怎么回事？我们已经调查清楚，星期三晚上你一直在一个叫惠芳的寡妇家里，根本不可能有作案时间。你说，你为什么要承认自己是凶手？"

郭德茂愣了一下，半晌才幽幽地叹口气说："既然你们已经调查得这么清楚，那我也没什么好隐瞒的了。王学富的死亡经过，跟我计划中的一模一样，现在我自制的打气筒又被你们搜出，瓶子里的氰化氢也空了，经过你们验证，王学富车胎里的毒气确实是用我这个打气筒打进去的。星期三的晚上，我确实没有作案时间，王学富确实不是我杀的。那么这件大快人心的事，会是谁干的呢？谁能在不撬坏我家门锁的情况下，进入我家中，拿走这个打气筒，按我的计划给我们家大妮报仇呢？很显然，第一，这个人跟大妮关系很好，第二，这个人有我家的钥匙。符合这两个条件的人，只有两个，一个就是我的大女儿郭燕妮，另一个就是我们家老幺。我们家老幺年纪小，应该没胆子这么做，那么最有可能的，就是大女儿为妹妹报仇了。上个星期，我曾悄悄潜入王家后院，准备实施自己的报仇计划，在路上我就觉得身后好像有人跟踪，后来因为听到异动，才不得不中止计划。现在想来，那个暗中跟踪我的人，应该就是我的大女儿郭燕妮。她不想我这个做父亲的去冒险，所以抢先出手，杀死王学富，为妹妹报了仇。"

范泽天明白了他的心思，说："你觉得杀人凶手肯定是自己的女儿，为了不暴露她，所以你就十分干脆的承认了自己是杀人凶手，是不是？"

郭德茂点点头说："是的。"

范泽天立即给小李打电话，叫他先不要回局里，直接去南华大酒店，调查那里一个叫郭燕妮的服务员在6月4日有没有上班，以及上下班的准确时间。

一个小时后，小李回电，他已到南华大酒店调查过了，服务员郭燕妮当天上的是晚班，下午2点上班，晚上10点下班，根据酒店同事证明及调看酒店大堂门口的监控录像可以确定，期间她并未离开过酒店。

范泽天把这个情况告诉郭德茂，郭德茂非但没有松口气，脸色反而显得更加沉重，范泽天知道他在想什么，说刚才我也叫我们的一位女同事去你小女儿的学校调查过，星期三晚上她在同学家里聚会，一直到晚上9点都没有离开过。所以这件事跟你两个女儿都没有关系。

郭德茂把身子往椅背上一靠，长舒口气，心里却又疑窦丛生：既然不是我做的，也不是惠妮她们两姊妹做的，那到底是谁帮我为大妮报仇的呢？

又经过两天时间的详细调查，警方确认郭德茂不是杀人凶手，郭德茂很快就被放了出来。

范泽天带着专案组的同事调查了半个多月，案情仍然没有半点进展，这个案子就这样搁了下来。

7

六月底的一天，阳旭刚刚考完中考，感觉考得还不错，一身轻松地走出考场，忽然听见有人叫他的名字，扭头一看，只见走廊边站着一个中年男人，脸皮黝黑，留着平头，显得很精神的样子，正向他招手。阳旭疑惑地走过去，问："您叫我吗？"

那人掏出一本警官证朝他亮了一下，说："我是公安局的，我姓范叫范泽天，你可以叫我范警官。"

阳旭问："范警官，您找我有事？"

范泽天看他推着自行车，就说："我们边走边聊。"

阳旭推着自行车走出校园，范泽天问："郭大妮你认识吧？"

阳旭点头说："认识呀，我们以前是邻居，后来关系也处得不错，她经常帮我补习功课。只可惜后来她……"

范泽天忽然问："你没有想过为她报仇吗？"

"为她报仇？"阳旭一怔，说，"撞死她的那小子，不是已经死了吗？"

范泽天点点头说："那确实，你对这事倒是挺了解的啊。"

阳旭说："那当然，郭伯伯把什么都告诉我了。"

范泽天叹口气说："可惜现在一直找不到杀死王学富的凶手。"

阳旭说："只要凶手不是郭伯伯，也不是他的两个宝贝女儿，这件事就跟我无关了。"

范泽天在路边点燃一支烟，边抽边说："现在这个案子虽然暂时搁起来了，但这几天我一直在考虑其中的一些细节。我忽然发现了这个案子中的一个以前被忽视了的疑点。"

阳旭问："什么疑点？"

范泽天说："郭德茂那个经过改装的打气筒，他是放在自己的工具柜里的，而且上了锁，开锁的钥匙只有他一个人才有，就算他的两个女儿身上有钥匙可以打开家门，但也没有钥匙打开这个柜门。"

阳旭说："那确实，郭伯伯整天把钥匙串挂在屁股后面，别人想偷也偷不到。"

范泽天说："那也未必，比如说在他喝醉酒的时候，想借他的钥匙一用，还是挺容易的。"

阳旭一愣，回过头来望着他："您这是什么意思？"

范泽天说："我看过6月4日王学富遇害那天晚上你们小区门口的监控录像，本来是为了查看郭德茂的行踪，却意外的发现，他虽然没有在中途离开过你家，但你却在晚上7点22分出去过一趟，直到夜里8点51分才回家。我问过你母亲，她说你是去同学家下象棋了。我也请你们班主任帮我问过班上所有会下象棋的同学，那天晚上并没有人约你下棋。于是我心里就产生了一个大胆的推测:杀死王学富的凶手,会不会是你呢?郭德茂第一次潜入王家后院时,跟踪他并阻止他的那个人,应该是你。你当时就已经猜到了他的全盘计划。6月4日这天,郭小妮去同学家聚会,郭燕妮上晚班,只要郭德茂不在家,郭家就没有一个人在家。你觉得机会来了,于是故意弄坏空调,请郭德茂来修理,然后怂恿你妈妈不断地给郭德茂敬酒,让他喝醉之后睡在你家里。你从他身上偷下钥匙,去到他家偷出打气筒,坐车赶到青阳山下,潜入王家后院在王学富的摩托车前轮胎里注满毒气。还有,那个为郭德茂洗脱罪名的匿名电话,也是你打的吧?"

阳旭眨眨眼睛道:"您说什么?我好像听不太明白?我为什么要这么做呢?"

范泽天盯着他道:"我猜你这样做的原因有三个,第一,你喜欢郭大妮,你想亲手为她报仇;第二,郭小妮喜欢你,你也怜惜这个小妹妹,你不想让这个可爱的小姑娘在失去一个姐姐之后,再失去爸爸。你知道再完美的杀人计划都会有漏洞,你相信警察最后一定能找到郭德茂头上,你觉得让你的郭伯伯为王学富这种人抵命不值得;第三个原因,也是最重要的原因,王学富篡改年龄,肇事之后逃避刑责,你杀人之后,照样也不用负刑责,因为你今年才15岁。"

阳旭淡淡一笑,显出一种与他的年龄极不相符的沉稳。

他说:"范警官,我不得不佩服你丰富的想象力,如果你改行写推理小说,肯定能红。"

范泽天笑笑说:"当然,这一切都只是我基于合理想象之上的推理。关于这个案子,我们还会继续调查下去。有什么新的线索,我们会随时找你。"

"行,我等着您。"

阳旭跨上自行车,用力一蹬,自行车就在水泥路面滑出好远……

刑事侦查卷宗

玫瑰别墅谋杀案

案件名称：玫瑰别墅谋杀案
犯罪嫌疑人姓名：XXX
立案时间：2006.7.22
结案时间：2006.9.16
立卷单位：青阳市公安局

A51565221620060722

（正卷）

青阳市公安局

致命绑架

1

　　这天早上,青阳市市委宣传部部长兼青阳日报社社长林国栋上班来得特别迟。已经上午九点半了,他才开着自己那辆奥迪轿车缓缓地驶进市委宣传部的大门。

　　他刚走进自己的办公室,还没来得及坐下,办公室的玻璃门就被人"嘭嘭嘭"地敲了几下,抬头一看,两个身着绿色警服的警察已经大步走进来。

　　林国栋心里微微一惊,这两个警察他认识,前面的黑大个叫范泽天,市公安局刑侦大队大队长,后面的小伙子叫罗哲,是刑侦大队一名刑警。

　　林国栋知道他俩是无事不登三宝殿,但还是伸出手与两人握了一下,打了个哈哈说:"哎哟,今天是什么风把两位大神探给吹来了?请坐请坐。不知两位到我宣传部这清水衙门有何贵干?"

　　范泽天坐下来笑了笑说:"我们到这里来,是想打听一下昨天晚上林部长在哪里过夜?"

　　林国栋脸色一沉,盯着他道:"范队长这话是什么意思?"

　　范泽天身后的罗哲有些沉不住气,看着他说:"我们是想知道你昨天夜里去了哪里?"

　　"你……"林国栋脸都气白了,想要发作,但见范泽天那锐利的目光正向自己射来,只得忍住心中火气,坐下来不快地说,"昨晚我哪儿也没去,一直待在家里。两位该不是怀疑我昨晚出去做了什么惊天大案吧?"

罗哲盯着他冷冷一笑说："可是据我们调查,昨天夜里你根本没有回家。"

林国栋的脸顿时黑了下来："我没回家?那你说我去了哪里?简直岂有此理!你们居然敢暗中调查我?是谁给了你们这个权力?你们局长呢?我要给你们局长打电话。"

范泽天缓和了一下语气说："林部长不必动怒,我们已经跟咱们局长请示过了,要不然也不敢到宣传部来打扰您。昨晚市里出了一桩案子,我们此行只是例行调查,并无他意,请您配合一下。"说完,他拿出两张照片摆在林国栋的办公桌上,然后指着第一张照片说,"林部长,您看一下,您去过这个地方吗?"

林国栋极不情愿地低头看了一眼,照片上是一幢三层高的别墅小洋楼,红墙绿顶,从外面看去,显得漂亮而豪华。门前贴着一块门牌,仔细辨认,只见上面写着:玫瑰庄园别墅小区18号。他眉头微皱,摇摇头说:"我不认识这个地方,也从来没去过这里。"

"你撒谎。"罗哲忽然提高声音说,"小区里的人说,昨晚明明看见你的奥迪轿车停在这里。"

"那一定是他们看错了。"林国栋扭头冷笑着说,"再说全市开奥迪轿车的大有人在,又不止我一个人。"

范泽天鹰隼般的目光一直盯在他脸上,又指了指第二张照片问:"那这个人您认识吗?"

林国栋一看,照片上是一位妙龄女子,二十多岁年纪,玉石般洁白的鹅蛋脸透着妩媚的笑意,披肩长发在末端烫成了波浪的形状,弯弯的柳叶眉,水汪汪的大眼睛,长裙下露出洁白修长性感迷人的大腿……他眼里掠过一丝惊异之色,眉头皱得更紧了,摇头说:"我不认识她。她是谁?她怎么了?"

范泽天收起照片说:"她叫罗嫣红,四川绵阳人,今年二十三岁,来青阳市打工已有四年时间,先是在青阳宾馆做服务员,后来辞了工,在全市最豪华的玫瑰庄园别墅小区买了一幢别墅楼,一直居住至今……今天早上八点钟,每天早上定时给她送早餐的那家早餐店老板娘从窗户里瞧见她一动不动地横躺在床上,鲜血染得满床皆是,她急忙拨打110报了警。我们赶到时,发现罗嫣红早已死去多时，身上并无明显伤痕，但鲜血却流了一床，房间里并无打斗痕迹，桌上有一听喝完了的饮料……死亡原因正在进一步调查当中。"

林国栋的脸刷地一下白了："难、难道你们怀疑我……？"

范泽天看着他说："我们在罗嫣红的手机里找到了她储存下来的唯一一个电话号码，经过我们调查，那正是你的手机号码。如果你无法准确地说明你昨晚去了哪里，那你的处境就不太妙了。"

林国栋额头上的冷汗一下就冒了出来，咬咬牙说："好吧，我说！我昨晚的确没有回家，我告诉你们我昨晚去了哪里，但你们千万要替我保密。星期四市委就要召开常委会讨论提升我为市委副书记的事，如果这件事传扬出去，那我的前途就完了。"

范泽天和罗哲对视了一眼，点头说："你放心吧，我们只关心与这件案子有关的线索，其他的事一概不理，也没有工夫去理。"

林国栋看看他俩，压低声音说："实话对你们说吧，我昨晚一晚没回家，我被人绑架了，今天凌晨六点多钟我爱人才向绑匪交了赎金将我救出来。我的手提包也被绑匪拿走了，我的手机就放在手提包里。我说的千真万确，不信我可以带你们去人民医院问我爱人。"

2

范泽天、罗哲和林国栋三人走出宣传部的大门时，时间已经是上午十点四十分了，初夏的太阳已经渐渐炎热起来。

在开车去人民医院的路上，范泽天的手机响了，是刑侦大队的女警文丽打来的。

他今天早上曾吩咐她尽快与死者罗嫣红的老家绵阳警方取得联系，看能否从她家人身上找到什么线索。

文丽在电话中报告说："绵阳警方已经回电：罗嫣红家住绵阳市郊，家里还有父母亲和弟弟妹妹共四口人，家庭情况原本不太好，但由于近年罗嫣红在外省青阳市打工时交了一个有钱的男朋友，不但她自己在外面花几十万买了一幢别墅，而且还寄了十来万回家，让她的家人一夜之间都奔上了小康……"

范泽天不由得浓眉微皱："罗嫣红还有男朋友？"

文丽说："据她的家人说，从来没有见过她的男朋友。但是据她的邻居私下里议论说，罗嫣红根本就没有男朋友，她是在外面被一个大款包了，所以才会如此阔绰。"

范泽天挂了手机说："这倒与我的推测相吻合。"

十来分钟后，警车在市人民医院门口停了下来。

林国栋领着范泽天和罗哲很快就找到了他那做护士的老婆姚玉兰，为避嫌，他很快又离开了人民医院，回宣传部上班去了。

姚玉兰四十多岁年纪，由于保养得好，皮肤很白，一点也不显老，穿着洁白的护士服，十分惹眼。

看见两个警察来找自己，她似乎一点也不感到意外，放下手里边的工作，把范泽天和罗哲领到一个没有人的空病房里，说："两位是为我们家老林昨晚被绑架的事来的吧？"

范泽天点点头说："对不起，姚护士，打扰您了。你能说说当时的情况吗？"

姚玉兰说："好吧。事情是这样的，昨天晚上十一点多钟，我们家老林仍然没有回家，我以为他在外面有应酬，又回不了家了。谁知半夜十二点钟，我正准备上床睡觉的时候电话响了，我一看来电显示，是我老公的手机号码，我一接听，打电话的却是一个陌生男人。他在电话里问我是不是林国栋的老婆，我说是。他就恶狠狠地说：'你老公林国栋现在被我们绑架了，你赶快拿二十万块现金放到环南路第二个拐弯处的垃圾筒里，我们收到钱后马上就放人。如果你不肯给钱或者敢报警，那就等着替你老公收尸吧。'说完他就挂了电话。"

范泽天看着她问："当时家里就你一个人吗？"

姚玉兰点点头说："就我一个人，我儿子到北京念大学去了，家里除了我老公，就只剩下我一个人了。我接到绑匪打来的电话，当时就吓傻了，颤颤巍巍地打开家里的保险柜，可里面只有十几万块现金，距绑匪要求的二十万块还差着几万呢。三更半夜的,银行的门又关了,有存折也取不到钱,我束手无策,急得直哭。"

罗哲问:"那后来又是怎么凑够钱将林部长赎回来的呢?"

姚玉兰说:"我在家里翻了半天,最后总算找到了两张银行卡,卡上共存着十几万块钱。我急忙跑到附近银行的自动提款机那里去取钱,可自动取款机里每次只能取两千元,等我慌里慌张手忙脚乱地从两张卡里取出几万块现金,凑够二十万块钱时,天都快亮了。我又急急忙忙赶到环南路,在第二个拐弯处找到绑匪指定的那个垃圾筒,把钱包好扔了进去……"

范泽天忽然问:"当时你看见周围还有其他人吗?"

姚玉兰摇头说:"当时四周一个人也没有,我也不敢在那里逗留,只好跑回家等消息……总算他们说话算话,凌晨六点多的时候,我老公平安回家了……我当时一心只想救我老公,所以也没有想到报警,想不到我老公今天却把你们带来了……"

罗哲本想告诉她他们此来,并不完全是为了调查林国栋被绑架的事,但看见范泽天给了他一个制止的眼色,话到嘴边,又咽了回去。

范泽天又问:"你老公的手提包也被绑匪拿走了,是吗?里面除了手机,还有些什么东西,你知道吗?"

姚玉兰想了想说:"还有一盒名片,另外……可能还有两三千元现金,这是老林后来告诉我的。"

范泽天问:"林部长的手机号码是多少,你能告诉我们吗?"

姚玉兰说:"是 130058507XX。"

罗哲用笔记了下来,与罗嫣红手机中储存的号码一对照,完全相同。

十一点半钟,范泽天知道姚玉兰要下班了,便和罗哲告辞出来,离开了人民医院。

两人在外面吃过午饭,返回公安局时,早上被委派出去调查情况的几个刑警都回来了,女警文丽也在其中。

大家汇报了各自的调查结果,然后开了一个小小的总结会议,布署下一步的行动。

罗哲说："罗嫣红之死，她手机里储存的这个手机号码成了最重要的破案线索，而由这个号码牵扯出来的林国栋也是目前最值得怀疑的嫌疑人。但是他却有昨晚不在现场而且也不具有作案时间的证据，从他老婆的神态上看，毫无破绽，最重要的是我们调查过他家里的电话记录和她在银行自动取款机上取款的记录，完全不差，她说谎的可能性不大。"

文丽柳眉微皱，说："如此一来，那林国栋这条线索岂不是断了？范队，你说下一步我们该怎么办呢？"大家一齐把目光投向正在沉思中的范泽天。

范泽天瞧了瞧大家，说："林国栋是咱们目前所掌握的唯一的线索，这条线索绝不能断，而且玫瑰庄园里的居民也反映说昨晚确实曾看见他在别墅小区出现过，但他却说自己昨晚遭人绑架，根本没去过玫瑰庄园别墅小区。到底他昨晚是在玫瑰庄园别墅小区里过夜，还是在绑匪手中，咱们只要找到他所说的那个'绑匪'，一切就都明白了。"

罗哲不禁皱眉道："要抓绑匪，谈何容易。中午吃饭时我打电话问过林国栋，他说他昨晚被人打晕了，什么也不知道，既没看清绑匪的面貌，也不知被绑何处，总之今早一醒来就躺在自家门前的大街上了。咱们对那绑匪一无所知，要想抓他，无从下手呀。再说此事兹事体大，市委星期四就要开会讨论提升他为市委副书记的事，今天已经星期二了，在这两天之内要破不了案，让杀人凶手当上了市委副书记，那笑话就闹大了。"

文丽点头说："不错。但是反过来说，他如果不是杀人凶手咱们却把他当成杀人凶手来调查，万一影响了他升官，那这个责任咱们也承不起。"

"其实咱们对绑匪的情况也并非一无所知。"范泽天看了大家一眼，说，"至少咱们知道他手中拿着林国栋的手机，而且林国栋的手机号码咱们也是知道的。"

"那又有什么用呢？"罗哲说，"我早就拨打过这个号码，第一次是占线，显示对方正在通话，但过了两分钟我再打时，对方已经关机，一直到现在都还没有开机呢。"

范泽天笑了，说："他的手机现在是开机还是关机并不重要，重要的是他今天使用过这部手机，只要他今天用这部手机跟别人通过话，那咱们就有办法找到他。"他把头扭向女警文丽，"林国栋的手机号码以130开头，是在中国联通上的户。文丽，你马上到联通青阳分公司去一趟，请他们将130058507XX这个号码今天的通话记录打印一份给我们。"

罗哲和其他刑警忽然明白了他的意思，都拍手道："对呀，我们怎么没有想到呢？咱们找不到绑匪，但可以通过他曾拨打过的这个电话号码找到线索呀。"

文丽高兴地领命而去。半个小时后，她从联通公司带回来了130058507XX这个号码今天的通话记录。

记录显示，这个号码曾在今天早上7：55分拨通过一部固定电话，被叫方号码为4438185，通话时间为1分59秒。

"马上查清楚4438185是哪里的电话。"范泽天用铅笔重重地在这个电话号码上画了一个圈，说道。

"是！"罗哲也兴奋起来，急忙抓起桌上的电话，拨通了"114"查号台。通过查询得知，这个号码是青阳市海石加油站的办公电话。

"大伙在这里等候命令。"范泽天抓起桌上的帽子一边往头上扣一边朝门外奔去，"罗哲，咱们马上赶去海石加油站。"

3

海石加油站坐落在城西的城郊结合处，距市公安局约有二十分钟车程，但罗哲只用了十五分钟就把车开到了加油站门口。

范泽天下车后，直奔加油站办公室，找到了加油站站长。

站长是一个五十来岁一脸和气的老头，姓周。

周站长一见两个警察闯进办公室，不由得吓了一跳，不知出什么事了。

范泽天掏出警官证，向他表明身份，道明来意，他这才稍稍放下心来，急忙请两人坐下。

范泽天没有坐，看看办公桌上的电话，开门见山地问："周站长，加油站办公室的电话号码是4438185吗？平时谁负责在办公室听电话？"

周站长点点头说："正是这个电话号码。加油站人手少，没有专门接电话的人，一般情况下都是由我来接听电话。"

范泽天看着他问："那您还记得今天早上7点55分接听过的一个电话吗？"

周站长眉头微皱，摇摇头说："早上电话太多，只怕记不得了。"

罗哲急了，忙走上前说："周站长，您再想一想，这个对我们十分重要。"

周站长把手背在背后，来回踱了几步，仔细想了想，忽然眉头一展，说："我记起来了，7点55分，好像是廖强打电话过来，对，就是他，他打电话请假，说是有点头痛，今天就不来上班了。"

范泽天认真地听着，边听边点头，然后又问："能详细介绍一下他的情况吗？"

周站长说："廖强今年二十八岁，父母早亡，至今单身，住在青云路青云巷7号，平时也没啥缺点，就是喜欢喝点酒……"

"多谢您给我们提供这么多情况。"范泽天向周站长握手道谢之后，便急忙和罗哲驱车向青云巷驶去。

按常理推测，廖强拿着林国栋的手机，而且今天又请假没有上班，行为异常，如果林国栋昨晚真的被绑架了，那么他就极有可能是那个绑匪。

想到歹徒近在咫尺，即将被擒，而罗嫣红的死因也极有可能因此而逐渐明朗起来，范泽天和罗哲两人心里都有些兴奋，将车开得飞快，恨不得在一秒钟之内就赶到青云巷。

但是当警车刚驶出青云路，拐入青云巷时，他俩却发现巷口围了一大群人，叽叽喳喳熙熙攘攘地不知在干什么。

罗哲按了半天喇叭也是枉然，根本没有人让路，警车寸步难行。

他不由得火冒三丈，跟范泽天一同跳下了车。

两人好奇地钻进人群，只见人群中央停着一辆小货车，整个驾驶室都被撞得不成样子了，地上流着一大摊血迹，触目惊心。

几个交警正在现场忙碌着。

范泽天吃了一惊，走上前拉住一个熟识的交警问："兄弟，出啥事了？"

交警一边在记录本上写着什么一边告诉他说："车祸，小货车撞了一个人，头都撞开了，真惨，人还没到医院就断气了。司机也够呛，下身受重伤，正在医院抢救，估计一时半会儿醒不来。"

范泽天心里涌起一种不祥之兆，忙问："知道死者是谁吗？"

交警说："从他身上搜出的证件看，好像叫廖强吧。"

"什么？"

范泽天和罗哲不由得倒吸一口凉气，呆住了。

"为什么咱们刚追查到廖强头上，他就遇上了车祸呢？"钻出人群后，罗哲皱着眉头说，"这世上不会有这么凑巧的事吧！"

"我看这里面一定有鬼。"范泽天皱着眉头想了想说，"罗哲，咱们分头行事，你去调查一下肇事司机，我得再回加油站一趟。"

两人分手后，范泽天开着警车再次来到了海石加油站，找到了周站长，将廖强遭遇车祸的事简单地告诉了他，他听了不由得大为震惊。

然后范泽天又问他："周站长，您知道加油站里谁与廖强的关系最好吗？"

周站长不假思索地说："邓刚，他和廖强都是加油工，平时两人无话不谈，号称是一对铁哥们儿。你要找他是吧？我马上把他叫来。"

邓刚是个二十多岁的年轻小伙子，戴着一副眼镜，显得文质彬彬的样子。走进办公室时，他眼圈红红的，显然是周站长将廖强遭遇车祸的事告诉他了。

范泽天朝他做了一个请坐的手势，然后询问道："能告诉我你最后一次见到廖强是什么时候吗？当时的情形是怎样的呢？"

邓刚稍微想了想，说："我最后一次见到他，是在昨天晚上，当时……"

原来，昨天晚上，邓刚和廖强都上晚班，邓刚在一号加油台，廖强在二号加油台。

晚上九点钟的时候，两人同时下班，在换衣服时，廖强忽然说今晚要请邓刚喝酒。

邓刚问他遇上什么好事了要请他喝酒，廖强看看旁边还有人，就笑嘻嘻地不说话。

直到两人坐在大排档里喝酒时，邓刚才得知，原来今晚廖强在加油机旁捡了一个手提包。

邓刚不好意思打听包里有些什么东西，不过看廖强那一脸兴奋的样子，他想提包里一定有不少好东西。

当时廖强的心情很好，点了不少好菜，喝了三瓶啤酒，又加了一瓶白酒，最后醉得一塌糊涂，连路也走不了，根本没办法回家。

邓刚只好帮他叫了一辆出租车，把他连拖带拽地弄上了车。

谁知廖强实在喝得太多了，一上车就哇哇哇地大吐特吐，吐了一车的秽物，弄得整个出租车里臭气冲天。

那位开出租车的"的哥"不由得火冒三丈，对着他一通大骂，叫他赶快滚下车。

后来，邓刚站在出租车外，看见醉醺醺的廖强从捡来的手提包里掏出两张百元钞票大方地甩给司机，司机这才换上一副笑脸。

出租车刚刚启动时，他又看见廖强迷迷糊糊地将一张名片甩到司机面前，打着酒嗝拍着胸脯说："哥们儿，别、别这么小气，以后有什么麻烦，只管来找我……"

邓刚直看得莫名其妙，不知这家伙啥时候印了名片。

出租车开走后，邓刚也回家了，但他还是不放心廖强，不知他是否平安回家。

廖强没有手机。半夜十二点多的时候，邓刚打电话到廖强家门外五十米远处的一个公共电话亭，让电话亭里的老婆婆叫廖强接电话，但她叫了半天，也不见他出来。

今天早上邓刚又打电话找他，廖强总算跑到公共电话亭接了他的电话。

廖强在电话里骂骂咧咧地说昨天那个出租车司机太缺德了，居然趁他在车上睡着了的时候把他扔到郊区的草地上睡了一夜的"地铺"，他早上回家头还痛呢！

范泽天认真地听着邓刚的讲述，最后他问："你还记得那辆出租车的车牌号码吗？还记得那个司机的相貌吗？"

邓刚一脸茫然地摇了摇头，说："不记得了。"

傍晚时分，范泽天回到局里，刚好法医苏敏打电话过来。

苏敏在电话里告诉他说："经过尸检发现，死者罗嫣红已有三个月身孕，死亡原因是药流不当造成子宫大出血而昏迷至死。经化验，她桌上的饮料中含有过浓过量的米非司酮。米非司酮是一种打胎药，服用的剂量是有严格限制的。而据检测分析，这罐饮料中溶入的剂量，至少是人体一次所能接受的三倍以上。"

范泽天问："有医生叫她把这种打胎药溶入饮料中服用的可能吗？"

苏敏说："基本上可以排除这种可能性。"

范泽天挂下电话后，肩膀忽然被人拍了一下，回头一看，原来是去调查撞死廖强的肇事司机的罗哲回来了。

"情况怎么样？"他忙问。

罗哲喝了几口水，摇摇头说："应该说没什么收获。

那司机叫刘青山，三十二岁，三年前从外地搬到青阳市居住，已有十多年驾龄，家境不太好，他的小货车还是借钱买的。在这次车祸中，他受伤也不轻，双腿几乎被夹断，肋骨断了两根，腰部受了重创，正在人民医院抢救，估计死不了，但一时半会儿也醒转不过来。他老婆苗娟娟得了白血病，由于拿不出十几万的治疗费，只好待在家里等死。据说他很爱他老婆……唉，真是一对苦命鸳鸯！你呢，范队，情况如何？"

范泽天把第二次去加油站了解到的情况向大家说了一遍。

廖强已死，线索看起来似乎已经断了，所以大家都有些泄气。

范泽天明白大家的心思，扫了他们一眼说："大家别泄气，虽然廖强已经死了，但我们又找到了许多新的线索，形势对咱们越来越有利了。我来说说我所发现的两个最大的疑点：其一，林国栋的手提包和提包里的手机明明是他自己不小心弄丢了刚好被加油站的加油工人廖强捡到了，他为什么要撒谎说是被绑匪拿走了呢？其二，廖强显然并不是那个绑架林国栋的人，你们见过醉得连站也站不稳的人去绑架别人吗？"

众人仔细一想，纷纷点头称是。文丽问："那么究竟谁是绑匪呢？"

范泽天笑了笑说："如果我猜得不错，应该就是昨晚载廖强回家的那位'的哥'。至于为什么会是他，谜底还是等将他抓获归案之后再揭开吧。"

罗哲皱眉说："全市开出租车的司机这么多，咱们又不知道那家伙的车牌号码，怎么找？"

范泽天说："其实很容易。廖强昨晚不是在那辆出租车上吐了许多秽物吗？事后，那司机一定会去洗车场洗车，咱们就从全市三十多家洗车场查起，把昨晚凡是去洗车场洗过、车上有呕吐物的车全部记录下来，一一追查。"他看看表，摸了摸肚子笑着说，"不过在展开行动之前，咱们得想办法先填饱肚子。"

4

星期三的早上，忙碌了一个通宵的刑警们来不及打个盹儿便在公安局刑警大队办公室里碰头，汇报了各自的调查情况，最后总结发现，全市共有五辆出租车曾因车内被乘客呕吐而去洗车，其中有两辆车的洗车时间是在晚上九点半以前，时间不符，故可以排除，还有一辆出租车的司机是一位"的姐"，也可以排除。

剩下的两辆出租车中，有一辆是在半夜十二点左右洗的车，洗完车后，司机就和女朋友一起去电影院看通宵电影去了，不可能在下半夜去环南路的垃圾筒里取那二十万元赎金，所以也可以排除。

最后，大家把目光停留在了仅剩的一位出租车司机身上。

洗车场在记帐时顺便记下了这辆出租车的车牌号码，通过车牌号码，刑警们查到这辆红色的夏利出租车是属于青阳市出租车公司的车，该车现由一个叫肖黎明的司机租用着。

肖黎明，男，现年二十五岁，湖北省黄石市人，曾因赌博罪和故意伤害罪入狱三年，出狱后在老家没法待下去，便跑到青阳市来开出租车。在青阳市，也曾有过因聚众赌博而被青阳警方拘留罚款的记录。

正在大伙讨论之时，桌上的电话响了，打电话的正是昨天晚上刑警曾找其调查过情况的青阳市出租车公司保安部的负责人。

他把肖黎明的照片传真了一份过来，然后在电话里说："肖黎明已于昨天下午到出租车公司办理了退租手续，将车还给了公司。他说他要回湖北老家，火车票都买好了……"

挂断电话后，范泽天又急忙拨通了火车站的电话，问从青阳到湖北黄石市的火车一天有几趟，什么时候发车。

火车站的工作人员说："每天一趟，早上八点二十分发车。"

"是时候抓人了！"范泽天看看表，时针指向八点整。他威严地扫了大家一眼，命令道："罗哲，你带五个人立即赶到火车站抓捕肖黎明，如果我没估计错，他乘坐的应该就是今天上午的这趟火车。文丽，你带几个人跟我一起去宣传部，把林国栋'请'到公安局来。行动！"

……

半个小时之后，两组人马分别用手铐铐着各自的"目标"，在市公安局胜利"会师"。

林国栋虽然极力保持着"宣传部长"的风度，强作镇定，但脸色苍白，额头上的冷汗不争气地冒了出来；而肖黎明却东张西望，一副满不在乎的样子。

范泽天坐下来喝了口水，首先盯着肖黎明开门见山地问："星期一晚上，你绑架勒索的事，是要我来复述一遍呢，还是你自己主动交待出来？"

肖黎明是公安局的常客，这种场面早已见惯不惊，看着他一脸无辜地说："大哥，这可真是天大的冤枉，我肖黎明什么时候干过绑架勒索这么缺德的事了？"

范泽天早已料到他会狡辩，走到他面前盯着他冷冷一笑说："既然你这么不给面子，那我也用不着给你留面子了，现在就让我来揭穿你的老底吧。星期一晚上十点多的时候，你开着出租车在海石加油站附近的一个大排档门口载了一个喝醉了酒的客人。这个客人一上车就吐了你一车的秽物，不过你看在他出手阔绰甩手就给了你两百元'洗车费'的分儿上，还是让他坐了你的车。随后，这个醉客为了在你面前炫耀自己，还从手提包里掏出一张名片递给了你。你一看这个人的名片上写着'青阳市市委宣传部长林国栋',就料定必定是个有钱的主儿,手头上正缺钱花的你顿时心生歹意,决定将其绑架狠狠敲他一笔钱花花——事实上这个人喝得连自己姓什么都不知道,此时正倒在座位上睡得像头死猪,所以根本不用你费多少手脚他就成了你的囊中之物。然后你就从他的手提包里翻出他的手机,按照名片上的家庭电话给林部长的老婆,勒索人民币二十万元。而恰巧这个晚上林部长没回家,他老婆信以为真,就真的照你的要求去做了。赎金到手之后,你又把车开到郊外,把一直躺在你车上睡大觉的'林部长'扔在了草地上,然后才去洗车场洗尽车上的秽物……但你却一定没有想到,你煞费苦心绑架的那个人并不是名片上的那个宣传部长林国栋,真正的林国栋在这里。"他用手指了指林国栋,接下去说,"你绑架的那个醉鬼叫廖强,只不过因为捡了林国栋的手提包,无意中从手提包里掏了张名片给你,你就财迷心窍,把他当成林国栋给绑架了,而且居然还歪打正着让你得逞了。当然,你不想多惹麻烦,所以你并没有顺手牵羊拿走'林部长'的手提包。"

"没……没有的事。"肖黎明的脸色顿时白了,虚汗从额头上刷的一下冒了出来,好像一只被抓住了尾巴的老狐狸,目光慌乱,声音微微发抖,"你……你们不要血口喷人!你、你说我勒索了人家二十万块钱,那钱呢?你们看见我身上带钱了吗?"

"你就不用再狡辩了。像你这么聪明的人,当然不会蠢到把那二十万块钱带在身上、提在手里让我们轻而易举地抓住把柄。这二十万,你早已从银行电汇回老家了。不过你不用高兴太早,我们已经通过银行查扣了这笔赃款。"

"啊!"肖黎明脸色煞白,如同一只斗败的公鸡,垂头丧气地坐在地上,再也说不出话来。

范泽天脸上露出了一丝胜利的微笑,目光一转,又箭一般朝林国栋射了过去。

林国栋的神色有些慌乱,但很快就镇定下来,看着他厉声道:"范泽天,你……你凭什么抓我?我劝你赶快放了我,否则,哼哼,我让你吃不了兜着走。"

范泽天并不恼怒,看着他微微一笑说:"林部长,您又何必吓唬我呢。你身犯数罪，吃不了兜着走的人只怕是你吧。"

"我……我犯什么罪了？你说，你说！"

"你的犯罪经过若要细说起来，话可就长了。不过既然有人想听，那我就长话短说吧。这事还得从三年前说起。三年前，你在青阳宾馆邂逅了那里的服务员罗嫣红，并且为之着迷，深深地陷在她的美貌和温柔之中不能自拔，随后，为了达到长期而安全地占有她的目的，你在玫瑰庄园别墅小区内为她买了一幢别墅楼，将她包养了下来。这幢豪华的别墅楼当时价值百余万，我已请反贪局的同志仔细调查过青阳日报社的一切帐目，发现这几年来，报社的广告收入帐目上至少有近四百万元的广告费去向不明。如果我没猜错的话，这些钱都落到了你的口袋里了吧？买这幢别墅楼的钱只是其中的一部分，是不是？今年以来，你仕途顺畅，很快就将提升为市委副书记。就在你感觉到前途一片光明的时候，罗嫣红被检查出怀孕了，这个消息令你寝食难安。你这个人办事一向老谋深算，与罗嫣红交往这么久一直小心谨慎处处设防，自问没有任何把柄落入任何人手中，但是让罗嫣红生下这个孩子，这个孩子必将成为你和她有过的这种非正常关系的铁证，也必将成为你进军仕途的一个随时随地都有可能爆炸随时随地都有可能令你身败名裂的定时炸弹。你当然不能让罗嫣红生下这个'定时炸弹'，但罗嫣红却过厌了这种无名无分难见天日的生活，她想通过孩子来要挟你跟你老婆姚玉兰离婚娶她，所以她坚决要生下这个孩子。这一点，在廖强被车撞死之后，我们从他家里找到的你的手机里面所保存的那条你尚未来得及删除的短信息中完全可以推测出来。你既不能拖着罗嫣红强行让她去医院堕胎，也不能容忍她生下这个'定时炸弹'，无奈之下，只好决定暗中下药让她在不知不觉中把胎堕了。于是你通过关系，搞到了一种叫米非司酮的堕胎药。星期一这天下班之后，你揣着这包打胎药开车前往玫瑰庄园别墅小区罗嫣红的住处，半路上在海石加油站加油时，你一不留神将手提包落在了加油机旁。你并不在乎这个手提包和手提包里的那点东西，所以事后并没有返回加油站寻找。星期一的晚上，你在罗嫣红那里过夜。星期二凌晨，起床回家时，你趁罗嫣红尚在熟睡之中，将带来的那包堕胎药溶在了一听她最喜欢喝的饮料里，就回家去了。但是你忙中出错，将一包本应分三次服用的堕胎药全部放在了饮料中让罗嫣红在不知不觉中一次全部喝了下去，引起她身体极度不适，最终因子宫大出血且救治不及时而导致她命丧黄泉。"

范泽天说到这里，喝了一口水，看了一眼满头大汗脸无血色的林国栋，接下去说："星期二早上，你回到家里，正欲为昨晚夜不归宿找借口时，你老婆姚玉兰却因见到你平安回来而万分高兴。你甚觉奇怪，后来通过你老婆的讲述你才弄明白，原来昨晚有人给你老婆打电话声称绑架了你而勒索了你们二十万元现金。你猜想一定是捡了你手提包和手机的那个人搞的鬼，为了你昨晚的去向不被暴露，你只好违心地承认昨夜你确实被人绑架了。后来因为罗嫣红之死，我们调查到你头上时，你正好利用这次绑架事件来证明你不在案发现场，打消我们的怀疑。但你知道我们一定不会就这样轻易放弃，一定会想办法找到那个捡了你手机的绑匪，只要我们找到那个绑匪，你被绑架的事就一定会穿帮。所以你赶在我们之前找到了那个人，那人就是加油站的廖强。然后，你用一大笔钱收买了妻子重病正急需钱来救命的外地小货车司机刘青山，让他开车'意外'撞死廖强，并且叮嘱刘青山，为了不引起警方怀疑，他在撞死对方的同时自己也一定要受伤，刘青山为了赚钱救他心爱的妻子，只好咬牙一试。但是有一件事你却万万没有想到，那天晚上打电话勒索你老婆的人并不是被刘青山撞死的廖强，而是另有其人。于是我们顺着这条线索追查下去，最终找出了两个人间败类……"

林国栋还没听完，就脸如灰死，全身软瘫了下去。

校园坠楼案	
案件名称：校园坠楼案	**刑事侦查卷宗**
犯罪嫌疑人姓名：XXX	
立案时间：2011.11.2	
结案时间：2011.12.19	
立卷单位：青阳市公安局	（正卷）
	青阳市公安局

A525231256201111102

坠楼疑云

1

夜已深沉,青阳学院那幢八层教师宿舍楼内的灯光,大多都已熄灭。

整个住宿区内,一片寂静。

中文系助教小蕊备好明天的课,又将自己挂在网上的长篇推理小说更新了几千字,看看电脑右下角的时间,已经过了零点,打个呵欠,关了电脑,正准备上床睡觉,忽然听到"咣当"一声响,不知是从外面哪间宿舍传来的,像是热水瓶或花瓶之类的东西被人重重掼到地上打碎的声音。紧接着,便传来一阵吵闹声。

她吃了一惊,打开门站到走廊上一听,原来声音是从她对门713宿舍传出的。

713宿舍房门紧闭,拉上了窗帘的窗户里隐约有灯光透出。

一个男人气急败坏的声音从里面传出来:"……你、你都已经被人这样了,还叫我怎么跟你在一起?……分手,分手……"

紧接着又是"砰"的一声响,似乎是玻璃茶杯摔到地上的声音,然后便传来一个女人嘤嘤的啜泣声。

小蕊不由得皱起了眉头,她听出来了,那是苏雪卉的哭泣声。而那个气急败坏摔杯大叫的男人,则是苏雪卉的男朋友邱子建。

住在713宿舍的苏雪卉,几年前跟小蕊一起毕业留校做助教,从大学时代起,两个女生就是关系要好的朋友。

两年前,苏雪卉与学校物理系副教授邱子建确立了恋爱关系。

苏雪卉是当年学校的校花，不但身材高挑，容貌秀丽，而且写得一手好诗，号称校园美女诗人。

而刚刚三十出头的邱子建，不但长相帅气，仪表堂堂，而且知识渊博，学术成果丰富，前途一片光明。

两人在一起，可谓郎才女貌，羡煞旁人。

在小蕊看来，苏雪卉与邱子建也确实相处得不错，两人已经发展到了谈婚论嫁的阶段，却不知为什么会在这深夜里突然吵起来，而且还闹到了要分手的地步？

七楼住的全是女老师，大家听到声音，一个个都亮了灯，开了门，伸出头来探看究竟。

小蕊止不住心中好奇，正想侧耳听听苏雪卉和邱子建之间到底发生了什么事，不想对面房间的门忽然打开，邱子建铁青着脸，喘着粗气从里面走出来，"砰"的一声，反手将门带上。一抬头，瞧见正站在门口的小蕊，不由得微觉一愣，哼了一声，低着头，沿着走廊尽头的楼梯，噔噔噔地上了八楼，回自己的宿舍房间去了。

小蕊站在走廊中间，愣了好久才回过神来，扭头一看，几名被吵醒的女老师见没什么好瞧的，便又打着呵欠把头缩了进去。

小蕊犹豫一下，最后还是上前敲了敲713宿舍的门，轻轻喊道："雪卉，我是小蕊，到底发生什么事了？你把房门打开，让我进去坐坐。"

敲了好一阵门，却没人开门。

她伸手一扭锁把，门已被从里面锁上。

她把耳朵贴在门上仔细一听，屋里没有半点声响。正自奇怪，忽然听见从宿舍楼后面传来"砰"的一声响。

她心中一个念头还没转过来，就听得一楼有人在惊叫："啊，不好，有人跳楼了，有人跳楼了！"

她脑中轰然一响，情知不妙，撒腿往楼下跑去。

宿舍楼里没装电梯，等她气喘吁吁跑下楼，时间已经过了两三分钟。

她冲出楼梯间，拐个弯，来到宿舍楼后面。

昏暗的路灯下，已经围了一圈人，有的人身上穿着睡衣，脚下趿着拖鞋，显然是刚从睡梦中惊起。

小蕊挤进人群一看，只见冰凉的水泥地面上侧躺着一个长发女子，鲜血不知从她身体的哪个部位冒了出来，早已染红她身上的白色连衣裙。尽管她满脸鲜血，但小蕊还是一眼就认了出来——这正是苏雪卉啊！

她像被雷电击中了一般，一下子惊呆了。

"雪卉，雪卉……"

一个男人踉踉跄跄冲入人群，竟将小蕊撞了个趔趄。

小蕊扭头一看，来的正是邱子建。

邱子建"扑通"一声跪在地上，一把将苏雪卉软软的身体抱起，失魂落魄地嘶声大叫，"雪卉，你为什么这么傻？为什么这么傻？"

小蕊也不禁流下泪来，蹲下身，伸出颤抖的手，轻轻抚摸着苏雪卉那一头仿佛还有生命的柔顺长发。

苏雪卉的头上戴着一只精美的满钻发卡，这只镶嵌着人工宝石的发卡，正是小蕊一年前送给她的生日礼物。

发卡上夹着半片绿色的树叶，小蕊用手指弹了一下，不想树叶夹得太紧，竟没弹掉。

她正要伸手将树叶拿掉，学校保卫人员早已拨打了110，刺耳的警笛声骤然划破寂静的夜空，两辆警车和一辆120急救车风驰电掣般开进了宿舍楼后面的空地。

2

一名医生从120急救车上跳下来，快速地为苏雪卉作了检查，最后摇着头说："是头部先着地，当场死亡。已经没得救了。"

警察将围观的人赶到一边，在现场拉起了警戒线，拍照记录、勘察现场、询问目击证人，一时间就忙开了。

带队的市刑侦大队大队长范泽天从苏雪卉身上搜出一串钥匙，进了713宿舍，发现地板上有热水瓶和茶杯被打破后的碎片，铝合金窗门打开着，窗前放着一把凳子，凳子上隐约有死者的脚印。

看样子死者是踩着凳子爬出窗户，跳楼自尽的。

接下来对邱子建和小蕊的问话，则更进一步证实了警方的猜测。

邱子建带着哭腔说："他们说得没错，今晚我确实跟雪卉吵架了。当时屋里只有我和雪卉两个人。我没控制住自己的情绪，打碎了一个热水瓶和一个茶杯。"

而小蕊则红着眼圈说："邱子建摔门出去之后，我一直站在雪卉的门前，既没看见有人出来，也没看见有人进去。大约过了十来分钟，我就听见了雪卉坠楼的声音。"

既然当时房间里只有苏雪卉一个人，那就基本可以排除他杀的可能。

应该是苏雪卉跟男友吵架后，一时想不开，所以跳楼自杀。

但小蕊却指着邱子建的鼻子，义愤填膺地说："就算雪卉真是自杀，那你也是间接害死她的凶手。如果不是你跟她吵架，如果不是你要跟她分手，她好端端的怎么会去跳楼？"

"分手？"

听到"分手"这个词，正要转身离去的范泽天又走了回来，盯了邱子建一眼，问，"这又是怎么回事？刚才问你的时候，可没听你说过。"

邱子建的脸红了一下，放低声音说："我和雪卉之间发生了一些事，我觉得自己没办法再跟她相处下去，所以就向她提出分手。没想到她一时无法接受，我刚离开她的房间，她就……"

范泽天皱皱眉头说："你们之间发生了什么事，导致你要跟她分手？"

邱子建犹豫了一下，说："这是我跟雪卉之间的私事，我不想说。"

范泽天脸色一沉，说："哪来那么多废话。现在我是在查案子，我问你什么，你就得回答什么。"

邱子建脸上掠过一丝痛苦的表情，垂下头去沉默了好一会儿，才缓缓叹口气说:"今天晚饭后,雪卉约我去她房里,说是有件重要的事情要跟我谈。我以为是谈我们结婚选日子的事,谁知去了之后,她却说不是谈这件事。我问她到底是什么事,她却又支支吾吾不肯说。一直拖到半夜时分,她才遮遮掩掩地告诉我说她怀孕了。"

"雪卉怀孕了?"小蕊吃了一惊,"难怪我觉得她最近气色不太好。"

邱子建瞧了她一眼,有些愠怒地说:"你知道什么,我和雪卉相恋两年多来,可是从未有过出轨的行为。"

小蕊愣住了:"那她……"

"在我的再三追问之下,雪卉才向我道出实情。原来在三个月前,她曾被学校一名教授强奸。她怕我知道后会嫌弃她,所以一直不敢声张。直到最近她感觉身体有点不舒服,到医院一检查,才知道怀孕了,这才不得不将实情告诉我。我听了,差点气疯了,发生这么大的事情,她居然一直将我蒙在鼓里。一气之下,我就跟她吵起来,还嚷着要和她分手。她却一句话不说,只知道坐在床边哭。吵了一通之后,我就气呼呼摔门而去。谁知我刚上楼回到自己房间,就听见'砰'的一声响,接着楼下便有人喊:有人跳楼了,有人跳楼了。我住813房,后面的窗户正好向着这边,我从窗口往下一瞧,就知道是雪卉她……"

说到这里,邱子建已不觉流下泪来。

范泽天拿出一个小本子,一边做着记录一边问:"苏雪卉有没有告诉你,强奸她的那个人是谁?"

邱子建忽然抬起头,双眼里几乎喷出火来:"雪卉告诉我,那个禽兽教授,就是咱们学校物理系的欧阳成刚。"

"你胡说!"

小蕊一听"欧阳成刚"这四个字,就愤怒地叫起来。

范泽天把目光从笔记本上抬起来,望着她问:"有什么不对吗?"

小蕊的脸红了红,告诉他说:"欧阳是我的未婚夫,我了解他,他绝不会干这种事。"

邱子建冷笑道:"那可不一定。当初欧阳也追求过雪卉,后来看见雪卉爱上的是我，才转回头去追求你的。"

范泽天皱皱眉头问："这个欧阳教授，现在在哪里？"

小蕊说："他几个星期前去澳大利亚学习去了，要三个月后才能回来。"

范泽天"哦"了一声，收起笔记本，掏出两张名片递给她与邱子建说："你们反映的情况，警方会一一调查清楚。现在，你们可以回去休息了。如果想起什么跟案情有关的事，可以随时打电话给我。"

两天后，警方确认苏雪卉是跳楼自杀，她的尸体也随之被火化。

3

半个多月前，物理系系主任吴东到美国参加一个学术研讨会，在洛杉矶遇上车祸死了。

学校本拟晋升欧阳教授为物理系系主任，只等他从澳大利亚进修回来，即可就职。谁知这时却传出了欧阳曾经强奸苏雪卉、不配为人师表的消息，校方于是召开紧急会议，重新讨论担当物理系系主任的人选。

除了欧阳教授，从能力和学术成果上看，能做系主任的就只有邱子建了。

可是学校有"系副主任先上副教授，系主任先上教授"的硬性规定，邱子建眼下只有副教授职称，能否担此大任呢？

正在校领导犹豫不决之际，邱子建收到了一家国家级核心期刊的样书和发表证书，他的一篇阐述相对论时空观的专业论文，在这家期刊上发表了。

按照学校有关规定，副教授晋升教授，必须在国家核心期刊公开发表六篇以上的专业学术论文。

而这正是邱子建当上副教授后独撰发表的第六篇专业论文。也就是说，他马上就可以晋升教授了。有了教授的职称，他当系主任自然就是名正言顺的事情了。

看着邱子建那志得意满的神情，小蕊这才感觉到从苏雪卉的死到爆出欧阳的强奸丑闻，再到欧阳因丑闻而将系主任的职位拱手让给邱子建，可谓环环相扣，未免也太过巧合了些。

而且她十分了解未婚夫的为人，绝不相信他会做出强奸同事的丑事。

她想向欧阳问个清楚明白，可是欧阳在国外进行的是封闭式的进修，具体联络方式只掌握在校方手中。

为了让欧阳在国外安心学习，校方拒绝将他的联系方式外泄。

小蕊往欧阳的电子邮箱里发了好几封邮件，可能是因为学业紧张，欧阳根本就没有打开过邮箱。

对未婚夫坚定不移的爱与信任，使得小蕊下定决心，一定要将这件事查个水落石出，还欧阳一个清白。

可是事与愿违，一连过去了几个星期，小蕊的暗中调查并无收获，心中不禁有些着急。

一个星期天的晚上，她去逛学校附近的服装城，碰见一位五十多岁的女档主同她打招呼。她认得是学校原物理系系主任吴东的老婆陈招娣，觉得有些不好意思，就在她的档口挑了两条牛仔裤。

当她要离去的时候，陈招娣忽然问她："小蕊老师，你懂电脑吗？"

小蕊说："懂一些。"

陈招娣说："我们家老吴留下一台电脑放在家里，孩子们都在外地，我又不会打电脑，想把它卖掉，又怕老吴在里面存了什么有用的资料。如果你有时间的话，我想请你帮我看看电脑，把里面的东西都清除干净了，我再卖给别人。"

小蕊点头说："好啊。"

吴东的家就住在离服装城不远的一个小区。

陈招娣关了档口，跟小蕊一起回到家。

小蕊走进吴东的书房，打开书桌上那台台式电脑，把里面的文档都检查了一遍，见没什么重要文件，便都随手删掉了。

当她最后打开收藏夹时，发现里面收藏着吴东经常浏览的十几个网页，大部分都是一些新闻网站，还有几个黄色网站。

小蕊看了，不禁有些脸红，暗想这个吴东，人品果然有些问题。

原来在学校，别人背地里都叫吴东"吴色狼"，听说他曾多次对学校的女学生搞性骚扰，但却又没人肯不顾颜面出来指正他。

当小蕊点开吴东电脑收藏夹里最后一个网址时，弹出的却是一个波兰文网站页面。

小蕊虽然在外文书店看见过用波兰文写成的书，但对波兰语却是一窍不通，随手复制了两段话在 QQ 上请一个懂波兰语的网友翻译。

网友告诉她，这应该是一篇由波兰物理学家撰写的关于相对论的学术论文。

看了网友传过来的两段译文，小蕊感觉有些眼熟，似乎在什么地方读到过，于是又把全文传过去，请网友翻译。

第二天中午，网友把那篇波兰文论文的中文版传回给她。

小蕊一读，竟意外地发现，这篇波兰物理学家发表于十年前的论文，居然跟邱子建新近发表的那篇论文极度相似，有些地方邱子建竟然只字未改，整段照搬。苏雪卉曾经不无自豪的告诉小蕊，邱子建可是全校唯一精通西班牙语和波兰语两种欧洲语言的教师。

由此可以推断，邱子建的那篇论文，是一篇彻头彻尾的抄袭之作。

但是让小蕊疑惑的是，吴东的电脑里怎么会保存着邱子建所抄袭的论文的原文网页呢？难道吴东也懂波兰语？难道吴东知道邱子建抄袭的事？

她迅速进入学校局域网，点击查看了吴东的简历，发现这位出生于五十年代的老教授，当初在北京念大学时，所选修的正是欧洲语言系的波兰语专业。

她似乎明白了什么，立即下楼来到学校打印室。

打印室的负责人丽珠经常找小蕊借书看，两人关系比较熟。

小蕊将一本校刊递给她，让她看了上面转载的邱子建新近发表的那篇论文，然后问她邱教授的这篇论文，是不是在她这儿打印过？

小蕊知道，邱子建有电脑却没装打印机，要想打印文件，必须到学校打印室。

丽珠看后点点头说："我对这篇论文有印象，确实曾在我这里打印过。邱教授当时还告诉我说他不习惯在电脑里修改文稿，所以写了论文，一定得打印出来在纸上修改。"

小蕊又问:"邱子建来打印论文的时候,打印室里除了你们两个,还有没有别人?"

丽珠想了一下说:"哦,对了,当时他们物理系的主任吴东教授也在这里打印东西。邱教授的论文打印出来后,还给吴教授看过。"

"吴教授看后,有没有说什么?"

"没有说什么,只是嘿嘿地笑了两声。然后他俩就一起出去了。哦,对了,他们当时并没有走远,因为后来我还听到他们站在楼道里讲话。"

"他们讲的什么?是不是说论文的事?"

"我当时也没太注意听,好像不是说论文的事,说的是邱教授的未婚妻苏雪卉。我隐约听见吴教授打着哈哈对邱教授说,你可真有艳福啊,交了个女朋友那么漂亮,要是让她跟我睡一晚,我就……后面的话,我也没听得太清楚。"丽珠说,"我当时还想,别人都叫吴东吴色狼,还真没叫错啊!"

小蕊点了点头,问:"这是什么时候的事了?"

丽珠说:"大约是四个多月前吧,具体日期我已经不记得了,因为当时他们要打印的东西不是很多,所以我也没有按学校规定逐一登记。"

告别丽珠,离开打印室的时候,小蕊已经心中有底。

邱子建在打印室碰见了系里的主任吴东,于是便顺手将自己刚刚"撰写"的论文拿给他看,客气地请他指教。

他以为学校里只有自己精通波兰语,这一篇抄袭自波兰语网站上的论文绝不会被学校同仁看出来。却做梦也没想到吴东也懂波兰语,而且作为物理系的教授,他恰巧也读过那位波兰物理学家写的这篇论文。所以他一眼就看出这是一篇抄袭之作。

但这位色狼教授并没有当面戳穿,而是将邱子建拉到一边,告诉他说自己已经看出他这篇论文有问题。如果想要堵住他的嘴巴,就必须要邱子建的漂亮女朋友苏雪卉跟自己睡一觉。

邱子建为了自己的前途与名誉,只得无奈地答应了他。

吴东在满足了自己的兽欲之后,为了今后能继续抓着邱子建的把柄威胁他，回到家就在网上找到了那篇论文的原文网页，收藏在了自己电脑的收藏夹里。

吴东在美国出车祸死后，邱子建大大松了口气。

谁知不久后，苏雪卉却告诉他，自己怀上了吴东的孩子。

邱子建便想过河拆桥，跟苏雪卉分手。

苏雪卉为他作出了那么大的牺牲，想不到竟会落得如此下场，于是一气之下，就跳楼自尽。

在苏雪卉跳楼现场，警方查问是谁强奸了苏雪卉，邱子建如果说出色狼教授吴东的名字，警方一旦深究，他论文抄袭的事，只怕也会随之暴光。所以干脆嫁祸给欧阳成刚，一来此时欧阳成刚不在国内，警方一时之间无法深入调查，二来欧阳成刚正好是他竞争系主任的最大对手。

小蕊暗暗点了一下头，有了这个初步的推断之后，接下来要做的事，就是进一步寻找可靠的证据了。

4

又经过了几天时间的暗中调查，事情并没多少进展。

这天傍晚，下班后的小蕊再次来到了苏雪卉坠楼身亡的地方。

教师宿舍楼后面的水泥地，虽然经过了清洗和打扫，但正对着713房窗户的地面上，触目惊心的血迹仍然隐约可见。

这是一片狭长的水泥地，一边是教师宿舍楼后墙，另一边是一道陡峭的山坡。

山腰处生长着一些苍翠大树，一阵山风吹来，树叶缓缓飘落，掉到了小蕊的头上。

小蕊忽然想起了雪卉坠楼时，夹在她发卡上的那半片树叶。

那半片翠绿的树叶，被紧紧夹在雪卉头上的发卡上，看起来不像是在雪卉坠楼后才飘落到她头上的，应该是雪卉在跳楼的过程中，头部碰到了树枝，那半片绿叶恰巧被发卡夹住，硬生生扯断下来。

她站在雪卉坠楼的窗户下边，下意识地抬头一看，果然看见山坡上有一株大树斜伸过来，树梢搭在了宿舍楼的墙边。

雪卉头上的那半片树叶，应该就是那树梢上的。

可是再仔细一瞧，却又觉得有些不对劲。

那株斜生的大树长得极高，树梢对准的位置，并非雪卉住的713宿舍的窗口，而是她楼上房间的窗口。

也就是说，从713宿舍窗口往下，并无树枝阻挡。

雪卉从七楼坠下，发卡绝无可能夹到树上的叶子。

除非她是从楼上那间房的窗口或最上面的楼顶阳台坠下，才有可能碰到那株大树的树枝。而这栋老式住宿楼的楼梯，只延伸到八楼就没有了，一般人绝不可能轻易上到楼顶阳台。也就是说，雪卉只有可能是从八楼窗口坠下。

而雪卉楼上的813房，住的正是她男朋友邱子建！

小蕊的眉头，一下就皱了起来。

她忽然想起一件事，雪卉出事的当晚，她由始至终都没有亲眼看见雪卉的身影在713房间出现。

那天晚上，她先是听到邱子建摔东西和吵闹的声音，接着便听到了雪卉伤心的啜泣声，稍后邱子建便气冲冲摔门而去。

邱子建出来时，开门和关门的动作太快，她虽然站在门口，却并未看清屋里的情形。

而邱子建离开后，她再未听见屋内有任何声音传出，直到最后听到雪卉坠楼的声音。她之所以认定雪卉在713房间里，只不过是因为隐约听到的那一段雪卉的嘤嘤低泣声。

现在仔细回想起来，当时她听到那哭泣声时，虽然能明显的感知是雪卉的声音，却也隐隐感觉到似乎与雪卉平常的声音稍有不同。

她以为雪卉像大多数女孩一样，哭泣的时候用手捂住了自己的嘴巴，导致声音有些压抑，所以心中那个异样的想法只是一闪而逝。

现在再想一想，只怕并非如此。

她觉得那一段低低的哭泣声，并不是雪卉用手捂住自己嘴巴后发出的，而像是某种器材播放录音时效果不佳稍稍有点失真的声音。

她猛然一拍脑袋：对，是录音，当时听到的雪卉的哭泣声，确实是从微型录音机或手机里播放的录音！

也就是说，那天晚上，听起来似乎是邱子建在雪卉的宿舍里跟雪卉吵架，而实际上，他只不过是对着一部微型录音机在唱独角戏，因为当时雪卉并没有在自己宿舍里。

既然那时雪卉没有在自己房间里，那她又去了哪里呢？

小蕊抬起头，望向八楼，望着那个被树梢遮挡住的窗口。

既然雪卉是从813房间窗口坠楼的，那么当时她应该就在813房间里。而且很有可能被人打晕了，以致被人从窗口扔下，也全然不觉。

而那个将她从八楼扔下来活活摔死的人，自然就是住在813房间的邱子建。

那天晚上，邱子建将苏雪卉约到自己八楼的宿舍，趁其不备，将她打晕，然后从她身上搜出钥匙，悄悄下楼打开苏雪卉的713房间溜了进去，一面在屋里摔东西大吵大闹说自己要跟苏雪卉分手，一面用微型录音机或手机播放早已录好的雪卉的哭声，给外面偷听的邻居造成他在屋里跟苏雪卉因为分手而吵架的错觉。

独角戏演完后，邱子建将713房间的球型门锁从里面锁住，关上房门，回到八楼自己的房间，看到宿舍楼后面没人，就将昏迷中的苏雪卉从窗口扔了下去。

经过之前的一番掩饰，他相信所有人都会以为苏雪卉是因为跟他吵架，闹到要分手的地步，一时想不开，所以从713房窗口跳楼自杀。

再加上最后关头，他向警方抛出苏雪卉曾被强奸怀孕这一线索，苏雪卉因想不开而跳楼自尽就更有说服力了。

由此看来，这已不仅仅是邱子建涉嫌抄袭和嫁祸给欧阳成刚那么简单了，而是一场处心积虑的谋杀。

那么，邱子建为什么要杀害苏雪卉呢？

原因很简单，因为苏雪卉不肯和他分手。

为了甩掉苏雪卉这只已经不配跟自己结婚的"破鞋"，邱子建便对她动了杀机……

小蕊想到这里，立即拿出手机，拨通了上次给她名片的那个刑警队副队长范泽天的电话。但想了想，还是挂了电话。

她把自己的推理从头到尾梳理了一遍，发现自己所有的推断，都是以雪卉坠楼时，夹在她发卡上的那半片树叶为基础的。

而现在雪卉的尸体已经火化，那半片树叶早已不复存在。自己没有任何直接的证据能证明邱子建就是杀害雪卉的凶手，警方会相信她吗？

她皱着眉头想了好久，最后决定冒险向邱子建主动出击，逼他现出原形。

5

这天中午，邱子建开着他刚买的广州本田从外面回来，刚到学校门口，就看见一个人从校园里跑出来，差点撞到他车上。

他赶紧踩了一脚刹车，把头伸出车窗一看，那人竟是中文系的助教小蕊，不由笑了，说："小蕊，追男朋友呢？跑得这么急。"

小蕊喘着气说："对不起，我要赶着去公安局。"

邱子建一怔，问："去公安局？干什么？"

小蕊说："雪卉给我发了个邮件，我要送去给公安局的范泽天队长看看。"

邱子建不由得睁大了眼睛："你说什么？雪卉给你发邮件？"

小蕊忙解释说："是这样的，我虽然申请了电子邮箱，但平时与人联络多用QQ，邮箱两个月难得开一次，几乎已经废弃不用。今天中午我无意中打开邮箱，却发现里面有一封雪卉发给我的邮件。雪卉在邮件里说如果她发生什么意外，就让我把附件里的文件交给警方。我一看发件日期，正是雪卉坠楼的前两天。我想这封邮件也许跟雪卉的死有关联，所以就将邮件内容及附件拷贝下来用优盘装了，准备送去公安局。"

邱子建脸色一变，忙问："雪卉在附件里说了什么？你有没有打开看过？"

小蕊摇头说："没有，那是一个加密文件，我打不开。我想公安局里应该有电脑高手能解密吧。"

邱子建暗暗松了口气，忙说："那你快上车吧，我送你去公安局。我也很想知道雪卉到底在邮件里说了什么。"

小蕊也不跟他客气，打开车门，一屁股在副驾驶座上坐了下来。邱子建把车从学校门口退出来，一打方向盘，拐了个弯，驶上了一条城市主干道。

他猛踩油门，把车开得飞快。在宽阔的大路上行驶了约莫十来分钟，小车忽然拐进了一条只能单向行驶的岔道。

小蕊"咦"了一声，说："这条路好像不是去公安局的吧？"

邱子建说："没事的，我顺道办一件事，等下我抄近路，很快就可以到公安局，不会误事的。"小蕊瞧了他一眼，不再做声。

又过了十来分钟，邱子建东一拐西一绕，竟然把车开出了市区，来到了郊外。

又行驶了几公里远，小车最后在一处人迹罕至的烂尾楼后面停了下来。

小蕊抬头看了一眼，说："这不是东方豪苑那幢烂尾楼吗？咱们到这里来干什么？"

邱子建嘿嘿一笑，忽然朝她伸出一只手说："把你的优盘给我吧。"

小蕊一怔，忙护住自己的牛仔裤口袋说："不行，不到公安局，不见到范队长，我绝不把优盘拿出来。"

邱子建忽然变了脸色，干笑道："你已经落到我手里，哪还能由你说了算。"猛然将她扑倒在座位上，掰开她的手，把手伸进她口袋里，很快就将那只优盘抢到了手里。

他又拿出一张纸和一支笔，"这个邮件，应该还保存在你邮箱里没删掉吧？把你的邮箱地址和登录密码写出来，我要用手机马上打开你的邮箱，彻底删掉那个邮件。"

瞧着他这副做贼心虚气急败坏的模样，小蕊越发肯定自己的猜测没有错，盯着他道："原来你真是杀害雪卉的凶手！"

邱子建神情一变："你、你说什么？"

小蕊冷笑道："我说雪卉不是跳楼自杀，而是你害死的。你为了不让吴东揭露你抄袭论文的事，竟拱手将自己的女朋友送给他糟蹋。而在得知雪卉怀上了吴东的孩子之后，你便又开始嫌弃她，最后竟然向她下了毒手。雪卉死后，为了将欧阳从系主任的不二人选上拉下马，你又将强奸雪卉的罪名嫁祸给他……"

邱子建如遭电击，颤声道："你、你是怎么知道这些的？"

他看看自己手里的优盘，恍然大悟似的说，"原来雪卉发给你的文件并没有加密，其实你早已打开看过了，是不是？雪卉在邮件里，把什么都告诉你了，是不是？"

小蕊瞧了他一眼，冷笑着不说话。

邱子建气急败坏地大叫起来："不错，雪卉是我杀死的，那又怎么样？我已经当了五年副教授，按照惯例早该晋升教授了，为什么一直晋升不了？还不是因为发表的论文篇数不够。为了能早日晋升教授，我好不容易炮制出一篇论文，本以为波兰语专业是个冷门专业，懂波兰文的人不多，咱们学校除了我，更找不出第二个人。谁知吴东这个老家伙居然也学过波兰语，他只对着我的稿子看了一遍，就瞧出我这篇论文是剽窃的波兰物理学家的学术成果。这个老色鬼，还以此威胁我，叫我让雪卉跟他睡一晚，他就替我把这件事隐瞒下来。"

小蕊盯着他冷冷地道："你居然就答应了他？"

邱子建大叫道："我没有，我没有。我只是表面上答应了他，暗地里却跟雪卉商量，叫雪卉跟他去外面酒店开房，等到两人衣服脱得差不多的时候，她再悄悄用手机拍下吴东想要性侵犯她的照片，然后在吴东得手之前伺机溜走。"

"雪卉为了你，竟然违心地答应了你的要求，是不是？"

"是的，她很快就拍到了我想要的照片。我拿着这些照片去威胁吴东，叫他管好自己的嘴巴，否则我就把这些照片发到学校的BBS上去，大家闹个鱼死网破。"

"那后来呢？吴东在美国出了车祸，正好去掉你一个心头大患。你为什么还要向雪卉下毒手？"

"吴东死了，正在我拍手称快之际，雪卉却跑来告诉我说她怀上了吴东的孩子。我这才知道，那天晚上她居然真的让吴东这个老畜生给强奸了。你说我堂堂一个大学教授，怎么可能跟一个遭人强暴还怀上别人孩子的邋遢女人结婚？"

小蕊看着他说："于是你就向雪卉提出分手？"

邱子建点点头，叹了口气说："谁知她却死活不肯分手，还叫我带她去将孩子打掉，然后立即跟她结婚。我不肯，她就威胁我说如果我要跟她分手，她就把我的丑事宣扬出去。这个时候，我已经收到了一家国家级核心期刊即将刊用这篇论文的通知。我马上就可以晋升教授，而吴东空出来的物理系主任的位置，我也很有可能竞争到手。如果她把我的事抖出来，非但这一切都成了泡影，而且我也将身败名裂，再也不可能在教育界立足。为了不让这个疯女人破坏我的前途，我被逼无奈，只好对她、对她……"

小蕊接过他的话头说："只好对她下毒手，是不是？你利用自己正好住在她楼上房间的便利，巧妙地设计了这场看似自杀的谋杀。你先将她打晕后藏在自己房间里，然后又跑到她的宿舍大吵大闹，并播放提早录下的她的声音，故意将七楼的老师吵醒，让大伙来证明事发时只有雪卉一个人在713宿舍。而你却从容不迫地回到八楼自己房间，将昏迷中的雪卉从窗口扔了下去……就这样，雪卉与你吵架之后一时想不开而跳楼自杀的假象，就被你天衣无缝地导演出来了。"

邱建点点头说："你说得没错，的确是这样。雪卉死后，我又将强奸她的罪名嫁祸给远在澳大利亚的欧阳成刚，只要能将欧阳拉下马，物理系主任的位置，自然非我莫属……"

"可是欧阳迟早都会回国的，他一回来，你诬陷他的谎言，岂不就要被当面戳破？"

"哼，当面戳破？可没那么容易，雪卉不是有写日记的习惯吗？那天晚上，我在把她骗到房里将她打晕之前，用水果刀逼着她在几个月前一篇没有写完的日记里，详细'补充'了欧阳成刚强奸她的'经过'。欧阳回国后，我就将这本日记拿出来，反正雪卉已经死了，死无对证，看我不闹得他身败名裂。"

小蕊气得脸色发白，指着他道："你、你的用心，可真险恶啊！"

邱建却是一怔："咦，对了，你怎么会知道我杀雪卉的经过？那邮件是雪卉死前两天发给你的,她不可能把两天后发生的事提前告诉你吧?你、你……"

小蕊轻蔑地瞧了他一眼,冷笑道:"实话告诉你吧,这优盘里什么也没有装,雪卉也根本没有发邮件给我。"

接着就把自己从吴东电脑里保存的一个网页和夹在雪卉发卡上的半片树叶开始,暗中侦查这件事情的经过说了出来,然后盯着他道,"我之所以要导演今天这场戏,只不过是要你亲口承认自己的罪行而已。"

"臭娘们,你竟敢设计算计我!"

邱子建脸色大变,恼羞成怒,忽然从座位下拿出一把尖锐的螺丝刀,凶狠地往她胸口刺来。

小蕊早有防备,在学校业余跆拳道班那儿学到的东西终于派上了用场,不待对方螺丝刀刺到,早已暗中打开车门,一个侧滚翻跳了出去。

邱子建发疯似的追下车来,却忽然听到一阵警笛声由远而近,三辆警车风驰电掣般开了过来,将他夹在了中间。

他脸色煞白,疑惑地看着小蕊:"这、这是怎么回事?"

小蕊从牛仔裤的另一边口袋掏出手机朝他晃了晃:"我忘了告诉你,我手机里存有范泽天队长的电话号码。你将我带到这里之后,我就把手伸进口袋,悄悄按了一下重拨键,所以咱们刚才在这里说的每一句话,他都应该听得清清楚楚。"

看着刑侦大队大队长范泽天一手拿着手机放在耳边听着,一手拿着枪朝自己走过来,邱子建不由得面如死灰,一屁股瘫坐在地上……

刑事侦查卷宗

杂货店裸尸案	
案件名称：：杂货店裸尸案	
犯罪嫌疑人姓名：XXX	
立案时间：：2012.3.5	
结案时间：：2012.4.17	
立卷单位：：青阳市公安局	

（正卷）

青阳市公安局

A521301131201203305

密室裸杀

1

青阳市皇叔街 24 号是一幢建于上世纪八十年代的商住楼，一楼是商铺，二楼以上为住宅。

在一楼的商铺中，有一家"曹记杂货店"，店主名叫曹一宝，今年四十岁，离异单身，在一楼做生意，住在四楼 402 号房。杂货店生意不错，所以请了一个伙计帮忙打理。伙计名叫阿峰。

这天早上，阿峰来上班，在杂货店门口等到九点多钟，仍不见老板曹一宝下楼开店门，就觉得有些奇怪，爬上四楼去敲曹一宝的门，防盗门从里面紧锁着，无人应门。又大叫了几声，没人答应。

曹一宝的卧室靠着走廊，阿峰走到窗前，窗户外面安着防盗网，里面的窗子打开了小半边。

他把手从防盗网里伸进去，撩起窗帘一看，只见曹一宝赤身裸体，两只脚横搁在床上，人却仰躺在地上。

阿峰以为他是睡觉时不小心掉下床了，仔细一瞧，看见他斜挂在床沿一动不动，嘴角隐隐有血迹渗出，才知道出事了，赶紧掏出手机打电话报警。

接到报警后，市公安局刑侦大队年轻的副大队长罗哲带着一队警察赶到了事发地点。可是面对着从里面紧锁的防盗门，警方也束手无策。

最后罗哲只好叫人找来一把大铁剪，将卧室窗户的防盗网剪开一道口子，叫人钻进屋里，从里面打开房盗门，警方才得已进入现场。

法医蹲在曹一宝身边稍作检查，冲着罗哲摇摇头说："无呼吸，无心跳，双侧瞳孔扩散，可以确定已经死亡。"

罗哲皱起眉头挥挥手，一队警察涌进卧室，现场勘察旋即有条不紊地展开。

据法医现场初步勘验，曹一宝系氰化钾中毒身亡，死亡时间大约在昨晚十点至十二点之间。经伙计阿峰辨认，死者生前常用的磁化杯就放在床前桌子上，杯子里的茶水已被喝掉一半，经现场检验，茶水中不含氰化物。经过痕检人员仔细检查，屋里没有发现任何氰化物遗留痕迹。

罗哲背起双手，在死者卧室里转了一圈。

据阿峰反映，曹一宝经营杂货店，经济宽裕，但为人十分节俭，这从他家里的布置也看得出来。卧室的摆设十分简单，一床一桌一台电视机，桌子下放着一个小小的保险箱，桌子上放着电视遥控器、计算器、账本、充气筒、电话机、茶叶盒等杂物。

曹一宝的睡衣脱掉后被扔在一边，床上一片凌乱，显示死者在临死前曾有过挣扎。

如果是服毒自尽，自然没有必要把自己脱得精光，而且屋里也找不到氰化物的痕迹，所以警方初步断定系他杀。

罗哲从屋里转出来，吐了口气，顺便观察了一下自己置身的这栋楼房。

这是一幢灰蒙蒙的旧楼，前面是一条长长的走廊，走廊内侧一字排开住着十户人家，走廊外侧楼下就是街道。

楼梯在走廊东头，死者曹一宝住在402房，在楼梯口侧第二间。

也就是说，如果有人要进他家，必须从401房门口经过。

罗哲正看着，侦查员小李跑出来报告说："罗队，我们在死者床上找到一根女性耻毛，还有，经过法医检查，死者临死前，曾有过性行为。"

罗哲叹口气说："这倒好，裸死、耻毛、性行为，这几个关键词放到一起，这案子要是被媒体捅出去，不轰动全城才怪。"

小李朝走廊两头望了望，苦笑一声，一边摇着头一边进屋忙去了。

走廊两头，早已围了不少看热闹的人，要不是被两名便衣民警拦着，早就把402房门口堵得水泄不通了。

罗哲想一下，朝楼梯那头走过去，大声问："你们，谁是401的住户？"

"我，我，我是。"

人群中一个长头发的小伙子举着手跳起来。

罗哲示意在现场维持秩序的民警将他放进来。

他把小伙子带到一边，先递上一根烟，然后问："昨天晚上，你可曾看见有什么人出入402房吗？"

小伙子能抽上警察叔叔递的烟，挺得意的，吐口烟圈说："这个呀，我昨晚一直关着门在家里上网，倒是没注意走廊里有什么人经过。"

罗哲问："那你晚上，可曾听到隔壁屋里有什么响动？"

小伙子朝曹一宝屋里望了望，眼里透出暧昧的笑，说："住在老曹的隔壁，我哪天晚上没听到响动呀？"

罗哲眉头一皱，就问怎么回事。

小伙子告诉他说："这个老曹啊，有两个毛病，一是小气，二是好色。以前经常见到他把外面的发廊妹带回自己家，晚上弄出的那个响动呀，简直跟地震差不多。后来楼里有人说了老曹，老曹好像收敛了一些，不敢光明正大地带个鸡婆上楼了，可是到了晚上，仍然时常能听到隔壁房传来老曹那老牛般粗重的喘息和女人快活的叫喊声。"他没有看见老曹带女人从他门口经过，也不知他是怎样偷偷把那些女人弄进家去的。

罗哲问："那昨晚呢？"

小伙子说："昨晚也一样呀，女人叫，男人喘，床铺吱嘎响，听得我这未婚青年耳热心跳，差点没把持住自己。"

罗哲问："你听到声音是什么时候？"

小伙子说："应该是夜里十点多钟吧。"

罗哲问："那声音持续了多久？"

小伙子说："不到十分钟吧。这个我记得很清楚，因为平时老曹至少要折腾半个小时以上才收工，但昨晚刚开始不久就偃旗息鼓，没了声气。我当时还想，老曹这家伙看来真是老了。谁知今天爬起床，看见楼梯口停了几辆警车，才知道老曹出事了。听说是裸死，是吧？"

罗哲点头说是。小伙子就摇头叹息："色字头上一把刀啊！"

罗哲盯着他问："你认为曹一宝的死，跟女人有关？"

小伙子双手一摊，说："那还用说，这不明摆着嘛。"

罗哲问："老曹平时往家里带的女人，你认识吗？"

小伙子说："有的认识，有的不认识，不过一般都是街尾丽春发屋的小姐。"

2

丽春发屋隐身于皇叔街街尾一栋民宅二楼，白天关门，晚上营业。

罗哲带着小李，身着便装来到这间发廊时，正是晚上八点钟的时候，发廊里正热闹着。一排穿着超短裙露着乳沟的年轻女子坐在长沙发上，几个男人正与她们调笑着。

看见有客人进来，一个大约四十岁的胖女人笑眯眯迎上来，说："老板，找两个小姐耍一下嘛！"

"你是妈咪？"

罗哲瞧她一眼，掏出警官证朝她晃了一下。

胖女人的脸当即就吓得煞白，浑身都哆嗦起来。

罗哲说："你别慌，我们今天不是来扫黄的，只想问你几个问题，如果你老实回答，至少今天晚上我不会管你的事。"

胖女人连连点头说："好的好的。"

罗哲掏出一张照片给她看，问她："这个人，你认识吗？"

胖女人看了一眼，点点头说："认识，他叫曹一宝，在这条街上开杂货店。"

罗哲问："听说他是你们这里的常客？"

胖女人显然已经知道了曹一宝裸死的消息，就犹豫着不敢回答。

罗哲把眼一瞪，说："你是不是想我立即把你的店给封了？"

"别，别……"胖女人这才急了，赶紧说，"曹一宝离了婚，身边没个女人，手里边又有几个闲钱，所以经常到我们这里叫个小姐带回家玩。"

罗哲问："那三月五日，也就是昨天晚上，他到你们店里叫小姐没有？"

胖女人摇头说："没有。"

罗哲盯着她说："你最好想好了再回答我，根据我们警方掌握的情况，昨晚他屋里是有女人的，而且这个女人极有可能就是毒杀他的凶手。"

"他昨晚真的没来我们这里叫小姐。"胖女人脸上的表情也显得认真起来，说，"不但昨天晚上他没来，最近这个把月时间，他都没有光顾过我们这里了。"

罗哲说："是吗？那他有没有可能去别的地方叫小姐？"

胖女人摇头说："应该不会。曹一宝是个很小气的人，他之所以经常光顾我们这里，就是因为我们这里价钱便宜。这附近其他地方，都是在酒店坐台的小姐，出台一次，比我们这里贵一倍还不止。他才舍不得花这个冤枉钱呢。"

罗哲对她的话将信将疑，扫了屋里的小姐们一眼，问："你手下的小姐，全都在这里吗？"

胖女人说："是的。"

罗哲说："你叫她们今晚不准做生意，也不准出去，等下我叫人来收集她们的DNA样本，拿回去做比对。我们在曹一宝的床上找到了凶手留下的毛发，只要做一下DNA比对，就可以知道跟你手下这帮小姐有没有关系。"

胖女人点头说："好的，好的。"

几天后，比对结果出来了，丽春发屋的十二名小姐与遗留在死者曹一宝床上的耻毛的DNA无一吻合。

丽春发屋小姐作案的可能性基本被排除。

警方又走访了附近一些酒楼宾馆的坐台小姐，也没有找到任何线索。

有一次罗哲到星辉大酒店调查，正好碰见丽春发屋的妈咪挽着一个男人从这家四星级酒店走出来。

因为跟罗哲有点熟了，胖女人说话就有点放肆，说："阿Sir，到酒店找美女耍啊？"

罗哲说："不是，来调查曹一宝的案子。"

胖女人就撇撇嘴说："你不用费心来这么高档的地方找线索了，曹一宝那个小气鬼，打死也不会上这种高档场所找女人的。"

罗哲说："可是他死的那天晚上，确实找过女人。"

胖女人说："那只有一种可能，他找的是比我们丽春发屋更便宜的女人。"

罗哲说："你不是说你们丽春发屋是这里最便宜的吗？难道还有比你们价格更低的？"

胖女人就笑了，说："阿Sir，你真不开窍，我们丽春发屋的小姐确实是最便宜的，曹一宝不可能找到比我们更便宜的，但他可以找到免费的呀。"

罗哲一怔，问："有免费的吗？"

胖女人说："当然呀，比如说哪个女人看中他有钱，做了他的女朋友，那不就是免费的了吗？"

3

罗哲若有所思地回到局里，小李迎住他，兴冲冲地道："罗队，曹一宝的案子，有线索了。"

原来小李他们走访了曹一宝住的那栋楼的所有住户，并没有一个人在案发当晚看见有女人进出曹一宝的住所。

正当小李有点泄气的时候，一个长期在附近拉客的摩的司机给警方提供了一条有用的线索。

案发当时九点多的时候，这名摩的司机曾从新城区送过一个女人到皇叔街24号，当时他在楼下看见那个女人进了402房。

那个女人大约三十多岁年纪，透明的玻璃丝袜裹着丰满的大腿，脚上穿着一双白色的凉鞋，脸上化着淡妆，看上去挺漂亮的。

根据他的描述，警方初步怀疑，他当晚搭载的女人，应该是曹一宝的前妻阮慧嫦。

后来警方找到阮慧嫦的照片给摩的司机看，他说就是她。

据警方调查，阮慧嫦是一家首饰店的营业员，五年前与曹一宝离婚，后来跟一个名叫曾宪的超市采购员好上了。两人一直同居，但并未结婚。一年前曾宪辞职，自己开了一家电动麻将机营销店，但生意并不好。

小李问："罗队，你还记得曹一宝卧室里的那个保险箱吗？我们的技术人员想办法将它打开后，发现曹一宝除了在里面保存着一些现金、存折和金器之外，还有一张借据。上面显示，今年年初的时候，阮慧嫦曾找曹一宝借过十万块钱，而且利息很高。"

罗哲一拍大腿说："这就对了。"

丽春发屋的妈咪说曹一宝找到了免费的女朋友，其实她只说对了一半，曹一宝找到的是他的前妻阮慧嫦。

阮慧嫦借了他的钱，一时无法偿还，所以曹一宝就以此为把柄，胁迫她跟自己发生关系。

这一个多月以来，阮慧嫦常常被曹一宝叫到家里来，因为怕碰见熟人，所以她上楼时刻意避开别人，因而日子虽长，左右邻居却一次也没在曹一宝家门口看见过她。

曹一宝的要求越来越频繁，越来越让人无法忍受，终于受尽屈辱的阮慧嫦忍无可忍，在曹一宝再次打电话叫她过来满足自己兽欲的时候，她悄悄带上了事先准备好的毒药。

尽管阮慧嫦的作案细节尚需进一步推敲，但作案动机、作案时间和作案手段，都已经很明确了。

罗哲叫小李立即带人到阮慧嫦工作的首饰店，在不惊动她本人的情况下，采集她的DNA样本，回来与遗留在曹一宝床上的女性耻毛比对。

几天后比对结果出来，完全吻合。

罗哲当即命令："立即拘捕阮慧嫦！"

阮慧嫦被"请"到公安局时，刚刚从首饰店的柜台前下班，身上的工作制服还没来得及脱下,一身黑色的西装套裙衬出她匀称的身段,面容娇好,皮肤白皙,看上去才刚刚三十出头的样子。

罗哲看过她的身份证才知道,这个女人其实只比曹一宝小两岁,今年已经三十八岁了。

嫌犯抓获之后,专案组的警员都很兴奋,审讯工作连夜展开。

罗哲开门见山地问阮慧嫦:"你知道我们为什么请你来吧?"

阮慧嫦有点紧张地说:"是因为曹一宝的案子吧?"

罗哲点点头说:"你明白就好。说吧,你为什么要毒杀自己的前夫?"

阮慧嫦原本以为警方叫自己来,只是协助调查曹一宝的死因,听了这话才知道警方把自己当成杀人凶手了,当即就从椅子上跳了起来,却又被身边两名女警按了下去。

阮慧嫦喘口气说:"你、你说什么?我没有杀曹一宝,他的死根本不关我的事。"

罗哲盯着她冷冷地道:"有人看见你在案发当晚九点多的时候,走进了曹一宝的住所。"

阮慧嫦一怔,脸上的神情变了变,声音低了下来,说:"我那天晚上确实去过他家里,不过我很快就出来了。"

一同参与审讯的女警文丽说:"到了现在,你还撒谎?我们在曹一宝凌乱的床铺上提取到了你的耻毛,你怎么解释?"

阮慧嫦看看罗哲和在场的另一名男警察,脸色倏然红了,半晌说不出话来。

罗哲沉着脸道:"我们在曹一宝的保险箱里找到了你今年年初向他借债十万元的借据,还款期限就是三月五日,也就是曹一宝被人毒杀的那一天。我们已经调查过,曹一宝有好色的毛病,跟你离婚之后,经常去发廊找小姐,但近一个月来,他再也没有出去找过小姐,可是据我们调查,他屋里却时常在夜晚传出女人的声音。如果我推断得不错,那个女人就是你,是不是?"

阮慧嫦无力地摇着头,说:"不、不是我……"

罗哲盯着她道:"不,就是你。你借了曹一宝十万块钱,眼看还款期限将至,你却无力偿还这笔巨款。曹一宝就对你这位前妻起了色心,以这张借据为把柄,胁迫你与他发生关系。"

阮慧嫦眼圈一红,几乎流下泪来,说:"确实是这样的。可是我、我并没有……"

罗哲步步紧逼,道:"不,你有,大约从一个月前开始,你就已受迫于他,经常在夜晚来到他家里,满足他的兽欲。他曾答应你,只要你随叫随到,满足他的要求,等借据到期之后,就把借据还给你,你们之间的债务一笔勾销,是不是?"

阮慧嫦说:"是的,他确实这样说过……"

罗哲道:"但是到了三月五日,最后的还款期限到来之际,他却突然反悔,不但没有把借据给你,而且还继续向你追债。你一个月的屈辱,并没有换来自己想要的东西,你觉得自己受到了莫大的欺骗,不由得恶向胆边生。其实你早就作好了鱼死网破的准备,所以在手提包中事先预备了毒药。这时你把毒药悄悄撒进一罐饮料中,并且骗曹一宝把饮料喝下。因为分量下得足,只有短短几分钟时间,曹一宝就挣扎着断气了。然后你迅速擦掉自己留下的痕迹,拿起那罐曹一宝未喝完的毒饮料,悄悄离开了他的住所。但是你一定做梦也没有想到,自己不小心留在曹一宝床上的一根毛发,就将你所有的罪行都暴露出来了吧?"

阮慧嫦听到这里,神情忽然激动起来,呜咽道:"不,不,事情根本不是你说的这样。我没有对曹一宝下毒,我没有杀他。他、他确实曾用借据威胁我,要我跟他、跟他发生关系。可是我现在已经有男朋友了,我爱他,我不想做出对不起他的事,所以我拒绝了曹一宝的要求,我告诉他无论如何我也会在还款日期前将钱还给他。到三月五日那天,我终于凑够了十万块钱。那天晚上我坐摩托车去他家里,就是去给他还钱的。"

据阮慧嫦交待,那天晚上,她将十万块钱还给曹一宝之后,就问他要回借据。

谁知曹一宝拿起桌上的计算器按了一通之后告诉她,说她还欠他两万块钱的利息。

她当时就急了,为了凑够这十万块钱,她已经是想尽办法,现在就算要了她的命，也没办法再拿出两万块。

情急之下，她将心一横，就脱光衣服躺在了曹一宝的床上，对他说："你不是一直都想要我的吗？来吧，我现在就给你，但是我所欠的利息，得一笔勾销。"

谁知曹一宝这个守财奴面对着她一丝不挂的身体，却打起了自己的算盘。

他撇着嘴说："哼，碰你一次，两万块利息就没了，天上人间的小姐都没这么贵呀。我可不吃这个亏。再说我现在已经找到人了，一分钱都不用花，照样可以把我伺候得快快活活。两万块利息，一分都不能少，看在咱们曾经夫妻一场的分儿上，我再宽限你三天。三天期限一过，我可又要利滚利，利息之外再收利息了。"

阮慧嫦见他冷面无情，毫不动心，不由得又羞又怒，穿上衣服，灰溜溜地走了。曹一宝不知在后面骂了一句什么脏话，从屋里重重地锁上了防盗门。

直到第二天下午，阮慧嫦才得知曹一宝的死讯。

她心里又惊又喜，惊的是自己昨晚去过曹一宝的住所，不知会不会因此惹下麻烦。喜的是曹一宝一死，冤无头债无主，两万块利息自然再也用不着还了。

女警文丽秀眉一拧，看着阮慧嫦说："你的意思是说，因为你脱下衣服在曹一宝的床上躺过，所以在他床上留下体毛也不足为奇，是不是？"

阮慧嫦点点头说："应该是这样的。"

罗哲一边观察着对方说话的表情，一边问："那天晚上，你离开曹一宝的住处是什么时候？"

阮慧嫦说："我是晚上九点半到他家的，在他家里待了不到半个小时，离开的时候应该是在十点钟之前。"

罗哲问："谁能证明你是在晚上十点钟之前离开的？"

阮慧嫦摇头说："没有人能证明。我现在的男朋友心眼小，喜欢吃醋，我怕被别人看见传到他耳朵里，所以我每次接触曹一宝都很小心，去到他家的时候我没有让别人看见，出来的时候也十分小心，避开了楼道里所有人的耳目。"

罗哲说："那也就是说，你没有办法证明自己确实是在晚上十点之前离开曹一宝的住处的了？"

阮慧嫦垂下了头。罗哲朝女警文丽看过去，文丽的脸上写满了怀疑的表情。

罗哲站起身对阮慧嫦严厉地道："现在警方掌握的证据对你十分不利，你拿不出一点证据证明你刚才所说的话是真的。我们对你的供词持怀疑态度。我给你一个晚上的时间，你好好想一想，明天我再来问你。如果你再不说真话，那最后吃亏的只能是你自己。"

4

第二天一早，警方对阮慧嫦进行了第二次提讯。

阮慧嫦头发凌乱，眼睛红肿，目光呆滞地望着墙角，估计昨晚在拘留室里一夜没睡。

罗哲用力敲一下桌子，阮慧嫦蓦然一惊，这才抬起头来。

罗哲神情冷峻，盯着她问："阮慧嫦，你想好了没有？"

阮慧嫦的神情有些木然，抬头看着他，缓缓点一下头，说："我、我想好了。"

罗哲说："那我现在再问你一遍，你的前夫曹一宝，是你害死的吗？"

阮慧嫦精神恍惚，头轻轻晃动着，看不出是在点头，还是在摇头，嘴里喃喃道："不、不，我、我没有……"

正在这时，侦查员小李闯进来，把罗哲叫到门口，气喘吁吁地道："罗队，有新线索了。"

在曹一宝住的那栋楼的五楼一户人家家里，有一个正在上高三的男孩，因为白天在校上课，所以小李他们前几次对楼里所有住户进行问询时，都没有问询到那个男孩。

昨天晚上，小李再次来到那楼里寻找线索，那个男孩正好下晚自习回来，向他提供了一条线索。

3月5日晚上十点半的时候，他从学校下晚自习回家，上楼梯时看见前面有一个男人，从楼梯口拐进了四楼。

当时楼道里灯光昏暗，他只从背后看到那男人大概三十岁左右的年纪，个子瘦高，平头，穿白色上衣，戴着眼镜。

罗哲问：“你有没有调查过，那男人是否是楼里的住户？”

小李说：“我调查过了，不要说四楼，就是整个楼里，都没有一个那样的男人。我问过四楼其他住户，当晚是否有那样的客人来过，他们都说没有。所以我怀疑……”

“不用怀疑了。”意志几近崩溃的阮慧嫦偷听到了门外的声音，忽然长叹一声，说，“你们不用冤枉别人了，曹一宝……是我杀的……”

她的口供跟罗哲昨天的推理基本一致。

她无力偿还十万元巨款，曹一宝叫她以身抵债，她只得含屈忍辱地答应。谁知最后关头，曹一宝却不肯将借据还给她，仍然催她还款。

其实阮慧嫦也不是一个完全没有心计的女人，她早就防着曹一宝有这一招，所以早就做好了鱼死网破的准备，在手提包里准备了毒药。当时一气之下，就对曹一宝起了杀心，在他喝的饮料中悄悄撒进了毒药。

曹一宝被毒毙之后，阮慧嫦仔细收拾完现场，然后悄然离开。

本来她想顺手拿走自己的借据，但借据被曹一宝锁在保险箱里，无法拿到，只好作罢。

听完阮慧嫦的供述，罗哲不由得松了口气，这桩轰动一时的裸尸案，总算水落石出。

他盯着阮慧嫦问：“现在还有最后一个问题，你是怎样把曹一宝住所的门锁上的？”

阮慧嫦有些愕然，说：“我出了门，顺手就把他的门锁上了。”

罗哲沉下脸来道：“案发时，曹一宝住所的大门是从里面锁上的，那张防盗门的锁具我仔细看过，一般情况下，里面的暗锁是没有办法在外面锁上的。你老实交待，你到底是用什么方法，将作案现场变成一个密室的？”

“密室？”阮慧嫦一脸茫然，问，“什么密室？”

罗哲有些恼火地道：“到了现在，你还跟我装糊涂？”

"我、我离开的时候，关上了门，不，不，是锁上了，锁上了门……"

阮慧嫦语无伦次地说到这里，忽然脸色苍白，口唇发紫，手捂胸口，脸上露出痛苦的表情，身子一歪，就从椅子上滑下，晕倒在地。

罗哲吓了一跳，急忙上前察看，见她双目紧闭，呼吸急促，并不是佯装出来的，才知情况不妙，忙喊："快叫医生。"

医生很快赶到，稍作检查后说："她心脏病发作，需要立即送院抢救。"

罗哲只好和文丽一起，将阮慧嫦抬上救护车，送到了市人民医院。

医生忙了好一阵儿，总算将阮慧嫦的情况稳定下来，但她却仍然处在昏迷之中，一直没有醒过来。

罗哲问医生她什么时候能醒过来。

医生说她有心脏病，受到强烈刺激，陷入了深度昏迷，我们只能让她的情况稳定下来，至于她什么时候能够清醒，那就要看她自己了。

罗哲急了，扯住医生的白大褂大声说："那怎么行呢，她是我们的嫌犯，有一桩命案还在等着她的口供呢。"

医生瞪了他一眼说："嚷什么嚷，这是医院。在我们这里，只有病人，没有犯人。我们只能尽力而为，她什么时候能醒来，还得看她自己的意志。"

罗哲怔在那里，半天说不出话来。

他打电话叫来两名女警看守阮慧嫦。走出病房时，文丽忽然对他说："罗队，咱们要不要去看一下范队？"

她说的"范队"，是市公安局刑侦大队大队长范泽天。

罗哲这才想起老范前段时间在抓捕一名毒贩时被对方用自制手枪击伤，一直在人民医院养伤。

他点点头说："行，咱们去看看老队长，顺便向他请教一下眼下这桩案子。"

范泽天住在外科824病房，他是个老刑警了，罗哲还是他一手带出来的呢，所以罗哲对他非常尊敬。

范泽天正无聊地躺在床上看书，看见罗哲和文丽来看自己，不由得高兴地咧开嘴笑了。

罗哲和文丽坐下来跟老队长聊了一阵儿,范泽天就问最近局里有什么事。

罗哲就把曹一宝裸死的案子跟他说了。最后说阮慧嫦已经承认自己是杀人凶手,现在只剩下最后一个问题我们还没有弄清楚,就是阮慧嫦离开时到底用什么方法将曹一宝住所的防盗门从里面锁上,将现场布置成一个密室的?审讯时她自己也记忆模糊语焉不详,最后问急了,居然心脏病发作晕过去了。医生说还不知什么时候能清醒过来呢。

范泽天听完,把手里的书丢到一边,坐直身子问:"那个女人,真的在昨天晚上对犯罪事实矢口否认,今天早上却突然低头认罪了吗?"

文丽点头说:"可不是,把她在拘留室关了一个晚上,就老实多了。"

范泽天叹口气说:"我觉得你们现在没有搞清楚的,绝不止这最后一个问题。阮慧嫦昨天百般否认,今天早上听小李说了新线索之后,突然改口承认曹一宝是自己杀死的,你们不觉得这里面有问题吗?还有,小罗,我不是批评你,你在审讯室门口听小李报告案件的最新线索,叫屋里的嫌疑犯听到了你们的声音,这可是违反规定的。"

罗哲的脸红了,说:"当时小李因为有了新线索,太兴奋了,急着向我报告,所以也没有多加注意。"

范泽天点点头说:"你马上去调查一下阮慧嫦的新男朋友的情况,看看他们的关系如何?他的经济状况如何?最好能弄一张他的全身照给我看看,还有,顺便把这个案子的所有资料,全部拿过来给我看看。"

尽管罗哲满腹狐疑,但还是领命而去。

下午的时候,他到病房向范泽天报告说,阮慧嫦与她的男友曾宪的关系不错,两人虽然没有结婚,但一直同居在一起。曾宪现在经营一家电动麻将机营销店,但生意不好,一直亏本。阮慧嫦找前夫曹一宝借钱,就是给他用作生意上的周转资金的。

罗哲又把曾宪的照片拿给范泽天看,照片上的男人大约三十岁年纪,身高在一米八以上,身形瘦削,头发剪得很短,戴着一副近视眼镜。

范泽天指着照片问:"看出什么来了吗?"

罗哲看了照片一眼，莫名其妙地说："没什么不对劲呀。"

范泽天说："小李早上不是说，有人看见案发当晚有一个瘦高个子的眼镜男子去了曹一宝所住的四楼吗？"

罗哲看看照片，蓦然明白过来："原来你怀疑那个眼镜男就是阮慧嫦的同居男友啊？我怎么没有想到呢。"

范泽天说："唉，阮慧嫦比你们敏感多了。她一听你们说起那个眼镜男，就已经猜到是自己的男朋友了。"

罗哲明白了他的想法，接着他的话道："阮慧嫦觉这个眼镜男就是曾宪，曾宪暗中跟踪她，发现她从曹一宝屋里出来，天生爱吃醋的他以为她跟前夫旧情复燃，心怀恨意，所以暗中下毒害死了曹一宝。其实阮慧嫦昨天的供述才是真的，但今天早上她一听有个理平头的眼镜男在案发当晚去了四楼，就立即想到杀人凶手肯定是自己的男朋友曾宪。她对男友用情太深，她不想曾宪因为自己而成为杀人凶手，所以她立马承认曹一宝是自己杀死的。她是想为曾宪顶罪。"

范泽天点点头说："不错，她确实是这么想的。平时看多了侦破电视，一些作案细节，她可以自己捏造出来，但是对于如何将门从里面锁上，把案发现场变成一个密室这一点，她没有做过，所以问她她也答不上来。"

罗哲说："我马上逮捕曾宪。"

范泽天摆手道："不用这么着急，先派人监视他，作一下外围调查，看看案发时他在哪里。"

罗哲身体一挺，说："是。"立马带着小李去了。

傍晚的时候，罗哲来向范泽天汇报情况，人就有些无精打采。

罗哲说："范队，我们已经调查过了，案发当晚，曾宪一直在店里跟两名工人一起修理麻将机，从夜里八点到十二点，一直没有离开过。他有充分的不在场证明。出现在曹一宝住所四楼的那个男人，根本不是他。"

范泽天"哦"了一声，说："这么说来，阮慧嫦想错了，我们也想错了。"

5

范泽天坐在病床上,花了一个晚上的时间,将曹一宝命案的所有图片和勘查记录、问询笔录等资料都认真看了一遍。

第二天一早,他打电话把罗哲叫到医院,拿出一张照片给他看。

罗哲一看,那是一张案发现场曹一宝卧室的全景照,一床一桌一台电视机一个保险箱,外加一具赤裸的尸体。

他皱起眉头说:"现场我们已经仔细搜查过了,有什么地方不对劲吗?"

范泽天指着照片中的桌子说:"你看桌子上有什么东西?"

罗哲又去看照片,照片中的桌子上放着磁化杯、电视遥控器、计算器、账本、充气筒、电话机、茶叶盒等杂物,仍然没有看出什么不妥的地方来。

范泽天说:"从曹一宝家里的布置摆设来看,他是一个很讲究实用的人。你看他屋里的东西,包括杂物,每一件都是有明确用处的,没有一件东西是多余的。"

罗哲点点头说:"那倒也是,别人都说他是一个很小气的人,看来一点不假。"

范泽天问:"你在他家里发现充气球、游泳圈、充气玩具之类的东西没有?"

罗哲摇头说:"没有。"

范泽天说:"那就对了。你再看看这是什么?"

他用手指在照片上点了点。

罗哲定睛一看,他指的是桌子上的那个迷你型脚踩式充气泵。

范泽天说:"他家里没有需要充气的东西,为什么会有这个充气泵?而且就放在床边桌子上,显然是刚刚用过,还没来得及收起。"

罗哲彻底糊涂了,望着老队长说:"老范,你就别卖关子了,把你的想法说出来吧,我都快急死了。"

范泽天笑了,说:"曹一宝不是对阮慧嫦说过,他现在已经找到人了,一分钱都不用花,照样可以把他伺候得快快活活吗?经过调查,曹一宝在离婚之后并没有再找女朋友，那是什么人可以让他一分钟都不花，却能够把他伺候得快快活活呢？"

他说这话的时候，手指用力在充气泵上点了两下。

罗哲蓦然明白过来："一分钱都不用花，那只有性爱充气娃娃呀。"

范泽天道："不错，就是这个东西。听说现在的性爱充气娃娃可以做得跟真人似的，不但具备女性的功能，而且还能模仿真人发声，总之女人能对男人做的事，它都能做。"

罗哲道："你的意思是说，曹一宝嫌去发廊叫小姐不划算，所以花钱买了个性爱充气娃娃回来，最近一个月以来，曹一宝屋里女人的叫声，其实是这性爱娃娃发出的，是不是？你该不会说曹一宝是被一个充气娃娃杀死的吧？还有，我们在曹一宝家里，并没有找到什么充气娃娃，难道是它杀人之后，自己逃跑了？"

范泽天点头说："不错，你提的这两个问题，才是案子的关键所在。如果曹一宝的屋里真有性爱娃娃，那么去了哪里？我们现在要想办法确定曹一宝是否真的用过充气娃娃。只有确定了这一点，才好继续调查。"

罗哲说："这个不难查出来。这样的东西，购买途径不多，除了在成人用品商店购买，就是网购。曹一宝不会用电脑，那就只能是在成人用品商店购买了。我们只要对周边的成人用品商店展开调查，就可以搞清楚了。"

罗哲马上展开行动，和小李一起，各带一队人马，分头对城区的成人用品店展开调查。

他们拿着曹一宝的照片，到每家成人用品店去问，照片上的人是否到店里购买过充气娃娃？买这个东西的人本就不多，如果做过这样的生意，店主一般都记得。

但是警方问遍城区所有的成人用品店，都说没有这样的顾客上门。

正在罗哲气馁之时，一家成人用品店的老板告诉他说，在这座城市里，除了可以在一些成人用品店买到充气娃娃，还有一个地方可以买到，那就是位于城市北郊的超明塑胶厂。青阳市所有成人用品店销售的性爱充气娃娃，不管什么品牌，都是那里生产供应的。如果贪便宜的话，从那里以出厂价买回一个充气娃娃，也不稀奇。

罗哲又从曹记杂货店的伙计阿峰那里了解到，杂货店里的一些塑胶产品，曹一宝都是从这家超明塑胶厂进货的。

罗哲觉得这是条线索，立即带着小李找到了那家位于市郊的超明塑胶厂。

超明塑胶厂建在郊区一座小山包上，因为污染环境，周围草木不生，成了光秃秃的荒山。工厂以生产日用塑胶产品为主，附带也生产一些冒牌的性爱充气娃娃。

厂长姓谢，秃头，矮胖，脸上堆满生意人言不由衷的笑容。

谢厂长告诉警方，自己厂里生产的充气娃娃，都是冒牌产品。他们先从网上买回一些销路比较好的样品，然后再由厂里的专门设计员稍加改造，就可以变成自己的产品批量生产。

罗哲问："曹一宝有没有到厂里来买过充气娃娃？"

谢厂长说："有的，大约一个多月前，曹一宝到厂里来进货，看中了一个充气娃娃，就缠着他以出厂价买走了。"

罗哲问："曹一宝看中的是哪一款充气娃娃？"

谢厂长说："他买走的那个充气娃娃，是由我们厂的设计员刚刚设计出来的样品，只有一个，刚好被他看中买走了。平时我们厂里的产品，都是按照日本AV片女主角的模样设计的，但那个充气娃娃好像被设计成了中国女人的样子，瓜子脸，柳叶眉，挺漂亮的。"

罗哲问："那个设计员在哪里？我们想见见他。"

谢厂长说："别提了，他设计出那个充气娃娃，就摆放在自己的办公室里，当时他不知因为什么事情出去了，曹一宝经过他办公室门口，看见那个充气娃娃，就很喜欢，缠着我买走了。当时我心里想等设计员回来重新做出一个就行了。谁知设计员回来不见了那个充气娃娃，居然朝我大发雷霆，叫我向曹一宝要回那个样品。我心想哪有把东西卖出去又要回来的道理，就没同意。结果这小子就拍着桌子辞职了。"

一个小小的设计员，为什么会因为一个充气娃娃而朝老板大发雷霆，愤而辞职呢？罗哲觉得这里面一定有问题。

他问谢厂长那个设计员叫什么名字，家住何处。

谢厂长说："他叫吉华，具体住在什么地方不知道。不过他进厂签定劳动合同时留有身份证复印件，可以查一下。"

谢厂长叫人找出吉华的身份证复印件，罗哲一看，上面写的住址是青阳市调关镇大同村7号。

6

罗哲与小李驱车来到调关镇，已是下午时分。

警车在大同村7号门前停下。

那是一间平房，斑驳的墙壁，黑森森的木门，显示出这房子已经有些年头了。

两扇大门紧紧关闭着，门上挂着一把大铁锁。

罗哲向左右邻舍打听："这屋里住的是不是一个叫吉华的年轻人？"

邻居们说："是的。"

又问："知不知道他现在去了哪里？"

邻居们摇头说不知道，又说他现在没有工作，经常白天出去闲逛，晚上才会回来。

罗哲看看门上的铁锁，决定不等吉华回来，先进屋搜查。

他打电话回局里，叫文丽赶紧办好搜查证马上送过来。

一个小时后，文丽手拿搜查证，驱车赶到。

罗哲撬开吉华家门上的铁锁，推门进去，屋里光线昏暗，显得阴森潮湿，好容易才找到电灯拉线，将屋里的灯泡拉亮。

屋子不大，摆设简单而凌乱，典型的单身汉之家。从堂屋走过去，是一间小小的书房，书架上有一些关于美术设计方面的书，书桌上摆着一张合影，一个戴眼镜的青年男子拥着一位白裙女孩，笑得甜蜜而温馨。

再往后走，就是卧室。罗哲推开门走进去，卧室里的光线更加昏暗，等他的眼睛刚刚适应过来，蓦然发现木架床边站着一个女人，一个赤身裸体的女人。

罗哲不由得吓了一跳，定睛一看，才发现那竟是个充气娃娃，身高足有一米六五以上，皮肤白皙，胸部丰满，瓜子脸上带着淡淡的笑意，既漂亮又妩媚，既形象又生动，简直与真人一般无异。

他走近细看，忽然觉得这女人似乎有点眼熟，回头拿过外面书桌上的合照一对比，这充气娃娃可不就是照片里的女人吗？

他将这个充气娃娃用手机拍了张照片传给谢厂长，谢厂长回电说："当初卖给曹一宝的，正是这个充气娃娃，只是不知道怎么会回到吉华手里的。"

罗哲问："有没有可能是他自己又另外做了一个？"

谢厂长说："不可能，他离开了工厂，既没有工具，也没有材料，用什么做充气娃娃呀？"

罗哲问谢厂长："知不知道吉华有个女朋友？"

谢厂长说："知道呀，但是我没见过，只听说过。据说他女朋友跟他从中学到大学都是同班同学，两人可谓青梅竹马，不过几个月前女孩突然与他分手，跟着一个有钱的老头去了香港。"

罗哲想了想，又将吉华的照片翻拍下来，传给曹记杂货店的伙计阿峰看。

阿峰说这个男人曾到店里找过曹老板两三次，好像是找老板要回什么东西，最后一次两人还吵起来了。

罗哲"哦"了一声，心里就明白了。

青梅竹马的女友突然变心，对吉华打击很大，他利用工作便利，按照女友的模样设计出了一个充气娃娃，原本只想自己好好珍藏，谁知却被厂长卖给了别人。他一气之下，炒了老板的鱿鱼。他几次找到曹一宝，想要回自己的"女友"，曹一宝自然不肯。为了夺回"女友"，吉华就对曹一宝动了杀机。案发当晚，那名高中生看到的那个从楼梯间拐向四楼的瘦个子男人，就是吉华。

罗哲正想着，忽然听到外面有邻居喊吉华的名字。

他跑出来一看，只见一个瘦高个子、戴着眼镜的男人，正低着头，心事重重的样子，从道路拐角处走过来。蓦然间，他抬头看见停在自家门口的警车，脸色一变，掉头就跑。

"吉华，站住，你跑不了了！"

罗哲已经认出他就是照片上的吉华，大喊一声，迈开大步追上去。

小李也紧跟上来。

跑不多远，路已到了近头，一条小河拦住去路。

吉华回头看看追上来的警察，突然拐个弯，爬上了路边一幢四层高的烂尾楼。

罗哲和小李毫不犹豫追了上去，冲上楼顶，看见吉华已经站在没有护栏的天台边沿。

"你们、你们不要过来，要不然我就从这里跳下去！"他冲着两个警察大叫。

罗哲知道这里是四楼楼顶，如果跳下去，必死无疑。

他忙停住脚步，站在几米开外的地方，冷静地道："吉华，你先站到中间来，有话慢慢说。"

吉华情绪激动，手臂乱挥，大叫道："还有什么好说的，我的女朋友梅梅变了心，我倾注全部心血，设计和制造了一个跟她一模一样的充气娃娃，原本是要自己珍藏的，谁知却被那个唯利是图的厂长卖给了曹一宝这个色鬼。我去找曹一宝要回梅梅，他不但不还给我，还淫声淫气地说梅梅叫床的声音真好听，她的味道好极了……我绝不能容忍这个猥琐的男人玷污梅梅，在那个晚上，我用氰化钾毒死了他，夺回了我的梅梅……"

警方一直向外界透露，曹一宝是被人用毒药毒杀的，至于他到底死于何种致命毒药，除了警方内部人员，外人一概不知。既然吉华能说出曹一宝死于氰化钾中毒，看来所言不假。

罗哲正要向他问询作案细节，情绪激动手舞足蹈吉华忽然脚下一滑，人向后一仰，就直挺挺向楼下坠去。

罗哲急忙追上来，只听楼下传来"砰"的一声，探头下望，吉华已仰面跌落在地，鲜血迸出，染红了地面。

两人跑下楼，吉华已经没有了呼吸。

7

范泽天出院的时候，罗哲和文丽去接他。范泽天问："曹一宝的案子破了没有？"

罗哲说："已经破了。"

范泽天看他一眼，见他绷着脸，一副没精打采的样子，就有些奇怪，问："案子已经破了，干吗还绷着一张臭脸？"

罗哲就把去找吉华的经过跟他说了，最后说这个案子虽然破了，但还有许多细节没有搞清楚，比如说吉华到底是如何下毒的，他到底是怎样将门从里面反锁，把现场布置成一个密室的。这些关键问题都没有答案，这案子破得真窝囊。

范泽天听完，想了一下，问他："那个充气娃娃你见过吧？"

罗哲说："我见过，很漂亮，很逼真，简直跟真人一样。"

范泽天问："你说的是它充满气的状态，如果将里面的气放掉，会怎样呢？"

罗哲说："如果放掉气，折叠起来，可以放在口袋里带走，十分轻便，我不得不说设计得十分巧妙，在这方面，吉华是个天才。"

范泽天背起双手，向前踱了几步，忽然抬起头问："你搜查过吉华的住处，在他屋里看见过长长的竹竿，或者说钓竿之类的东西吗？"

罗哲说："有呀，他屋里有一根伸缩钓竿，缩起来不足一米，如果拉直的话，只怕有七八米长呢。"

范泽天眼睛一亮，说："这就对了，为什么吉华没有在曹一宝屋里留下半点痕迹，那是因为他根本就没有进屋。为什么他能将现场布置成一个密室，那是因为锁门的人根本不是他，而是曹一宝。"

范泽天推理道，案发当晚，阮慧嫦离开曹一宝的家，曹一宝将防盗门从里面锁上了，然后他拿出充气娃娃，用充气泵充满气，放在床上，自己就去浴室洗澡了。

这时候，早有蓄谋的吉华悄悄潜至他窗前，用钓竿将充气娃娃"钓"到窗户边，隔着防盗网在充气娃娃的嘴和胸部涂抹上溶化有氰化钾的毒药水，然后再将充气娃娃放回原处。

曹一宝洗完澡出来，在使用充气娃娃的过程中，因为亲吻啃咬充气娃娃的嘴巴和胸部，而吸食了毒药，数分钟后即倒毙在地。

吉华这时再将充气娃娃"钓"到窗户边，把气放掉，将它从防盗网格里拿出来。

文丽听完，觉得不可思议，问道："真的有人会为了一个充气娃娃去杀人吗？"

范泽天沉思着说："在吉华眼里，那已不单单只是个充气娃娃，而是他的女友梅梅，甚至曹一宝也不单单只是曹一宝，可能在他眼里已经幻化成了抢走他女朋友的有钱的香港人。如果是这样的话，他动手杀人就不奇怪了。"

罗哲钦佩地望着老队长，皱起的眉头终于舒展开来。

文丽接了一个电话后说："医生说阮慧嫦已经从昏迷中清醒过来了，咱们要去看看她吗？"

范泽天点点头说："应该的。"

刑事侦查卷宗

案件名称：勒索二百万元的绑架案
犯罪嫌疑人姓名：XXX
立案时间：2011.10.9
结案时间：2013.8.17
立卷单位：青阳市公安局

勒索二百万元的绑架案

A53468133320111009

（正卷）

青阳市公安局

离婚诡事

1

甄应雄最近比较烦,他想跟家里的黄脸婆离婚,可又怕老婆分走他的财产。

甄应雄今年四十三岁,跟老婆贺玲结婚已经二十年,儿子甄贺,今年十七岁正念高二。

甄应雄为人精明,靠摆地摊起家,现在已经是一家服装超市的老板,存折上的数字已达到七位。

他与老婆也算是患难夫妻,感情原本不错,但他最近在外面有了个相好的,两人正打得火热,便萌生了离婚另娶的念头。可他问过律师,像他这种情况,离婚至少得分一半财产给老婆。

他存折上刚好有二百万,也就是说一旦离婚,至少得分给老婆一百万,他的身家财产立时便少了一半。

他有些不甘心,可一时又想不出既能跟老婆离婚又能保住自己的财产不受损失的两全齐美的好办法,所以比较郁闷。

他有一个同学叫孙亮,跟他关系不错,甄贺还拜了人家做师父学下围棋呢。

孙亮也离过婚,甄应雄便去向他请教。

孙亮一听一向被圈子里的朋友誉为"模范夫妻"的甄应雄夫妇俩也要闹离婚,不由得大吃一惊。

当他了解了甄应雄心中的小九九之后说:"要想达成你的心愿,唯一的法子就是在离婚前将家里的财产悄悄转移。"

可是怎样才能在贺玲的眼皮子底下将这上百万的财产妥善转移而又不让她起疑心、并且还要不留下任何把柄以免日后打离婚官司时被人追查到呢？

两个好朋友都难住了。

几天后的一个晚上，甄应雄正在家里的电脑前上网查询自己向广州一家成衣厂订购的三百套秋装是否已经发货，忽然发现自己的邮箱里有一封标题为"真诚离婚事务所竭诚为您服务"的邮件，随手打开一看，原来是一封广告邮件，内容如下：

朋友，也许您对自己的另一半不甚满意，也许您对自己的婚姻感到失望，也许您早就有了离婚的念头却因为种种原因未能付诸行动，现在有了我们真诚离婚事务所，您所有的难题都将迎刃而解。本事务所可为您代理一切与离婚相关的事宜，包括收集对方不忠的证据，调查对方的隐性财产，代撰离婚协议书，帮您设计最佳离婚方案，指导您如何打赢离婚官司，帮助您转移或隐瞒个人财产……总之您想离就离，其他的事就交给我们去办吧。联系电话：835889。

甄应雄本以为这是一封垃圾邮件，正想删除，却又被里面那一句"帮助您转移或隐瞒个人财产"的广告词吸引住了。

他早就听说北京上海等大城市有专门代理离婚事务的"离婚公司"，想不到本市也出现了这种新生事物。

他犹豫一下，还是抱着试试看的心情，拨通了广告上的联系电话……

2

第二天上午，甄应雄来到自己的服装超市处理完一些日常事务，看看手表已快十点钟了，便忙开着自己的捷达轿车直奔环市西路的天天茶餐厅而去。

他昨天打通真诚离婚事务所的电话之后，对方约了他今天上午十点在天天茶餐厅左手边第八号桌面谈。

他虽然觉得对方有点故弄玄虚,但还是答应了。

天天茶餐厅生意不错,大厅里有不少人在悠闲地喝着早茶。

甄应雄大步走进去,在左手边的窗户下找到了第八号桌,只见靠窗的位置上已坐了一个人,是一个穿风衣的小伙子,头上戴着一顶洗得发白的鸭舌帽,一副大大的墨镜几乎遮去半边脸庞,看样子年纪不大,嘴唇上却偏偏留着一小撮胡子,一副少年老成故作深沉的样子。

小伙子见他在自己的桌前停住,急忙起身跟他握了一下手说:"甄先生是吧?咱们昨晚通过电话,鄙人姓李名真诚,目前是真诚离婚事务所的老板兼业务总监。"说着向他作了一个"请坐"的手势。

甄应雄见对方只不过是一个毛头小伙,心里顿时有些失望,但一想既然已经来了,也只好姑且一试,便喝了一口茶,把自己的难处说了出来。

李真诚听完之后,往后面的椅背上一靠说:"不就是财产转移吗?小事一桩,包在我身上。请问您父母亲还健在吗?"

甄应雄一怔,说:"他们……我母亲早已过世,父亲还健在,现在住在乡下。你问这个干什么?"

李真诚说:"明天叫你家老爷子拿上自己的身份证到银行开个帐户,我负责把您的二百万转到他的帐户上,保证神不知鬼不……"

甄应雄一听,鼻子都差点气歪了,道:"这就是你给我支的高招?要是有这么容易,我还用得着花钱请你们出马吗?我家老头子种了一辈子田,他帐户上竟然有二百万存款,换了你你会相信吗?"

李真诚又说:"要不这样,你悄悄把那二百万取出来,我负责给你办一张假身份证,然后利用这张假身份证到银行租一个保险柜,把二百万现金寄存好,等到您一离婚……"

甄应雄这下真来火了,把茶杯往桌子上一跺,起身道:"你这出的都是些什么狗屁主意?我老婆老早就对我起了疑心,整天哪儿都不去,就在家里盯着那张存折,我要能悄悄取出那二百万自己早就动手了,用不着你来提醒。说实话,你想的这些招我早已想过了,正因为行不通所以我才来找你们,想不到你却……唉，算了，你别浪费我的时间了，我忙得很。"

甄应雄正要转身离去，李真诚却一把拉住他说："甄先生请留步。这么说来，甄先生是铁了心要跟您太太离婚了？"

甄应雄道："那是当然，要不然我来找你们离婚事务所干什么？"

李真诚说："既然如此，那就请坐下，咱们慢慢详谈。刚才我只不过跟您开了个玩笑，试一试您离婚的决心有多大。因为鄙事务所曾经遇到过几桩事到临头当事人却又忽然改变主意不想离婚的案子，害得咱们事务所白忙活了一场，我怕您也……所以就……"

甄应雄这才重新坐下，点燃一支烟说："你放心，我决不会半途而废，更不会亏待你们，你要不相信我，我可以先付一半定金，事成之后再付另一半佣金。"

李真诚点头说："好，既然甄先生如此爽快，那我也不再绕弯子了。甄先生的处境我十分明白，照目前的形势来说，无论您用什么方法动一动您的财产，都难免被您太太发现，更难免留下痕迹被人日后追查到。"

甄应雄听他把话说到了点子上，这才点头说："正是正是。"

李真诚说："如此说来，您亲自动手转移财产已经是不可能的了。"

甄应雄说："这正是令我为难的地方。"

李真诚看了他一眼说："为今之际，只有一个办法尚可一试。"

甄应雄忙问："什么办法？"

李真诚说："既然这笔财产不能经您之手转移，那么只好请您太太出面来帮咱们转移了。"

甄应雄又来火了："这不废话吗？我动动存折上的一个子儿她都不肯，你想叫她……除非她疯了。"

李真诚微微一笑，说："话不能这么说，世事无绝对，在我们真诚离婚事务所的操作下，什么事都有可能发生。在平常时刻叫你太太帮你转移财产当然没有可能，说句不太好听的话，那叫与虎谋皮，但要是在非常时刻……"

"非常时刻？什么非常时刻？"

甄应雄整个人都从桌子上探了过来，盯着他问。

李真诚说："比方说，如果是在甄先生您被人绑架性命攸关、歹徒向她勒索二百万的危急关头呢？"

甄应雄差点跳起来，说："你是说要绑架我向她勒索二百万？"

李真诚双手抱胸，微微一笑，说："当然，您无须担心，绑架是假的，转移财产才是咱们的真正目的。"

甄应雄睁大眼睛看着他说："你能不能说得详细一点？我还是不大明白你的意思。"

李真诚喝了口茶说："其实挺简单的一件事儿，在某个风高月黑的晚上，我带两个人把您给绑架了，然后打电话叫你老婆交二百万赎金，否则我们就撕票。那二百万现金到了咱手上，您爱怎么转移都行。就算日后打起离婚官司来，那钱是您太太亲手交给绑匪的，有转移财产嫌疑的是她而不是你。"

甄应雄眼睛一亮，说："这个主意虽然有点冒险，但也值得一试。只是……如果我老婆报警怎么办？惊动了警察那可不是闹着玩的。"

李真诚说："咱们威胁您太太说一旦报警，立即撕票，谅她也不敢轻举妄动。"

甄应雄不无担心地说："话虽如此，可终究是冒险了一点，万一她真的不顾我的死活报了警呢？"

李真诚皱皱眉头说："那倒也是，报警就麻烦了，绑架勒索，那可是要坐牢的。哎，您有孩子吗？"

甄应雄说："有一个儿子，正上高中。"

李真诚问："你老婆对你儿子怎么样？"

甄应雄说："那还用说，宠得像个宝贝疙瘩似的。"

李真诚一拍大腿说："这就好办了，咱们连你儿子一起绑架了，就算你老婆恨你薄情不肯拿钱赎你，可她总不能不救自己的宝贝儿子吧？"

甄应雄犹豫着说："连我儿子也一块绑架？这不太好吧。"

甄贺是个懂事的孩子，他不想把儿子也卷进来。

李真诚却笑着说："你怕什么，又不是真的绑架，咱们将你父子俩'绑架'之后，就把你们安置在宾馆里，管吃管喝，不会为难你们的。再说了，现如今也想不出比这更好更有效的法子了呀。"

甄应雄点点头，叹口气说："那好吧，也只有这样了。只是……我怎么相信我老婆将二百万现金交到你们手里之后不会出什么差子呢？"

李真诚笑了，说："这个你放心，我向你保证咱们向你老婆收钱的整个过程都在你的监视之下完成。你可以先拿着咱们给你准备的假身份证到银行租一个保险柜，等钱一到手，你当面清点无误之后，咱们立即避开你儿子坐车送你去银行将钱存放好，当然，保险柜的密码只有你一个人知道。如此一来，这二百万就神不知鬼不觉地成了你的私人财产，你老婆再也不能从中分走一杯羹了。而按照惯例，我们事务所将从中提取3%的佣金，也就是六万元，作为劳务费，而且干这样的事对我们来说风险挺大，所以要先收钱后办事，您不会介意吧？"

甄应雄点点头说："只要能把事情办好，价钱不是问题。"

"好，那咱们就这样说定了，等我回去将这件事情具体策划安排好之后，再打电话通知您。"李真诚掏出一张名片递给他，"这上面有我的手机号码，咱们保持联系。"

甄应雄也给了他一张自己的名片，两人这才互道"再见"，起身离去。

两人刚刚走出餐厅大门，旁边桌上一位戴墨镜的女人也急忙结了帐，赶到门口，见李真诚已经走下台阶，走上了大街，她想了想，疾步朝他追去……

3

三天后，便到了周末，傍晚时分，甄应雄照例带着儿子甄贺去公园打羽毛球，父子俩对打了半个多小时，天色便完全黑下来，四周围散步和锻炼身体的人都走了，甄应雄父子俩收起球拍，正要回家，忽然听得身侧不远处的假山背后传来一声惊呼："救命呀——"

甄应雄父子大吃一惊，立即奔过去一看，只见石板路上横倒着一名男子，一动也不动。甄应雄和甄贺不知道发生了什么事，大步抢上，走到那人身边，正要俯身察看，那人却忽然从地上一跃而起，双手猛地一扬。

甄应雄和甄贺只觉一团白灰向自己扑面袭来，一股奇香怪味直钻鼻孔。

两人只觉一阵天旋地转，"啊"的一声扑倒在地，昏迷过去……

等到甄应雄和甄贺父子两个清醒过来之时，却发现自己正置身于一间十几平米的小房间里，从房间布置上看，似乎是宾馆套间的卧室，他俩正被反剪着双手捆绑在两张椅子上，房间里还有三个来回走动的蒙面人，气氛十分吓人。

从墙上的电子时钟上看，此时已经是星期天上午九点多了。

原来他俩竟然昏迷了一个晚上。

甄应雄早已吓出一身冷汗，扭头看看儿子，见他安然无恙，这才稍稍放心，颤声问那三个蒙面人道："你、你们是什么人？想干什么？"

一个蒙面人双目中精光一闪，掏出一把匕首在他眼前晃了晃，恶狠狠地说："姓甄的，老实点，你们爷儿俩已经被绑架了，安心等你老婆拿钱来救命吧。如果你合作得好，咱们拿了钱就放人，若是你敢大喊大叫给咱们制造麻烦，可别怪老子白刀子进红刀子出。"

甄贺毕竟还是一个孩子，一见那白晃晃的匕首，顿时吓得连大气也不敢出。

但甄应雄一听那蒙面人说话的声音，却大大地松了口气，原来这人不是别个，正是真诚离婚事务所的李真诚。

他在心中暗暗埋怨，这家伙，提前动手也不通知我一声，害得我虚惊一场。

李真诚从他身上搜出他的名片，掏出手机，很快便拨通了他家里的电话，粗声大气地说："喂，你是甄应雄的老婆吗？你老公和儿子昨晚一夜未归，是吧？你不用担心，他们现在在我们手上。我们是谁？这个你不用管，总之他们被咱们绑架了，你若想救你老公和儿子的命，就赶紧准备二百万现金，一个小时后等我的电话通知。记住，千万别报警，否则你就准备替你老公和儿子收尸吧。哎，对了，你把你的手机号码告诉我，我用手机拍两张你老公儿子被咱们限制人身自由之后的照片给你欣赏欣赏。"他拿笔记下贺玲的手机号码之后，嘿嘿冷笑三声，挂了手机。

一个高个子蒙面人忙凑上去问："老大，怎么样？"

李真诚得意一笑，说："成了，她一听说她老公和儿子被咱们绑架了，就吓得跟什么似的，哪还敢要什么花招。兄弟们，就等着收钱吧。看什么看，臭小子，小心老子把你的眼珠子挖出来。"最后这句话却是冲着甄贺说的，吓得甄贺赶紧低下了头。李真诚趁机向甄应雄眨眨眼睛，甄应雄心领神会，心中暗喜。

一个小时后，李真诚当着甄应雄的面再次拨通了贺玲的电话："喂，你敢报警？不想要你老公儿子了，是吧？没有报警？没有就好，谅你也不敢。钱准备好了没有？已经准备好了？很好，看在你如此合作的分儿上，就让你老公儿子少吃点苦头罢。你听着，你现在将这二百万现金分作两份，一百万一份，分别用两只黑色塑料袋装好。你会开车吧？那好，你带上这两袋子钱，开你老公的小车到百货商场门口等我电话。别废话，照我说的去做，否则就别想再见到你老公儿子。"

二十来分钟后，李真诚的手机响了，这次是贺玲从来电显示中找到他的号码主动打过来的。

李真诚接通了手机，装模作样地说："你已经到了百货商场？你的车牌号是多少？好，我看见你了，怎么四周好像有便衣警察？为了咱们的安全，我现在决定改变交易地点，你把车停在百货商场的停车场，限你二十分钟之内步行赶到南湖大酒店后面的槐花巷，把两袋钞票放在南湖大酒店后墙下的那只垃圾桶内，不许耍花招，放下钱后不许在巷子里逗留。什么时候放人？你放心，盗亦有道，咱们收到钱清点无误之后马上就把你老公儿子放了，你就坐在家里等着全家人团聚吧。"

贺玲在电话中还想说什么，李真诚却不由分说挂了手机，并且迅速关了机。

甄应雄见他表演得跟电视里的真绑匪一样，心下不由得暗自佩服。

又过了十几分钟，李真诚叫那矮个子蒙面人给甄应雄松了绑，用匕首抵着他的后心将他推到百叶窗前，撩起窗帘一角，命令他道："往下看，哪个是你老婆？"

甄应雄微微探头往外一瞧，这才看清周围的环境，原来自己正置身于南湖大酒店最靠后的一栋楼房的第四层，窗下就是槐花巷。巷子里冷冷清清，只有几个行人。

他观察了一会儿，果然看见贺玲拎着两只大大的黑塑料袋，从巷口走了过来，来到南湖大酒店后墙下的那只垃圾桶旁，东张西望，犹豫一下，将手中的两只塑料袋扔进了垃圾桶，然后转身走了。

过了一会儿，李真诚瞅准槐花巷内无人经过的空当，迅速抓起一根从窗户边垂下的电话线，原来那电话线的另一端早已牢牢系在了那垃圾桶上，他双手交替回拉，只一瞬间，便把那垃圾桶扯了上来。

高个子蒙面人迫不及待地从垃圾桶中翻出那两只鼓鼓囊囊的黑塑料袋，打开一看，里面全是一叠一叠崭新的人民币，把他的眼睛都看直了。

那矮个子蒙面人更是欣喜若狂，一边抱着钞票狂吻一边喃喃自语："发财了，发财了，这么多钞票，哪怕分个三分之一也够咱花销了。"

李真诚瞪了他一眼，喝道："老三，别胡说八道，快数数看够不够二百万。"

于是一高一矮两个蒙面人便当着甄应雄的面仔细数了起来。

甄应雄知道这是李真诚故意安排的，意思是让他亲眼目睹检验无误，他也在心中默默地数着。

那钱全是百元面额，一万元一叠，每个塑料袋中各有一百叠，正好是二百万。

李真诚怕他心中还有怀疑，又随手拿起两叠钞票，一张一张地拿到他跟前检验，直到甄应雄用眼神示意他确认无误之后，他才重新将两只塑料袋封好。

甄贺见这三个绑匪竟然真的向妈妈勒索了二百万，心中又惊又怒，情急之下，竟然大叫道："你们这群强盗，这钱是我们家的，你们不许拿……"

话音未落，"嗵"的一声，矮个子蒙面人一拳打在他脸上，他顿时鼻血长流，说不出话来。

甄应雄眼见儿子挨打，心中大痛，叫道："狗日的，谁叫你们打我儿子了？老子要扣你们的……"话未说完，脸上已吃了李真诚两记老拳，两边脸颊顿时肿起来，眼眶也青了。

甄应雄被他打愣了，不是说好假绑架的吗？难道这几个家伙见钱眼开，假戏真做起来了？

他刚想说话，李真诚却朝高个子蒙面人一挥手："老二，这家伙不老实，你给我把他带到隔壁房间去，咱要让他吃点苦头，也好让他知道咱的厉害。"

老二领命，不由分说架起甄应雄就往外拖。

李真诚拎着两袋钞票，也跟了出来。

甄贺一见他们要"修理"老爸，顿时急了，大叫道："别打我老爸，别打我老……"

那叫"老三"的矮个蒙面人怕他叫声太大引来酒店保安，没等他叫完第二声便用胶布把他的嘴给封了起来。

老二拖着甄应雄穿过客厅，来到另一间房里，关上房门后，放开了他。

李真诚歉然一笑说："甄先生，您别介意，要是您不挨两下打挂点彩回去，你老婆怎么会相信你真的是被绑架了呢？"

甄应雄这才放下心来，摸摸火辣辣的脸，笑一笑说："狗日的，你下手也太重了些吧？差点把我的牙齿都打掉了，小心我扣你的劳务费。"

李真诚笑道："我相信甄先生不是这么小气的人。"顺手把两只沉甸甸的黑塑料袋递给他，"这二百万，现在就彻底属于你的了，咱们这就去银行把它锁进保险柜里吧。"

甄应雄伸手接过塑料袋，点头说："好。"

李真诚又说："您稍等，我和老二得进去换套衣服，怎不能叫咱俩穿着这套行头大摇大摆地走出去吧？"

甄应雄朝他俩脸上的蒙面黑布看了看，会心一笑。

李真诚朝高个子蒙面人使个眼色，两人出到大厅，很快便将"工作服"换了下来，放在一个大大的帆布提包里拎着。

李真诚解释说："事已办妥，从银行出来后咱们就不用回酒店了，只要打电话通知老三在这边放人就行，所以得把这些行头带走。"

甄应雄和李真诚拎着各自的袋子，与那老二一共三人，一起从南湖大酒店大大方方地走了出来，招手叫了一辆的士，李真诚先打开车门，拎着鼓鼓的提包坐在了开车的"的姐"身边，甄应雄抱着两只黑塑料袋与老二一起坐在后排座位上。

李真诚对"的姐"说："载我们去中山大道XX银行。"

4

甄应雄在银行将"事情"办妥、与李真诚道别后回到家时，已经是下午了，刚好这时儿子甄贺也被"绑匪"放了回来，父子俩同时到家。

贺玲正等得着急，见到他俩，立即迎了上来，拉住儿子左看右看，见他并未受伤，这才放下心来，把儿子搂在怀里，刚说声"吓死妈了"，眼泪就止不住流了下来。

可是好景不长，第二天甄应雄和妻子贺玲就闹开了。

事情的导火索仍是甄应雄父子被绑架勒索的事，甄应雄埋怨妻子不该那么轻易满足绑匪的要求害得自己白白损失了二百万，应该报警才对。

可贺玲却说："当时情况那么危急，我要是报警，你们父子俩还有命回来吗？"

甄应雄火了，说："那绑匪也就在电话里吓唬吓唬你，你以为他们还真敢杀人啊？现在存折上空了，没有流动资金，你叫我的服装超市怎么办？"

贺玲赌气说："你这人真是不知好歹，我破财消灾救了你，反倒还是我的错了？"

甄应雄拍着桌子大吼道："你一甩手就给了人家二百万，难道还有理了？"

有道是骂无好口打无好手，这一来二往，夫妻俩就大吵大闹起来。

冷战持续了一个星期，甄应雄见时机已经成熟，便摆出一副不堪忍受的样子，在电脑里起草了一份离婚协议书，打印两份，摆在了贺玲面前。

贺玲正在气头上，看也没看就签了字。

夫妻俩各持一份，只等明天星期一民政局开门上班便可以去办离婚手续了。

甄应雄没想到"转移财产"和离婚这两大难题竟然这么快这么顺利地就解

决了，他捏着衣兜里那张夫妻双方已签了字的离婚协议书，抑制不住心头兴奋之情，立即开车出门，打电话向自己那个"相好的"报喜。

"相好的"一听，也十分高兴，说了几句甜言蜜语，最后却提醒他说："亲爱的，你那些钱放稳妥了吗？听说现在连银行的保险柜都不保险呢，你可要小心一点。"

甄应雄嘴里说："你放心，保证万无一失。"心里却被她说得一沉，挂了电话，立即驱车向中山大道那家银行奔去。

他要去检查一下自己的二百万是否真的收藏妥当万无一失。

很快他就找到了自己租用的那个保险柜，左右瞧瞧，见并没有人注意到自己这边，便迅速输入密码，打开了保险柜，里面的两只塑料袋还是原样放着，并无异样，他这才放心，打开一只塑料袋，伸手进去想摸一摸这些宝贝钞票，却忽然发觉手感有异，立即拿出一叠钞票一看，好家伙，这哪是钞票呀，分明是一叠剪成了钞票大小的废旧报纸。

他脸色大变，暗叫不妙，也顾不得身旁是否有人，立即将两只塑料袋拎出来，哗啦一声，往地上一倒，妈呀，袋子里找不到一张钞票，全是废纸。

他只觉眼前一黑，身子晃了晃，差点栽倒在地。

怎么会这样呢？袋子里装的明明是二百万现金，怎么会变成一堆废纸呢？

稍微冷静下来之后，他开始回忆和思考到底是哪个环节出了问题。

刚才他打开保险柜时，两只塑料袋还是保持着他放进来时的样子，并无被人移动过的痕迹，因此可以肯定，问题出在他寄存塑料袋之前，也就是说，在他拎着两只塑料袋走进这家银行之前，那二百万现金就已经被人掉包了。

可是，自打那天李真诚当着他的面清点这二百万元钞票，验收无误之后，这两只塑料袋就一直在他眼皮子底下，而且还是他亲手提着走出酒店大门来到银行的，又怎么可能会被人掉包呢？

除非……

他忽然想了起来，当李真诚当着他的面封好这两只塑料袋之后，并未立即交给他，而是让那个高个子把他带到另一间房里，才亲手交给他。

而从第一间房到另一间房转移的过程中，李真诚一直拎着两只塑料袋走在他和那高个子身后。

这两只塑料袋只有在这一刻，才离开过他的视线。

而在他们转移房间的过程中，中间经过了一个客厅，现在回想起来，李真诚在经过客厅时完全有时间用事先准备好的两只塑料袋将那装有二百万现金的塑料袋掉包。

自己从他手中接过塑料袋的时候，袋子里的钱就已经变成了废纸。

没错，问题一定出在这里，这三个王八蛋，连我的钱也敢骗，胆子也忒大了些。

5

甄应雄正咬牙切齿地咒骂着，忽然看见前面拐角处闪过一条熟悉的人影，他心中一动，急忙跟了上去，走到拐角处悄悄探头一看，那人正是他老婆贺玲。

他不由得吓了一跳：她到这里来干什么？难道我"转移财产"的事被她发现了？

贺玲却并不知道他躲在后面，径直走到一个保险柜前，输入密码打开柜门后，从里面拎出一只鼓鼓的提包，哧溜一声，拉开了拉链。

甄应雄踮起脚尖一看，差点惊呆了，那提包里竟然砖头一样整整齐齐地码着一叠一叠的百元人民币。

贺玲似乎生怕被人看见，不及细看，又急忙拉上了拉链。

甄应雄这才发现这只提包有点眼熟，皱眉一想，这不正是那天李真诚离开南湖大酒店时用来装衣服行头的帆布提包吗？怎么……

甄应雄一时想不明白李真诚的提包怎么会在自己妻子手上，但有一点他却可以肯定，这提包里的钱多半便是他不见的那二百万。

眼见贺玲又要把那提包锁进保险柜，他不由得急了，大叫道："这钱是我的，快还给我。"扑上去就要抢那提包。

贺玲吓了一跳，急忙往旁边一闪，避开了他的双手，抬头一见来者正是自己的老公，眼里顿时掠过一丝慌乱之色，旋即把脸一沉，说："你抢什么，这钱不是你的也不是我的，这个保险柜是龚丽用她的身份证租下的，这些钱现在也是属于她的。"

甄应雄一听，不由得愣住了。

龚丽他认识，是贺玲的好朋友，也是本市赫赫有名的房地产商赵勇的老婆。这钱怎么又跟她扯上关系了呢？

贺玲瞧见他茫然失措的样子，不由得冷然一笑，说："事到如今，离婚协议书都已经签了，我也不怕你知道真相了。"

原来贺玲是个敏感而细心的女人，丈夫甄应雄有了外遇并且一心想离婚的事她早就有所察觉，只是她对丈夫还抱有最后一丝希望，所以一直隐忍不发。直到她偷听到丈夫打给真诚离婚事务所的第一个电话，进而跟踪丈夫，在天天茶餐厅偷听到丈夫与李真诚的"密谋"之后，她才对丈夫彻底死心。

按说这时她已拿到丈夫对自己不忠的真凭实据，如果打离婚官司，她是无过错的一方，分割财产时可以比丈夫多拿一份，但是这时她对丈夫的满腔爱意早已转化成了无尽的怨恨之情，她咬牙切齿地暗暗发誓：你做得出初一我就做得出十五，你不是一心想独吞这二百万吗？我偏偏叫你一分钱也得不到。

说到这里，聪明的读者也许早已经猜出来了，不错，那天在天天茶餐厅8号桌旁边那张桌子上偷听甄应雄与李真诚谈话之后又跟踪追赶李真诚的那个戴墨镜的女人，就是贺玲。

贺玲找到李真诚，道明身份之后，直截了当地说："你把甄应雄的那二百万给我，我给你10%的提成作为回报，而且是照你的规矩，先付钱后办事。"

李真诚眉头一皱，感到有些为难地说："我如果这样做，得罪了甄先生，那日后就很难在这座城市立足了。"

贺玲盯着他说："你别装蒜了，我早已调查过你们事务所，你们事务所最近才在南门大街租了一套民房，连营业执照都还没办下来，说白了，你们是一家皮包公司，你拿了我老公的六万块劳务费，再加上我付给你的二十万块提成,总共是二十六万,早已够你卷起铺盖到另一座城市开一家真正的公司了。而且事到如今,你已没有了选择的余地,你若不跟我合作,等你'绑架'我老公之后我就立即报警,叫你不但赚不到钱,还要因犯绑架勒索罪而去坐牢。你最好先考虑清楚再回答我。"

李真诚被她唬住了,只得答应跟她合作。

事实上,在南湖大酒店李真诚绑架甄应雄父子的那个套间的客厅里,还藏得有一个人,李真诚将那二百万掉包之后放在客厅,房门关上之后,藏在客厅里的那个人便跳出来,将这二百万迅速地转进了那个帆布提包中。

李真诚走出南湖大酒店时,说是提着一袋衣服,实际上却是提的二百万现金。

而他们在酒店门口拦的那辆出租车,其实也是贺玲花高价从一个"的哥"手里租来的,开车的"的姐"就是贺玲,只不过此时的她已经化了装,而甄应雄又是在忙乱之中上车,所以丝毫没有看出破绽。

贺玲经过与李真诚缜密谋划之后,早已在驾驶座下准备了一个与李真诚的提包一模一样的帆布包,李真诚下车时提走的正是她的包,而那个装有二百万现金的提包却留在了出租车上。

如此这番,这二百万就神不知鬼不觉地到了贺玲手中。

甄应雄寄存好两个塑料袋刚刚离开银行,贺玲便也提着帆布提包来到了这家银行。

事先她已请闺中密友龚丽以自己的名义帮她在银行租了一个保险柜,她很顺利地就把钱存放进去了。

这个保险柜是用龚丽的身份证向银行租的,寄存在里面的东西名义上也是属于龚丽的。所以就算甄应雄知道真相,也没有办法把这些钱要回去。

龚丽是本市房地产大老板的老婆,她有二百万私房钱也不会引人怀疑。

而事实上贺玲先前付给李真诚的二十万块钱的劳务费也是找她借的。

当然,贺玲也不想和甄应雄租用同一家银行的保险柜,但目前本市开展了保险柜出租业务的就只有这一家银行,所以她只好选择了这里。

她锁好保险柜之后,来不及平静一下自己怦怦乱跳的心,就立即抢在丈夫儿子之前赶回了家。

今天贺玲跟丈夫签了离婚协议书,心情十分复杂,烦闷之下,便想出来散散步,谁知不知不觉中又来到了这家银行门口,她犹豫一下,还是信步走进银行打开了保险柜,她想看一看这导致她们夫妻反目钩心斗角的二百万。

谁知这么凑巧,正好碰见丈夫也在这里。

于是夫妻双方短兵相接,一场"激战"便不可避免地爆发了。

甄应雄听完妻子的叙述,方知自己费尽心机转移财产,最后却落入了妻子的算计之中,拱手把二百万送给了她,不由得又惊又怒,冲上来一把抓住那帆布提包,便要动手抢夺。

贺玲早已有了防备,双手死死抱住提包就是不放。

两人争来抢去,一时之间谁也占不到上风。

忽然间,不知谁失手扯开了提包拉链,只听哗啦一声,提包里的东西全都倒了出来。

甄应雄和贺玲蓦地住手,低头一看,不由得惊得目瞪口呆。

那从提包里倒出来的,哪里是花花绿绿的钞票,分明是一叠一叠的白纸。

"啊,怎么会这样?"

贺玲急了,蹲下身一叠一叠地翻看着检查着,最后才明白,这些装在提包里的"钞票",除了平铺在最上面的几叠的第一张是真正的百元大钞之外,其余的全是白纸。

甄应雄也急了,忙问:"怎、怎么会这样?难道你事先没打开提包检查一下吗?"

贺玲脸色煞白,哭道:"当时李真诚把这个袋子提上出租车,放在我的脚边,把拉链拉开让我看。可是那时你也坐在车上,我生怕被你看出破绽,哪里敢细看呀,只是随便瞟了一眼,见里面果然装的是一叠一叠的百元大钞,就放心了。后来我慌里慌张,根本没有开包检查就锁进了银行保险柜。我哪知道他们在上面放的是钱,下面装的却是白纸呀。"

甄应雄赶紧掏出手机拨打真诚离婚事务所的办公电话，却被告知该用户已经销号，再拨李真诚的手机，对方已经关机。

夫妻俩心急火燎地赶到南门大街一看，只见真诚离婚事务所租用的那间房子正在搞装修，说是要改成面包店。

一问房东，房东说姓李的那小子一个星期前就退房了。

再问李真诚的来历，房东也说不出个所以然来。

6

甄应雄夫妇很快就报了警，警方介入调查之后发现，李真诚等人用的均是假身份证，而且还化了装，对自己的容貌作了处理，短时间内根本无法找到他们的踪迹。

甄应雄被人骗走二百万的消息传出之后，最先作出反应的是他那个"相好的"，人家听说他已经不是百万富翁了，就毫不犹豫地一脚蹬了他另觅高枝去了。

接下来作出反应的是他的服装超市的供货商，大家竟似约好了似的一齐上门讨要货款，直把甄应雄逼得焦头烂额，最后把服装超市转给了别人，又卖了房子和首饰，才凑够钱款赔给人家。

接下来上门讨债的是曾经借给贺玲二十万块钱的龚丽，甄应雄夫妇无可奈何之下，只好把家里那部崭新的小轿车折价抵押给了她。

把这些要债的人打发走之后，甄应雄的口袋里已只剩下四百三十八块五毛钱，可日子还得往下过呀，尤其是儿子甄贺，明年就要考大学了，孩子的学业可耽误不得。

夫妻俩早已忘了那张离婚协议书，一起合计着，花了一百五十块钱在郊区租了一间民房住，剩下的二百多元钱甄应雄全部拿去进了一批老头老太太们爱穿的便宜衣服，在南门桥头摆了个地摊儿。

夫妻俩起早贪黑的干，一个月也能挣个千把块，刚好够生活费。

虽然辛苦，但甄应雄和贺玲却似乎又找回了当年患难夫妻白手起家苦中作乐的感觉。

第二年夏天，甄贺考上了大学，光学费就得近万元。

为了凑够儿子的学费，甄应雄只好把南门桥头这个地摊交给妻子打理，自己跑到光明路拐角处又张罗了一个地摊，专卖小孩衣服，不但白天做生意，晚上还开夜市。

甄贺瞧见父母亲如此劳累，心里很是难受，几次都想开口向爸妈说点什么，最终却还是忍住了。

甄应雄夫妇拼命干了几个月，再加上好朋友孙亮的帮衬，终于凑够了学费，把甄贺送进了省城大学。

甄贺在大学里念书同样很用功。第一年放暑假回家，看见父母亲为了供他上大学，起早贪黑没日没夜地摆地摊，竟然晒得跟非洲黑人似的，不由心中一痛，当即就跪在了父母亲跟前，拉着爸爸妈妈的手哽咽道："对不起，爸，妈，我、我……"

"你这孩子，这是怎么啦？"甄应雄急忙扶起他，内疚地叹了口气说，"都怪爸不好，要不是爸爸当年在外面胡作非为被人骗走二百万，咱们家也不致沦落到如此地步，你也不用在大学里省吃俭用连个零花钱也没有……唉，我对不住你妈妈，也对不住你呀……"

"唉，事情都过去了，还提它干什么，再说我也有不对的地方，咱们俩扯平了。"贺玲一边笑着说着，一边端来凉水，"天气热，你们爷儿俩快洗个脸，准备吃饭。"

甄贺看着父母亲和和气气的样子，刚到嘴边的话又咽了回去。

不久后的一天，甄贺逛街回来，吃午饭的时候，他忽然对父亲说："爸，我看到广告，说是商业步行街那家服装店的老板要出国，他的服装店想转手，不如咱们把他的服装店盘下来吧。我以我经济系高材生的眼光看过了，那家服装店人气很旺，咱们接过来只会赚不会亏。"

甄应雄看了他一眼，苦笑一声说："傻孩子，那家服装店位置那么好，没有一二百万能盘下来吗？你以为你老爸还是以前那个大老板呀。"

甄贺听了，忽然放下筷子问："妈，咱们家的存折呢？"

贺玲叹口气说："这两年摆地摊挣一个花一个，哪里还有存折存钱呀。"

甄贺说："我问的是以前那本存过二百万的存折，您把它放哪儿了？"

"那个存折……"贺玲想了一下说，"那回我取走二百万之后，上面已只剩下几块钱了，后来搬家我随手把它扔进了衣箱里，不知道还在不在。"

甄贺急忙跑进房，把家里装衣服的大木箱提出来，翻了半天，终于在箱子底下找到了那本存折，许久未用，封面都有些泛黄了。

"爸，妈，快跟我走。"

甄贺揣着存折，左手牵着妈妈，右手牵着爸爸，直往最近的一家银行奔去。来到银行的营业柜台前，他把存折递进去，让营业员给他打印一下余额。

打印机吱吱地响了一阵，将存折吐了出来。

甄贺接过存折，翻开来，说："爸，妈，你们看。"

甄应雄夫妇不知他葫芦里卖什么药，疑惑地凑上去一看，却"啊"的一声，惊叫起来："二百三十八万？咋会有这么多钱？"

原来那存折上竟然有二百三十八万多元。

甄贺合上存折，在父母亲惊异的目光中低下了头，半晌才说："爸，妈，对不起……实不相瞒，两年前的那场诈骗案，其实是我一手策划的。孙亮叔叔的女儿小燕因为不能接受父母亲离婚的事实而割脉自杀，孙叔叔不想我也步他女儿后尘，所以便悄悄地把爸爸打算跟妈妈离婚，并且正在想办法转移财产的事告诉了我，要我尽量想办法挽救这个家，就算无法挽救至少也要先有个心理准备。我听到这个消息，感觉就像天要塌下来了一样。我苦思冥想，一共设计了一十三种挽救你们的婚姻挽救咱们这个家庭的方法，但却没有一种能派上用场的。最后我想，电视里常说男人有钱就变坏，你们一个两个闹离婚，不就是因为口袋里有几个钱吗？假如我想个办法将你们口袋里的钱骗个精光，看你们还闹不闹离婚。说干就干，我立即便往爸爸的电子邮箱里发了一则真诚离婚事务所的广告邮件，果然不出我所料，正在为转移财产而大伤脑筋的老爸一看广告便上钩了……后面发生的事，都是我请几个现在在读警校的初中同学策划和实施的。我们从您两位手中骗来的二百二十六万块钱，一分也没花，又全部汇入到了您的帐号上，只是你们一直没有去银行打印存折，所以全不知情，加上这两年的利息，所以存折上就有了这么多钱……看到你们为了供我上大学，这么辛苦地摆地摊，我好几次都差点忍不住想把真相告诉你们，可又怕你们一有了钱又会闹离婚，所以一直没敢说……现在步行街那家服装店要转手，这正是老爸重振雄风东山再起的好机会，所以我就……老爸，这个存折现在交给你，好好努力吧，我相信凭你的精明，再加上我这个经济系高材生在背后为你出谋划策，你一定会成功的，我也相信你同妈妈携手走过这段风雨之路以后，再也不会犯同样的错误了，是不是？"

甄应雄双手颤抖着接过存折，看看懂事的儿子，再看看妻子，夫妻两人脸上都现出了又羞又愧的神情……

刑事侦查卷宗

作家命案

案件名称：作家命案
犯罪嫌疑人姓名：XXX
立案时间：2011.9.12
结案时间：2011.9.27
立卷单位：青阳市公安局

A532154161201110912

（正卷）

青阳市公安局

犯罪指南

1

虽然已是傍晚，天仍然热得厉害。

钱鸿远和女友婷婷来到这幢位于市郊的别墅时，早已淌出一身热汗。

这是一幢两层高的洋楼别墅，坐落在一片碧波荡漾的小湖边，占地面积不大，深红色外墙配着乳白色边檐，显得淡雅精致，极有品味。别墅的主人，名叫金田川。

金田川是一位著名的推理小说作家，不但创作勤奋，平均每年推出两至三部原创长篇作品，而且本本畅销，据说他推出的新作，首印至少一百万册。同时，他还是国内颇负盛名的《新推理》杂志的主编。

而钱鸿远的女友卓婷婷，就是在金大主编手下工作，现任《新推理》杂志编辑部主任之职。

俗话说得好，花无百日红，人无千日好。

最近，金田川就遇上了一件麻烦事。他不久前出版的新作，竟然爆出抄袭丑闻，有读者在网上发帖举报，说该长篇小说是由自己发表在网上的一部推理小说抄袭改编而成的。

钱鸿远读了金田川的小说，也读了那部早先发表的网络小说，说实在话，两部小说无论是从人物关系或情节设置上看，都十分相似。

金田川在这本书的后记里说，这是他到目前为止，写得最好的小说。出版商也很看好他的市场号召力，首印一百五十万册，本以为可以大赚一笔，谁知抄袭丑闻一书，此书销量大跌，几乎一本也卖不出去。

金田川虽未对此事多作解释，但情绪却已低落到极点，常常把自己关在房间里，一整天都不出门。

他妻子梅怡对此十分担心，今天恰逢金田川四十八岁生日，便邀请了钱鸿远和婷婷等几位金田川的同事和好友来家里吃饭，顺便开导开导这位大作家。

钱鸿远和婷婷站在别墅门口，伸手按响了门铃。

出来开门的，是金田川的妻子梅怡。

今年二十八岁的梅怡，长着一张娇俏的瓜子脸，体态优美，曲线动人。

她比金田川小了整整二十岁，是他的第二任妻子。

梅怡本是少年宫的一位舞蹈老师，业余爱好文学，尤其喜欢读推理小说。

三年前一个偶然的机会，她认识了刚离婚的金田川。带着对作家的无比崇拜之情，她嫁给了他。

梅怡性情温婉，细心大方，堪称金田川的贤内助。

据说金田川用电脑写完稿子，喜欢打印出来修改。修改完后，满纸红字几乎看不清头绪的修改稿，就丢给了妻子。

他字迹潦草，一般人根本看不清楚，但梅怡却总是能很快地将他修改过的地方准确地录入电脑。

难怪熟悉他们夫妻俩的朋友都说，金田川每一部作品背后，都有这位贤内助的一份功劳。

梅怡热情地将钱鸿远他们请进屋。

客厅里冷气开得很足，让人倍感舒畅。

钱鸿远见屋里并没有其他人，就问："金老师呢？"

梅怡的目光朝房门紧闭的书房看了看："一下班回来，他就把自己关在了书房里，已经几个小时了。唉，我真担心他会不会做出什么出人意料的事来。等下吃饭的时候，你们可要帮我好好劝劝他。"

梅怡话音未落，门铃又响了，她忙跑去开门。

从大门外大大咧咧走进来两个人，一个是身穿制服的黑脸警察，姓范叫范泽天，在刑侦大队工作，据说金田川小说中的很多案件，都是从他身上"挖"来的；另一个肥头大耳的胖子外号叫朱胖子，是签约出版金田川著作的书商。

这两个人都是金田川的好朋友。

梅怡见邀请的人都到齐了，便把做好的饭菜一样一样从厨房端出来，摆放在饭桌上。然后又去敲书房的门，叫丈夫出来吃饭。

金田川出来的时候，脸绷得紧紧的，但看上去并不如大家想象中的那么颓废，也许是因为他平时就是一个不苟言笑、喜怒不形于色的人吧。他淡淡地跟大家打招呼。

吃饭的时候，范泽天忽然问他："老金，你今年没穿红内裤吧？"

金田川一愣："没有啊。"

范泽天一拍大腿："难怪了，今年是你的本命年，你一不穿红内裤二不系红腰带，当然要出点倒霉事了。"

此言一出，大家都笑起来。

只有书商朱胖子一个人低头喝着闷酒，一声不吭。

这也难怪，金田川这本书首印一百五十万册，加上宣传广告费，他的文化公司至少已在这本书上投入资金上千万元，原本想抓住金田川这棵摇钱树大赚一些笔，谁知人算不如天算，抄袭丑闻一出，金田川的书几乎一本也销不出，他也落了个血本无归。

你叫他怎么笑得出来？

朱胖子酒瘾极大，梅怡拿出的两瓶低度白酒，一大半都被他灌进了自己的肚子。他还不住地举起空酒杯，示意梅怡给他倒酒。

钱鸿远注意到，有一次梅怡给他倒酒时，他色眼迷离地瞧着她雪白的胸脯，还用手指假装不经意地在她手心里抠了一下。

梅怡脸色一沉，却没有发作。

大家一边吃饭喝酒，一边聊着一些无关紧要的话题，都希望能够转移金田川的注意力，让他早点从阴霾中走出来。

金田川本不善饮，只喝了三四杯，就有了些醉意。

偏偏朱胖子不想放过他，揽着他的肩膀皮笑肉不笑地说："不用愁眉苦脸的了，来来来，一醉解千愁，干！"又逼他连着碰了几杯。

结果金大作家不胜酒力，当场就趴在了桌子上。

梅怡怨怪地瞧了朱胖子一眼，只好把丈夫扶进二楼卧室休息。

没人给朱胖子倒酒，他就拿起酒瓶自斟自饮，不多一会儿，忽听"扑通"一声，饭桌上不见了朱胖子的影子。低头一瞧，好家伙，他竟然趴在了桌子底下。

一桌人全都笑了。

钱鸿远费了九牛二虎之力将朱胖子从桌子底下拉出来，把他扶进客房休息。

客房里没有开空调，气温至少比外面房间高十度。

朱胖子一边吐着酒沫一边大叫："热死了，热死了。"

梅怡说："客房的空调坏了，还没叫人来修。楼上我老公睡的卧室里还有张大沙发，要不你先扶他上楼休息一会儿，等他醒酒了再说吧。"

钱鸿远只好挽着体重差不多超过自己一倍的朱胖子上楼，进了二楼卧室。

卧室里空调开得很大，十分凉爽。

钱鸿远看见金田川倒在床上，早已打起呼噜。

他把朱胖子扔在沙发上。

梅怡抱歉地说："真是太麻烦你了。你先下去吃饭吧。卧室里空调太凉，我给他拿件被单盖一下。"

钱鸿远真佩服她的贤惠，刚才这死胖子还色迷迷抠她手心呢。

他在朱胖子的屁股上狠狠打了一巴掌，下楼继续跟范泽天喝酒吹牛去了。

2

范泽天是个特别能侃的人。他干了大半辈子刑警，生平所遇之奇案怪案不计其数，随便挑出一件来说，都能把人听得一愣一愣的。

钱鸿远觉得听他讲自己亲生经历的破案故事，比读任何推理小说都过瘾。

钱鸿远从二楼走下来的时候，范泽天正在跟婷婷说去年那件他经手侦破的连环碎尸案。

婷婷一边听，一边拿出一个小本子作记录。

婷婷以前也是个推理小说写手，被金田川招募进入《新推理》杂志社做编辑之后，就再也没有出版过新作。

钱鸿远是在她进入杂志社后的第二年认识她的。

钱鸿远开了间小小的电脑公司，平时爱读推理小说，有时来了兴趣，也自己动手写一两个短篇，亲自送到《新推理》杂志社去投稿。虽然从来没有发表过一篇小说，却藉此认识了美女编辑卓婷婷，眉来眼去之下，就有了那么一层关系。

自从成了婷婷的男朋友之后，杂志社的电脑坏了，全都是钱鸿远免费上门包修。一来二去，他也跟金田川混熟了。

刚听范泽天讲完这桩连环碎尸案的结局，梅怡就从二楼缓缓走了下来。

钱鸿远在心里暗暗叹息了一声，她今天一个人忙里忙外，可真够累的。

梅怡下楼看见钱鸿远和婷婷一脸莫名惊惧之情，就问怎么了。

钱鸿远笑言，范警官给咱们讲了一桩连环杀人案，可真够恐怖的，听得我们浑身都起鸡皮疙瘩了。

梅怡顿时来了兴趣，忙说："有这么好听的故事？我也要听。"

范泽天无奈，喝了口酒，只好又把刚才的故事，从头开始，再讲了一遍。

梅怡正听得入神，突然不知从什么地方传来"砰"的一声响，把他们吓了一跳。

到底是当警察的，范泽天首先反应过来，从坐椅上一跃而起："是枪声，在楼上！"

大伙顿时变了脸色，急忙跟着他往楼上奔去。

跑上二楼，打开卧室的门，一股血腥味扑鼻而来。

屋里没有亮灯，漆黑一团，钱鸿远看见墙角处似乎有一点蓝荧荧的光闪了一下，定睛一瞧，却又不见了。

梅怡在墙壁上摸了两下，才摸到开关，将头顶的电灯打开。

灯光下，只见朱胖子睡眼惺忪醉醺醺地从沙发上爬起来，迷迷糊糊地问："刚才是不是有什么响声？我睡着的时候，好像听见了。"

没人理会他，大伙把目光朝金田川床上望去。

却见金田川躺在床上，右手握着一把手枪，枪口向着头部，右边太阳穴已被子弹射出一个血洞，鲜血早已染红大半块床单。

范泽天冲过去，摸摸他的颈动脉，已经没有搏动，不由得冲着大家摇了摇头。

他俯下身认真看了看说："这是一把仿六四手枪，是老金在黑市上买的。他曾经拿给我看过，说是买来防身用的。中枪部位火药烧灼痕迹明显，应该是抵着头部开枪的。"

婷婷虽然亲手编发过无数有描写案发现场情节的推理小说，但如此血腥恐怖的场面在现实生活中，却还是第一次见到，不由得脸色煞白，跑到门口，手撑墙壁，使劲呕吐起来。

朱胖子浑身一个激灵，酒意顿时消了一大半，脸上现出兔死狐悲的神情，叹口气说："这个老金，也真是的，出了这档子事，我亏了一千多万都没什么，他倒是想不开，开枪自尽了！"

梅怡直到此时，才恍过神来，叫一声"老公你为什么要做傻事"，就要扑过去。

"等等，别乱动。"

范泽天的两道剑眉忽然皱起，用衣服下摆包起金田川手里的枪，拿到灯光下仔细看了看，"凭肉眼就可以看出，这把手枪上面除了老金自己的指纹，似乎还有另一个人的指纹痕迹。也许老金的死，并不是自杀那么简单。大家都退出卧室，别破坏现场。"

他掏出手机，往市局报了警，"我们等警方的痕检人员和法医到了再说。"

婷婷渐渐恢复过来，站在房间门口，四下里看了看说："卧室里开着冷气，铝合金窗户是从里面关上的，卧室的门斜对着楼梯口，我们在楼下可以看见房门。自从梅怡下楼之后，就再没看见任何人进出过卧室。"

朱胖子忽然明白过来，跳起来道："你们这是什么意思？这屋里只有我和老金，你们说他不是自杀，又没有别人进入过房间，难道是怀疑我……"

外面响起警笛声，刑侦大队的人很快就到了。

经过现场指纹对比，留在手枪上的另一枚指纹，正是朱胖子的。

朱胖子立即被范泽天和另一名警察带到一边，严加盘问。

"老金私藏手枪的事，你不会不知道吧？"

"我、我知道，有一回我来他家里，他还从床头柜里拿出来给我看过。"

"老金最近出的这本小说，你亏了不少吧？我听梅怡说，你曾经叫他赔偿损失，是吧？"

"是、是有这么回事。我亏了上千万，他居然还来找我要稿费，我气不过，所以就……"

"所以就酒后失性，趁他醉酒熟睡之机，从床头柜里偷偷拿出他的枪，一枪把他给杀了。然后又把枪塞到他自己手中，造成他不堪压力，开枪自尽的假象，是吧？"

"我、我没有……"

朱胖子一紧张，只觉酒气上涌，胃里一阵搅动，竟然蹲在地上使劲呕吐起来。

范泽天指挥旁边的一名警察："去，把他给我铐起来，等他醒酒后，再带回局里好好审问。"

3

这时候，一名负责痕检工作的警员走过来，朝范泽天敬了个礼，犹豫着说："范队，我觉得杀人凶手，不大可能是这姓朱的胖子。"

范泽天皱眉问："为什么？"

警员说："我们询问过死者的妻子，案发卧室大概在今天傍晚时拖过地，地板很干净，所以今天晚上留在上面的脚印很清晰。经过我们现场勘察，发现今晚靠近过死者睡的那张床的，只有三个人的脚印，死者自己，你，还有死者的妻子梅怡，这姓朱的胖子的脚印只有留在沙发边，并未在床周围出现。所以我觉得你说是朱胖子近距离射杀死者后伪造自杀现场，这个推理不成立。"

范泽天把眼一瞪："难道他就不能在作案后擦掉自己的作案痕迹吗？"

那名警员脸红了，但仍然不卑不亢地说出了自己的推断："第一，如果朱胖子细心到会抹掉地板上的脚印，怎么会那么不小心让自己的指纹留在枪柄上？况且据我们调查，案发时室内并未开灯，漆黑一团，朱胖子在喝醉酒的情况下，又怎么能在自己并不熟悉的黑暗环境中顺利偷拿到金田川放在床头柜里的防身手枪，准确无误地击中他的太阳穴，并且事后还能有条不紊地擦拭掉自己的作案痕迹？第二，刚才您也说了，枪声响起后十几秒钟之内，您就跑进了这间卧室。不要说一个喝醉了酒的人，即便是一个正常的人，在伸手不见五指的陌生环境中，要在这么短时间内擦掉作案痕迹，伪造自杀现场，只怕都不是一件容易的事。"

范泽天不由得一愣。

他刚才一见老友被杀，一时激动，竟没想到这些疑点，差点酿成冤案。

他拍拍那名警员的肩膀，面色和善地道："好小子，你的推断很有道理，多谢你提醒我。这个案子破了，我给你记头功。"又叫过一名警察，"不用给朱胖子上铐子了，把他带到楼下，让他醒醒酒，等下我还有话问他。"又叫一名女警扶起伤心欲绝瘫软在地的梅怡到一旁休息。

他背着双手在走廊里踱了一圈，忽然招手把钱鸿远和婷婷叫到一边，说："你们两个可是一直在案发现场，而且又对老金比较熟悉，也请你们帮我参谋一下，争取尽早破案。"

钱鸿远忍不住挠挠头说："这个案子还真不好破。卧室窗户紧闭，房门又在咱们视线之内，并未看见有任何人开门进出。卧室里只有朱胖子和金老师。现在金老师中枪身亡，手枪上除了他自己的指纹，还留有朱胖子的指纹。你怀疑他不是自杀，而你那个细心的警员又推断出朱胖子并不是凶手，很可能是凶手将他的指纹印在枪柄上故意陷害他。难道是有个隐身人，从咱们眼皮子底下潜入卧室杀死了金老师，然后又凭空消失掉了？"

婷婷摇摇头说："隐身人作案是不可能的，一定是咱们忽略了什么，所以老在这里兜圈子，无法找出线索。咱们再来把案发经过认真梳理一遍。你扶朱胖子上楼休息的时候，我刚好接了个电话，手机里有时间记录，我看看，当时正好是九点钟。你进卧室的时候，金主编是什么状况？"

钱鸿远想了一下说："我进去的时候，他躺在床上，正在打呼噜，我还看见他翻了个身。我把一身酒气的朱胖子扔到沙发上，就下楼了。我从上楼到下楼，整个过程，大概不会超过五分钟吧。梅怡留在卧室里，说是要给朱胖子找点东西盖在身上。我下楼后听范警官讲完那个连环杀人案，也就几分钟时间，梅怡就关了卧室的灯和门，走下了楼。"

婷婷思索着接着道："然后梅怡又让范警官把那个故事重讲一遍，故事讲到一半，也就是在她下楼大约五分钟后，楼上响起了枪声。咱们跑上楼，就看见金主编躺在血泊中……"

钱鸿远点点头说："对，就是这么个经过。虽然现在不知道凶手是谁，但至少我和你，还有范警官和梅怡，都可以排除在外。因为枪声响起时，我们都在楼下。是不是？"

婷婷朝梅怡那边看了一眼，忽然冷笑道："那倒不一定。"

范泽天听出她话里有话，就问："难道你的意思是说，杀人凶手就在咱们中间？"

婷婷没有正面回答，只是甩甩头发说："有一个疑点，难道你们没有注意到吗？我们从听到枪声，到跑上楼冲进卧室打开灯看见金主编的尸体，最多也就二十几秒不到半分钟的时间。为什么我们看到金主编时，他流出的鲜血已染红大半张床单？中枪后鲜血涌出得再快，也绝无可能在半分钟之内染红大半张床单吧？按正常情况推测，至少要好几分钟时间，才可能有那么大的流血量吧。"

范泽天听得不住点头，说："你观察得很仔细，分析得也有道理。但是枪声响起的时间，是在九点十五分，这一点是可以确定的。我这个人有个毛病，每逢有突发事件发生，总是要习惯性的先看看手表。可能是当刑警这么多年落下的病根吧。枪响时我看了自己的手表，确实是九点十五分。你怎不能说老金躺在床上流了好几分钟的血，咱们才在楼下听到枪响吧？"

婷婷柳眉一皱："这件事，我也想不明白。哎，对了！"

238

她好像忽然想起什么,"你们在枪响后进入卧室,有没有看见黑暗中有什么灯光闪烁?"

钱鸿远忙道:"对,我看见了,在墙角里,好像有一点蓝荧荧的光闪了一下。我定睛看时,又不见了,当时我还以为是自己眼花了呢。"

婷婷说:"其实我也看见了。开灯之后我才发现,蓝光闪动的地方,放着一台台式电脑。"

"电脑?"钱鸿远愣了一下,自己当时只注意到躺在床上的金田川,可没留意这个情况。

婷婷并不理会他的疑惑,她像是发现了什么线索,忽然问他:"对于你这样的电脑高手来说,要恢复电脑里的一个被删除文件,应该不是难事吧?"

钱鸿远搔搔后脑勺说:"只要电脑硬盘还没做格式化处理,我想应该能找回来。"

婷婷点点头说:"那好,你去打开卧室里那台电脑,把电脑里最近删除的一个文件找回来。"

钱鸿远看着正在卧室里忙碌的那群警察,犹豫一下,问范泽天:"范警官,我可以进去吧?"

范泽天说:"只要能对破案有所帮助,那你进去也无妨。"

钱鸿远只好踮着脚,走进卧室,好像一不小心在地板上踩个脚印,就会变成这桩谋杀案的凶犯嫌疑人一样。

他打开那台电脑,下载了一款硬盘数据恢复软件,只用了不到十分钟时间,就找到了最近被删除的一个文件。

这个文件上次运行时间是今晚九点十分,删除时间是今晚九点十五分,正是卧室枪声响起的那一刻。

钱鸿远利用技术手段,恢复了这个文件。

这是一个声音文件,从文件信息上看,文件并不大,持续时间为五分钟,并被设置为"关机时自动删除该文件"。

他用鼠标双击这个文件,想听听文件里到底是什么声音。

但打开文件后，播放进度键一点一点往后退去，电脑音箱里却什么声音也没有，他觉得十分奇怪，坐等了近五分钟，当播放进度键退到最后一格时，音箱里忽然传来"砰"的一声枪响。

4

范泽天听到"枪声"，吓了一跳，一拍脑袋，恍然大悟地道："妈的，原来咱们在楼下听到的枪声，竟是从电脑音箱里传出来的。"

钱鸿远忍不住朝婷婷投去钦佩的目光，点点头说："可不就是。"

这个声音文件，持续时间为五分钟，前面一段都是无声空白，只有到最后一秒，才是那一声枪响。

电脑的音响配制极好，那枪声听起来，跟真的没什么区别。

文件被设置为关机时自动删除。

钱鸿远查看了系统，电脑被设置为 21 点 15 分自动关机。

也就是说，这个声音文件在今晚九点十分被人打开，运行大约五分钟后，发出一声枪响。枪声响过后，电脑就立即自动删除了这个文件，并且自动关机。

电脑关机时，被设置为无声状态。

电脑显示器是一直关着的，只有电脑主机在自动运行。

大家在黑暗中看见的那点一闪而逝的蓝光，正是电脑主机自动关闭前，主机灯闪现的最后一点微光。

婷婷说，这样一来，就解释得通了。

有人在今晚九点十分之前，用安装了消声器的手枪近距离射杀金田川后，抹掉了自己留在枪柄上的痕迹，并将醉酒熟睡的朱胖子的指纹印在了枪柄上，再把枪塞进已经死亡的金田川手中——凶手这么做的目的，一是想伪造金田川自杀的假象，二是如果自杀假象被人识破，则可嫁祸给朱胖子。

然后凶手打开电脑中那个精心设计的声音文件，关闭显示器，只让主机在黑暗中自动运行。凶手离开卧室五分钟后，金田川"自杀"的"枪声"响起。

这样一来，凶手就有了完美的案发时不在场证明。

但是凶手千算万算，有一件事却没有算计到，那就是众人听到"枪声"立即上楼查看，前后耗时不过半分钟而已，而实际上这时金田川已经中枪死亡五分钟以上，半分钟前开枪自杀的人与已经中枪死亡五分多钟的人，所流出的鲜血量肯定是不同的。

当她说到这里，大家都已经明白她所指的凶手，到底是谁了。

钱鸿远是在晚上九点扶朱胖子上楼，大约五分钟后也就是九点过五分时下楼的。

而钱鸿远下楼之后，梅怡因为要给朱胖子拿盖的被单，至少在卧室里多待了五分钟时间，直到九点十分左右才下楼。

她在卧室的那五分钟时间里，面对两个醉得不省人事的人，绝对有机会有条不紊地完成婷婷刚才所说的那些杀人程序，然后若无其事地走下楼，等待她精心设计的枪声响起。

梅怡听到钱鸿远鼓捣电脑后发出的那一声枪响，早已神情紧张地奔进卧室，这时听了婷婷的推理，不由得气得脸色煞白，全身发抖，指着她的鼻子大叫道："你这么说是什么意思？难道是说我开枪谋杀了自己的丈夫吗？我和金田川一向相亲相爱，夫妻和睦，我为什么要杀死自己的丈夫？"

"既然你问我，那我也只好说出来了。"婷婷冷笑道，"你为什么要杀金主编，原因其实很简单，简单得就像一篇蹩脚的推理小说中的老套情节——你在外面有了相好的男人，你想除掉金主编，既可以得到他的家产，又可以跟自己相好的情人双宿双飞。大家如果不信，我这里可有一段偷拍的手机视频为证。"说罢拿出手机，打开一段视频。

大家凑过去一看，视频拍摄的背景地，似乎是某间偏僻的餐厅。

一张小桌上，一男一女面对面坐着，男的二十出头，方脸平头，显得很有精神，但从相貌上看，却是个没有见过的陌生人。那女的，虽然戴着墨镜遮住了大半边脸，但钱鸿远还是一眼就认出，她就是梅怡。

餐厅里人很多，声音嘈杂，但因为拍摄距离并不远，所以两人交谈的声音，勉强能够听清。

梅怡说："这就是你给我出的主意？"

男的说："你用这个办法去杀你想杀的人，我可以向你保证，绝不会留下半点漏洞让警方怀疑到你身上。"

梅怡说："你别骗人了，你说的这些杀人方法，全是日本推理小说中的桥段，如果有人使用，立即就会被警方识破。"

男人脸色发红，显得有些尴尬。

梅怡叹口气说："算了，还是我自己来想办法吧。"

这时她似乎觉察到了什么，警惕地朝视频拍摄的方向望过来。

视频画面抖动几下，就此结束。

婷婷收起手机说，大约两个月前，她去老城区一家餐厅吃饭，无意中发现旁边桌上坐着一对年轻男女，女的虽然戴着墨镜，她却认得正是金田川的妻子梅怡。

两张桌子之间隔着一道半人多高的屏风，梅怡并没有发现她。

婷婷从神态上看出梅怡似乎跟这个男人关系不一般，于是便下意识地掏出手机，从屏风缝隙间拍下了两人幽会的情景。

回家看了这段视频，她才发现这对幽会男女似乎在商量谋杀某个人。

她不知道他们要针对的目标是谁，只隐隐觉得可能跟金田川有关，正犹豫着要不要把这段视频拿给金田川看，这时金田川忽然闹起了抄袭丑闻，她稍一耽搁，就把这事给忘了。

直到今天看到金田川被杀，才忽然想起这件事，也终于明白，梅怡与那男人商量要谋杀的人，真的就是金田川。

"不，你别胡说八道！"梅怡神情激动，忽然跳起来打断她的话，"我没有情人，那个男人不是我的情人。他是……"话到此处，忽然意识到自己说漏了嘴，立即止住话头。

范泽天早已听出端倪，上前一步，逼视着她问："他是谁？"

梅怡被他两道利剑一般的目光盯得浑身一颤，好半天才叹一口气，终于低下头去：“我、我不知道他叫什么名字，只知道他是杀人策划公司的人。”

"杀人策划公司？"

"是的。我想杀金田川，想杀朱胖子，却想不出既可以杀人，又可以保全自己的万全之计。有一天上网，无意中看到一个杀人策划公司的广告，说无论你想杀什么人，只要你付足咨询服务费，他们都可以帮你想出绝对周全的办法，既可以达成你的目的，又不会留下任何把柄让警方怀疑到你身上。我病急乱投医，就加了他们的 QQ。他们约我第二天到那家餐厅见面详谈。结果跟他们一接触，我才知道根本不像他们在广告中宣称的那么回事，他们想出的杀人计划，全都是从推理小说中现抄现卖的，很容易被警方识破。与其这样，还不如我自己想办法。"

范泽天根本就不让她有思考的余地，步步紧逼，盯着她问："金田川是你丈夫，是跟你同床共枕之人，俗话说一日夫妻百日恩，你为什么如此绝情，竟处心积虑想要谋杀他？还有朱胖子，跟你无冤无仇，你为什么连他也想杀？"

"不、不，他不是我丈夫……"

梅怡的表情忽然变得痛苦起来，扯着自己的头发大叫道，"他们、他们根本就不是人，是衣冠禽兽，是畜生……"

5

三年前，梅怡带着对大作家的无比热爱与崇拜之情，嫁给了金田川。

结婚之后，她才发现自己心目中那个无比神圣和高尚的"人类灵魂的工程师"，也不过是一个普通人，也要吃饭拉屎，睡觉时也会打呼噜，发怒时也会骂娘。作家的生活，完全没有他作品中所描述的那么惊险刺激或激情浪漫，甚至比普通人的生活更加古板无趣。她不由得大失所望。

但是她未曾料到的是，自己痛苦不堪的婚姻生活，仅仅才刚刚开始。

一年前，金田川带她去参加一个聚会。

这次聚会是书商朱胖子组织的，地点在市区唯一的一家五星级酒店。参加聚会的人，个个衣冠楚楚，非富即贵。

当用过晚餐，美丽的女主持人赤身裸体走上台，宣布请各位嘉宾宽衣解带，尽情欢乐时，梅怡才明白原来这是一个换妻聚会。

对梅怡的清纯美貌垂涎已久的朱胖子，带着自己的妻子径直走到他们夫妻面前，向金田川表达了想要跟他交换伴侣的想法。

让梅怡做梦也没想到的是，金田川见对方的伴侣年轻性感，竟然想也没想就点头同意了。

一向洁身自爱的梅怡，自然极力拒绝，并且立即起身，想要逃离这个肮脏的淫乱之地。但聚会举办方已经包下这间酒店第十九层，走廊两边电梯和楼梯口，都有保安站岗，不到聚会结束，绝不允许任何人出去。

金田川表示，如果她不愿意，自己绝不勉强。

就叫她到一处小房间里喝茶，等待聚会结束后一起回去。

梅怡相信了他的话，谁知一杯热茶还没喝完，就不省人事地倒在了沙发上。

等她醒过来时，身边正躺着赤身裸体的朱胖子。

她这才明白，丈夫在自己喝的茶水里放了迷药。

她做梦也没想到自己崇拜的大作家，竟是这样一个衣冠禽兽。

她痛苦地流下了眼泪。

有了第一次，就有第二次。

从此后，尝到甜头的金田川就经常要求她跟自己去参加这类聚会。

梅怡不肯，他就想法设法迷晕她，把她塞进车里带去，或者用暴力威胁逼迫，梅怡不得不含羞忍辱，一次又一次地被他跟别的男人交换。

半年前，她怀孕了。

在这种情况下怀上的孩子，金田川自然不敢要，叫她立即去打胎。

她堕胎后不到一个星期，金田川又逼她去参加这种地下聚会。

三个月前，她发现自己染上了性病。

金田川生怕惹病上身，立即与她分床而居，却仍然带着她去参加换妻聚会，用她交换别人的老婆来满足自己的性欲。

梅怡的病情越来越严重，她实在受不了这种地狱般的生活，提出要跟金田川离婚。金田川如果没有老婆，就无法参加换妻聚会，自然不肯。

梅怡对他彻底死了心，知道要想结束这种倍受折磨的生活，唯一的办法，就是让丈夫彻底从这个世界上消失。

从这个时候开始，她就对丈夫动了杀机。

但是怎么样除掉金田川，却又能保全自己，让自己不受警方怀疑呢？

她想了好多种方法，都觉得并非万全之策。

后来她请网上所谓的"杀人策划公司"出主意，也没有结果。

直到半个月前，她读到金田川打印出来修改的一篇推理小说，才豁然有了主意。

那是金田川最新撰写的一个短篇小说，叫作《隐藏在枪声背后的杀机》，小说讲述的是一位妻子有了婚外情，用丈夫收藏的防身手枪套上消声器谋杀丈夫，伪造自杀现场，并巧妙利用电脑将枪声延后五分钟响起，给自己制造出完美不在场证明，最终逃过警察追查的故事。

她觉得小说中妻子的杀人诡计很新颖，极富原创性，而且可操作性强，极易模仿，最重要的是，这是金田川的新作，尚未发表，知道这个杀人诡计的人，除了作者，就只有读过打印稿的她，绝不会有第三个人知道。

因为金田川对互联网不太熟悉，他的稿件写好后，都是梅怡帮他以电子邮件的形式发送给出版社或杂志社的。

他完成这篇《隐藏在枪声背后的杀机》后，照例叫梅怡帮他发送给杂志社。

梅怡非但没有发送稿件，反而把稿子彻底从电脑里删除了，只留下一份备份文档存在自己一个新注册的邮箱里，以备查看。

接下来，她就开始一步一步地实施自己的杀人计划。

这段时间，恰逢金田川闹出抄袭丑闻，她不断在电话中向他的同事和朋友们宣扬，说老金这次深受打击，元气大伤，自己很怕他会一时想不开，做出什么傻事来。

这是在为金田川的"自杀"，制造舆论氛围。

金田川四十八岁生日这天，她邀请了他的几位同事和朋友来家里吃饭，为的就是要让这些人作她案发时不在场的证明人——直到在电话簿里看到朱胖子的名字，她才想起丈夫之所以会误入换妻泥潭不能自拔，给她造成终身之痛，全都是朱胖子怂恿和策划的结果。

所以她决定在原定方案中附加一条计划，就是嫁祸给朱胖子，让他即便不为金田川抵命，至少也要因为这甩不掉的杀人罪在监牢里度过下半生。

今晚吃饭时大家喝的酒，外表看来是两瓶相同的低度酒，其实有一个瓶子里装的，是她事先倒入的高度白酒。

这瓶高度酒，只倒给朱胖子和金田川喝，其他人喝的，是从另一个瓶子里倒出的低度酒。朱胖子好酒成性，逢酒必醉，这一点倒不用她担心。

她唯一担心的是，自己能不能在饭桌上将平时不大喝酒的金田川灌醉，这可是她能否顺利实施自己的杀人计划中最重要的一环啊。

关键时刻，想不到竟是朱胖子帮了她的大忙，他在饭桌上因不满金田川闹出抄袭丑闻致使自己投资受损，硬是逼着他连干了几杯，让金田川很快就醉得不省人事。

客房里的空调，自然是她自己弄坏的。

她知道朱胖子最怕热，在如此炎热的天气里，叫他喝醉酒后待在没有空调的房间里"蒸桑拿"，他肯定会吵吵嚷嚷地不干。

这样把他弄上二楼与金田川共处一室，就是顺理成章的事了。

接下来的故事，就跟婷婷推断的完全一致了。

梅怡趁着卧室里的两个醉鬼呼呼大睡，屋里没有旁人之际，拿出丈夫收藏的防身手枪，套上自己在网上邮购的消声器，对准熟睡中的丈夫，扣动了扳机……

金田川这位大名鼎鼎的推理小说家，最后竟死于自己杜撰的杀人诡计，不知这位大作家泉下有知，会作何感想？

只是让钱鸿远略感意外的是，当范泽天将一副锃亮的手铐戴在梅怡的手腕上时，她憔悴的脸上，竟露出了一种彻底解脱般的微笑。

6

钱鸿远和婷婷离开金田川那所暗藏杀机的别墅，回到自己的住处，已是凌晨时分。

他们一起在新城区买了一套两居室，准备作结婚新房用。

现在嘛，他们还处在试婚阶段。

婷婷回到家，一脸疲惫地说："今天可真是我生命中最长的一天啊！"

她扔下挎包，抢先跑进浴室，洗澡去了。

钱鸿远则满腹心事地坐在沙发上，双眉紧皱，掏出烟来，一支接一支地抽着。

婷婷冲完凉出来，见到满屋烟雾缭绕，不由夸张地叫起来："干什么，你想熏死我呀！"

钱鸿远拍拍身边的沙发，说："婷婷，你过来坐下，我有话想问你。"

婷婷见他一脸严肃，不由得一愣，趿着拖鞋走过来坐在他身边，问："什么事？"

钱鸿远扭头盯着她："婷婷，你还记得上次咱们在床上亲热时，我告诉你的那个治疗男人 ED 的推拿点穴绝招吗？"

婷婷脸色一红，说："记得啊，当时我们正在床上亲热呢，你告诉我说你有一个绝招，可以叫男人益肾固精雄风大振。你说的'绝招'，就是利用推拿点穴手法中的按法、揉法和捻法，点击和按摩肾俞、内关、大陵、少府、神门、太冲、太溪等几处穴位，以达到令男人爱意倍增久战不倒的目的。当时我们还在床上试验了一次，好像蛮有效的嘛。"她一脸坏笑，在钱鸿远腰里掐了一把，"怎么，是不是今晚还想再试一次啊？"

钱鸿远没有理会她的笑闹，仍然把脸绷得紧紧的，说："刚才在金田川家里，范泽天调查取证时，叫梅怡把金田川写的那篇《隐藏在枪声背后的杀机》从邮箱里下载下来，打印了一份交给警方。当时我在电脑里快速地把这篇小说读了一遍，发现金田川在这篇小说中写女主人公跟自己的情人偷情时，也使用了我说的这个绝招。"

婷婷一怔："是么？那么好的小说，可惜我没有读到。"

"婷婷，你知道吗，我太爷爷是清末民初有名的中医，据说当年还进京给慈禧老佛爷治过病呢。但在我们家族里，自打我太爷爷之后，就没人再做过医生。我太爷爷留下了一些自撰的医书，一直保存在我们祖屋里。我说给你听的这个秘方，就是从我太爷爷的医书秘笈里偷学来的。我太爷爷自撰的医书里说，点按肾俞穴，可以滋补肾阳；点按内关、大陵二穴，可以宁心安神定志；捻少府、神门二穴，有升阳固脱之作用；点揉肝经之太冲穴、肾经之太溪穴可达益肾固精之奇效。"

婷婷笑吟吟地看着钱鸿远说："你跟我说这些是什么意思，难道是想教我学做医生吗？"

钱鸿远叹口气说："我之所以说这么多，只不过是想告诉你，我这个绝招，是我太爷爷独创的，只有他的医书上才有记载，任何资料上都是找不到的，在这个世界上，只有我和你知道，别人绝对不可能找到这方面的资料。金田川即便再学识广博，也绝不可能知道这个秘方，并且把它写进小说里。"

婷婷一愣，倏然起身道："你这么说是什么意思？难道是在怀疑我跟金田川有什么关系，所以把你我之间这么隐私的床笫之事，也告诉他了，是不是？"

钱鸿远也站起身，大声道："不，我没有怀疑你跟他有什么不正常的关系，我只是怀疑，那篇署名金田川的小说《隐藏在枪声背后的杀机》，其实是你写的。"

婷婷脸色一变，道："你胡说什么，我已经好多年没有写小说了，哪里还写得出如此精彩的作品？再说了，如果是我的作品，为什么会署上金田川的名字？"

钱鸿远盯着她看了好久，最后拉住她的手，轻叹一声说："婷婷，你给我说实话，你是不是有什么把柄握在金田川手里，受到了他的胁迫？"

婷婷浑身一颤："没有，我、我会有什么把柄落到他手里？"

"婷婷，你不要骗我了。今晚我在金田川的电脑里恢复那个声音文件时，无意中发现了他的一个加密文件夹，我悄悄拷贝到自己手机里，解密后才发现，那个文件夹里保存着数十张女人的裸体照片，拍摄对象，有你现在杂志社的女同事，也有已经离职的女编辑，最让我吃惊的是，这其中居然也有你。"

"不、不，别再说了，求求你别再说了。"婷婷宛如被一颗无情的子弹击中心脏，瘫坐在沙发上，痛苦地掩面而泣，"梅怡说得没错，金田川根本就配不上作家这个称号，他是个畜生，他是一头披着羊皮的恶狼……"

在婷婷断断续续的泣诉中，钱鸿远终于明白了事情的真相。

三年多前，在文坛崭露头角的推理小说女作家卓婷婷被金田川招聘为《新推理》杂志编辑。

刚到杂志社工作不久的一天晚上，婷婷加班后刚走出杂志社大楼，就被一个持刀歹徒挟持。

歹徒将她带到旁边一间废弃的屋里，脱光她的衣服，将她手脚绑起，正要凌辱她，恰好被路过的金田川发现。

金田川奋力赶走歹徒，自己也受了轻伤。

婷婷十分感激，说自己不知道要怎样才能报答主编的救命之恩。

金田川似笑非笑地说："如果你想报答我，就给我写一部好小说，在咱们杂志上连载吧。"

婷婷为了报答主编的救命之恩，就真的把自己最新创作的一部长篇小说拿出来在《新推理》杂志上刊登。

谁知杂志出版之后，这部小说的作者名字竟变成了金田川。

她这才明白金田川说的"给我写一部好小说"的意思，原来是想要自己当他的枪手啊。

她感觉十分气愤，冲进主编室去找金田川。

金田川忽然翻了脸，拿出一叠照片甩给她。

她一看，顿时呆住，那些照片竟然全都是那晚她被歹徒脱下衣服后有人偷偷躲在旁边拍下的镜头。

金田川皮笑肉不笑地说："如果你不想这些照片在网上流传，那咱们就签一份为期三年的合同。合同期内，你每年要给我写一部长篇小说，署上我的名字出版。三年后，合同到期，这些照片就还给你。"

婷婷无奈之下，只得含泪在合同上签了字。

后来她无意中了解到，编辑部其他两位女同事，也都遭到了与她相同的胁迫，无偿地做了金田川的枪手。

她这才明白，那天晚上出现的歹徒，其实是金田川请来的，这件事从头到尾，就是金田川设计的一个阴谋。

金田川这位著名小说家，其实自己从来没有创作过一部像样的作品，他每年出版的两三部新作，都是他使用这种卑鄙手段侵占的别人的创作成果。

不久前，三年合同到期，杂志社的其他两位同事都离开了杂志社，金田川立即又招了两位新编辑进来。

而她，却仍然逃脱不了金田川的胁迫。

金田川觉得她有才华有潜力，可以写出更好的小说来，竟然要跟她再"续约"三年，还把她提拔为编辑部主任，以掩人耳目。

婷婷义愤填膺，真恨不得扑上去一把掐死他。

就在她为自己无法摆脱金田川的胁迫而苦恼时，正好无意中发现了梅怡跟她的"情夫"商量要杀人却找不到好方法的秘密。

她当然知道梅怡要杀的人，就是金田川。

她决定帮助梅怡达成心愿，假她之手杀死金田川，自己也可以得到解脱。

首先，她把自己最近为金田川撰写的这部长篇小说稍微改动一下，赶在小说出版之前，以一个网友的名义，抢先在网上发表。

等金田川的小说出版之后，又立即以网友的名义揭发金田川抄袭，此举果然在推理小说文坛引起轩然大波。

如此一来，日后金田川经受不住抄袭丑闻的打击而"自杀"，就让人信服了。

此后，她又精心构思写作了好几部以出轨妻子处心积虑谋杀丈夫为题材的中短篇推理小说交给金田川。

她知道金田川每次拿到稿件，都要打印出来用自己的语气修改一遍，然后叫梅怡把修改稿录入电脑。

梅怡一定会读到这些对杀人诡计描写得无比详尽、简直可以用来当作杀人指南的小说。如果她真的在为意欲谋杀亲夫却苦无良策而烦恼，那这些小说中新颖原创简单易行而又没有公开发表过的"杀人诡计"，无疑将对她起到雪中送炭的作用。

果然，她成功了。梅怡最后挑选了那篇《隐藏在枪声背后的杀机》作为模仿对象，设计杀死了金田川。

按照婷婷原本的计划，如果梅怡计划成功，警方接受了金田川开枪自杀这个说法，那最后就不用她出面了。

谁知梅怡临时更改计划，把朱胖子拉了进来，结果画蛇添足，反而遭到警方强烈怀疑，伪造的自杀死亡不成立了，为了不让警方继续深入调查最后牵扯到自己身上，最后关头，婷婷只好亲自出马，揭穿了梅怡的杀人诡计。

明白真相后的钱鸿远，忍不住将婷婷紧紧搂在怀里："傻瓜，你受了这么大的委屈，为什么不早点告诉我？现在好了，终于摆脱那个恶魔，你可以写自己想写的小说了。现在，我对你只有一个请求。"

婷婷一边擦着眼泪，一边问："什么请求？"

钱鸿远说："我只请求你，以后别再把推理小说，写成犯罪指南，或者杀人教科书。"

图书在版编目（CIP）数据

诡案罪.3/岳勇著.—北京：群言出版社，2014.7
ISBN 978-7-80256-580-7

Ⅰ．①诡… Ⅱ．①岳… Ⅲ．①长篇小说－中国－当代
Ⅳ．①I247.5

中国版本图书馆CIP数据核字(2014)第208591号

责任编辑	张津津
装帧设计	刘淑媛
出版发行	群言出版社（Qunyan Press）
地　　址	北京市东城区东厂胡同北巷1号(100006)
网　　站	www.qypublish.com
电子信箱	qunyancbs@126.com
总编办	010-65265404　65138815
发行部	010-65263345　65220236
经　　销	全国新华书店
读者服务	010-65265404
法律顾问	北京市君泰律师事务所
印　　刷	北京慧美印刷有限公司
版　　次	2015年1月第1版　2015年1月第1次印刷
开　　本	787×1092　1/16
印　　张	16
字　　数	235千字
书　　号	ISBN 978-7-80256-580-7
定　　价	36.80元

[版权所有，侵权必究]